大學中文教程
學院報告寫作

清大寫作中心・劉承慧 王萬儀 主編

國立清華大學出版社

大學中文教程
學院報告寫作

清大寫作中心・劉承慧　王萬儀　主編

目　　錄

導　言　　劉承慧

1.　本書編寫目的

　　語言文字不僅是文學與文化的載體，也是知識傳承的工具。為了讓知識能夠精確地表達與傳遞，現代學院已經形成了語文使用的慣例與規範，撰寫學院報告也成為大學生不可或缺的基礎訓練。本書是寫作指導用書，引導學生從認識基礎寫作類型入門，由此通往學院報告寫作練習。

2.　本書內容特色

　　學院寫作的內容是知識，成品是學院報告。學院寫作是知識學習的一環，而不是發揮個人創意的即興文字活動。大學生的報告是學習印記，他知識上的進境就反映在報告中。設想他從特定的知識起點出發，探索並思考相關問題，如果能把梳出某種知識的條理，就有了學習成效；如果從既有的知識翻轉出新

意，無疑是更高的學習成就。這樣的學習進境並非每個大學生都會自然達到，只有能形成問題意識並針對問題進行有條理的思考的大學生才可能達到。教師能讓學生領悟到「問題意識」和「思考條理」的真正涵義，而且明確地在他的學習報告寫作中呈現出來，就是達成任務了。由此而言，教師的主要工作包括：（一）引導學生形成問題意識；（二）引導學生從問題意識切割出相關的重要問題，逐一探討；（三）引導學生將探討所得撰寫成清楚完整的報告。在這個引導與學習的過程中，精確掌握知識內容是必要條件，而教師與學生都有知識背景的限制，因此必須把習作範圍限定在師生都能掌握的知識性題材上。我們依據這樣的理念，規劃了「文本分析」和「議題分析」兩種報告。文本分析是由教師指定難度適合大學生閱讀而具相當份量的書籍，帶領學生一同釐析深層意義，在師生共讀的激盪中誘發學生對文本內容的深入思考，讓學生各自從他感興趣的角度去探索問題，尋找答案。議題分析則是由師生共同商訂雙方都感興趣的議題，以問題意識為起點，讓學生各自發展思考脈絡。下編各章拆解引導步驟，搭配兩種習作案例，從原則和實作相互印證，這是本書特色之一。本書的另一項特色是彰顯寫作類型和文字運用之間的關係。不同類型的作品有不同的文字表現，學院報告大抵是知識的陳說或學理主張的論辯，屬於「說明」、「議論」，有別於「描寫」、「敘述」。本書上編由不同類型作品的導讀來展示文字形式和內容的對應，下編第三章列舉出學院報告常見的文字運用模式，都是為了讓學生建立文類寫作的自覺。

3. 本書編排方式

本書針對學院報告寫作的初學者而設計，共有兩編。上編是精讀指導，分為兩章：第一章「基本寫作類型」以段落摘錄的方式，引導學生分辨「描寫」、「敘述」、「說明」、「議論」這四種基本寫作類型的文字表現差異，第二章「深入閱讀與寫作」以全篇導讀帶領學生體察不同類型的構成要件。本書是以一般散文進行導讀，主要是考慮到術業有專攻，內容涉及專門知識的著作很難一體適用於不同背景的學生，而內容貼近生活的散文是親切的書面語，從親近的文字入門，更能喚起大家的學習興趣。

下編分為七章。第三章「學院報告寫作」介紹學院報告的文字特性與寫

作基本要求。第四章到第七章將寫作歷程拆解為「問題意識」、「題目與大綱」、「前言與內文標題」、「主張－支撐－推論」四個主要的步驟，從如何形成問題意識，如何將問題意識轉化為有層次、有組織的思考脈絡，如何訂立題目並在題目範圍內擬定寫作大綱，如何藉由前言與內文標題呈現思考脈絡，如何通過有效的證據來支撐主張並進而提出推論，最後完成報告。第八章「改寫」與第九章「拼貼與抄襲」告訴大家如何轉述參考文獻的內容，如何避免侵犯智慧財產權。

後面還有四個附錄。附錄一「架構修訂與資料引用」又分為三部份：「報告架構再確認」指引學生檢查報告的整體架構，「資料分類與網路資料」提醒大家注意鑑別資料的可信度。「報告格式與文獻註記」條列寫作格式與文獻註記的通則，以便習作時有所依循。各個學科在通則之外都有專屬規定，撰寫哪個學科的報告，就必須遵守那個學科的規定。不過，專屬規定是特例，初學者首先要熟悉慣例與通則。

附錄二「散文作品與學院寫作之比較」是改寫示範，將蔡珠兒〈冷香飛上飯桌〉以學院報告的形式改寫，具體對照學院報告和一般散文的文字形式以及資料運用的差異，也配合本書第九章，展示什麼是「全文意念抄襲」。附錄三「精讀文本」和附錄四「學生習作」都是配合書中舉例而收入。

本書第一章到第九章，每一章最後都備有「思考與練習」，以四到五個具體問題提示學習重點。這些問題未必見得有「正確」或「標準」答案，而我們提出問題的目的也不在建立制式的解答。這些問題無寧是讓讀者在尋求解答的過程中反覆思索關於文字表達的道理，很適合用於課堂討論。

4. 本書選文說明

本書有兩種選文，一是精讀範例，二是學生習作實例。精讀範例以說明文和議論文為主，這是出於學院寫作指導的考量，從資料庫隨機選取篇幅與難易度都適合講授的作品。學生習作實例則是從96-97學年度清華大學共同必修「大學中文」期末報告和寫作競賽參賽作品中隨機選出，大多數是提供同儕觀摩，

少數則用來展示常見寫作問題。即便是符合要求的學生習作，文字都還有未盡切當的地方，不過我們仍盡力保持原作的字句，讓讀者自己去判斷優缺點，同時也希望讀者了解，大學生學習報告是學院寫作的起步，我們每個人在寫作上永遠都有磨練的空間。

5. 學院報告寫作流程及相關說明

學院報告從構思到完稿，通常是依循某種程序進行的。本書第四章到第七章即是按照一般寫作流程次第編排，下面是我們建議的報告寫作流程：

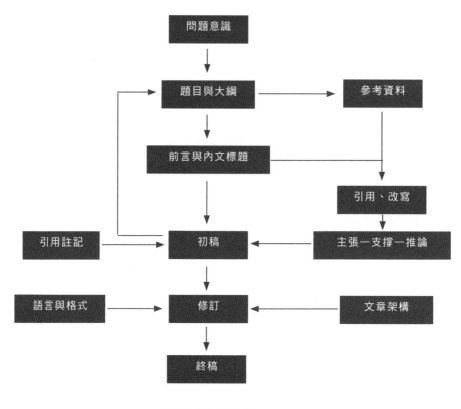

報告寫作流程圖

從「問題意識」開始，大家可以隨著寫作的進度，參考各章的說明還有學生習作實例，從中尋找必要的寫作提示。下面是我們的具體建議：

（一）根據問題意識訂立報告題目並擬出寫作大綱（第四章、第五章）；

（二）研讀文獻，審慎篩選資料（附錄一）；

（三）思考資料與題目的關聯性以及資料彼此間的關聯性，以此為基礎，訂立前言與內文標題（第六章）；

（四）由引用與改寫重組資料，就所得資料進行論證（第七、八、九章）；

（五）確定報告的內容，依照格式規定撰寫初稿（附錄一）；

（六）反覆查驗題目、前言、內文標題彼此間的呼應，前言與內文標題得依照撰稿內容加以調整，完成初稿；

（七）畫出全文架構圖，再次檢查是否還需要調整前言與內文標題，或者是否需要重新安排各節內容（附錄一）；

（八）再次確認沒有抄襲問題，確認格式符合規定且參考文獻都已清楚註記（附錄一）；

（九）完成學期報告。

請注意！「反覆確認」是攸關報告成敗的一步。我們最初訂立的前言與內文標題只是基於論證之前的設想，要等到論證展開，才能檢驗當初的設想還有哪些需要修正的地方；必須反覆來回於前言、內文標題和論證之間，直到「論證充分支持前言與內文標題，前言與內文標題充分反映論證所得」，整個寫作程序才告完成。

6. 如何使用本書

本書具有相當的使用彈性。如果是兩個學期的大學語文課程，上學期可以把教學重點放在前三章；不妨考慮加重精讀指導，由教師選出適合全班共同閱讀的不同文類作品搭配講解，相互印證，輔以文類習作活動。除此以外，還可以根據第八章的指引，練習「句子與段落改寫」及「全文摘寫」。下學期就專注在學院寫作。建議參考「報告寫作流程圖」，循序進行指導。如果是學期

課，建議將課程三分之一的時數用於精讀指導，重點放在說明文與議論文。餘下三分之二的時數用於報告寫作指導，把重心放在第四章「問題意識」、第五章「題目與大綱」、第七章「主張－支撐－推論」與「報告格式與文獻註記」。撰寫學院報告，應能釐清問題意識，訂出題目與合理可行的大綱，如此骨架即已成形；填入骨架的內容要能明確主張並充分舉證，因此寫作時務必反覆參閱格式與註記規定。其他章節可由學生自行在寫作過程中研讀，有疑處再帶到課堂上討論。

序一

　　大學中文該教些甚麼？怎麼教？學界向有仁智互見的討論。學生和老師對「大學中文」這門課的期待或要求也常有落差。

　　回想大一時，我對「大學中文」這門課是抱著些許浪漫情懷的；總想藉此多接觸些詩詞歌賦，幻想某天也能寫它幾句「附庸風雅」的文辭。當了大學教授後，想法逐漸改變，變得務實了。因為發現歷年所閱讀或修改（無論中、英文書寫）的博、碩士論文或學術報告中，結構鬆散、邏輯混亂、文句不通的現象屢見不鮮，甚至已是常態。且不論其專業內涵，這些（研究生）作者顯然連寫作都不會。而學術論文卻是（專業）知識傳播最主要的媒介，寫作也更是知識份子必須具備的基本功！

　　若干年前，我有機會閱讀數篇美國高一（相當我們國三）生所寫的英文課與歷史課報告。赫然發現，其寫作格式與文獻註記完全滿足學院報告的嚴謹要求。就我所知，英、美好的高中及大學都非常強調寫作；文、史相關課程的學期報告都要求以學院寫作（Academic Writing）格式繳交。相對而言，我們大、中學的教育仍以知識傳授為主，不大重視學生的寫作練習。雖然大學裡也有「書報討論」之類的課以資教導寫作與演講，但多流於形式、聊備一格。「學院寫作」極度重要，卻常被輕忽。要知道，它不僅可教導嚴謹的文章結構與優良寫作技巧，更可培養我們一絲不苟的求學、治學態度。

　　是以，我特別認同劉承慧教授及編輯群以教導學院寫作為目的所編寫的這本「大學中文教程」，更贊成以之做為「大學中文」這門大學必修課的教材。

大學生需要這樣的課！至於那些純粹想從文學的角度修習中文課的同學，自可另從眾多選修課中獲得滿足。

這是一本以非常認真、嚴肅的態度所編寫的教程。帶領同學從「深入閱讀」開始，一直到撰寫符合學術要求的「學院報告」。第一、二章教同學「如何閱讀」。同一篇文章，隨便看一遍和用心閱讀會有完全不同的體會和收穫；許多人自詡為知識份子，其實終其一生都沒學會閱讀。第三至七章教同學如何有系統地構建一篇結構嚴謹、義理無懈、前後呼應的論文或報告。第八章教導文句改寫；除了可避免「誤抄襲」之外，它也教我們精鍊文句。常有詞語反覆、不知所云的文章；原因有二，一為作者對所欲表達的主題未能瞭解透徹，二即作者無力寫出以簡馭繁的精鍊文句。第九章告訴同學要避免抄襲、要尊重他人智慧財產。自從網路發達以來，因為方便、因為懶惰，剪貼、抄襲之風盛行；許多人侵犯他人智慧財產卻不自知甚或不以為意。但這不僅是法律問題，更是道德問題，它還會不經意地影響我們求學、做人、處世的態度。最後，雖然編輯群謙稱書中所附散文乃「隨機選出」，其實我倒覺得是「別有用心」、精心挑選的，讀後當有意外收穫。

清華大學 工程與系統科學系 教授 王天戈

序二

　　撰寫學院報告是我們身在現代學院必備的技能，指導大學生練習寫作學院報告已成為大學語文教師無可旁貸的責任。清華大學從95學年度開始，把共同必修語文課「大學中文」轉型為學院報告寫作課程，即將四年了。一開始教材和教師都成問題，寫作中心因而著手設計教材並培育寫作教師。這本教材就是我們努力的見證。

　　這本教材是以2008年暑期編訂的同名試用教材為底本，經過一年多的測試與修改才告完成。兩位主編之外，楊晉綺、施家雯老師也全程參與編務。在此期間，羅漪文、沈婉霖、謝易澄老師多次出席編輯會議，提出具體可行的建議。又有十多位「大學中文」教師參加了寫作中心舉辦的兩次座談會，[1]共同討論試用教材的優點與缺失。在此同時，修習「大學中文」、「基礎寫作」的全體學生也有貢獻——我們採用的指引策略是建構自師生教學互動。整個修訂工作是多方條件配合之下才得完成的。

　　教材作者包括王萬儀、楊晉綺、羅漪文、沈婉霖、謝易澄、施家雯以及我本人，薛米鈞也協助處理有關文獻註記的細節。由於是聯合著作，為了讓各部份適當銜接，初稿都作了更動，如何更動由編輯會議決定；有幾章改動較多，我們在作者姓名後面加上了「編輯小組」字樣。又因為不同的作者有不同的書

1　第一次座談會時間是2008年8月11日，座談目的之一是邀請授課教師共同閱讀剛完成的試用教材，參加座談會的老師有楊晉綺、謝靜國、徐其寧、劉盈成、黃郁晴、方蓮華、鄭雅尹、于佩靈、曾琮琇、黃莘瑜、蕭玫、吳慕雅、羅漪文。第二次座談會時間是2009年1月12日，目的在徵詢試用意見，與會的老師有楊晉綺、謝靜國、童明昌、沈婉霖、徐其寧、劉盈成、方蓮華、鄭雅尹、于佩靈、曾琮琇、蕭玫、黃莘瑜、羅漪文、黃郁晴。

寫語調及風格，我在不影響文意的前提下作了文字調整，以利行文流暢。全書校對工作由施家雯負責。

有關這本教材的「編寫目的」、「內容特色」、「編排方式」、「使用建議」都在「導言」中作了說明，使用本書之前，最好先行閱讀。「導言」中還有「報告寫作流程圖」，以圖示呈現思考與寫作的程序與步驟，讀者可以根據圖示，掌握學習進程。

本書是寫作中心策劃的中文寫作系列教材之一，另有2005年出版的《大學中文寫作》，還有籌畫中的《大學中文教程：閱讀與寫作》，將是本書上編的完整延伸。我們的目標是通過教材研發，將中文閱讀與寫作課程分類與分級。為了提高學習興趣，從2006年開始，寫作中心每年為「大學中文」修課學生舉辦兩次競寫活動，近三年都由楊晉綺老師統籌相關事宜；2006年到2009年競寫獲獎的佳作也編成《大競寫作品選輯》，將由寫作中心出版。

寫作中心在清華園推動寫作教育，得到中文系的大力支持。蔡英俊、林聰舜、李玉珍、李貞慧、劉正忠、謝靜國等多位教授都曾直接或間接的和寫作中心教師分享知識和經驗。蔡英俊教授擔任寫作中心主任期間號召一批優秀的中文所博士班研究生投入中文寫作知識的研究，為我們的工作奠定良好的基礎。我們要鄭重感謝。

我們還要感謝將作品授權給我們的作者。有些授權的學生習作受限於編輯因素而沒有能納入書中，未來將放進寫作中心一個中文課程專屬的網頁，給大家分享。清華大學出版社託付的兩位審查人仔細審閱並惠賜寶貴意見，我們也藉此機會致上謝意。最後要感謝徐遐生、陳文村兩位校長與周懷樸、王天戈、唐傳義三位教務長。寫作中心得以穩定成長，歸根於學校的信任與支持。

衷心希望這本教材符合大家的期待，也虛心接受各界批評指教。

劉承慧于清華大學寫作中心

上編
精讀與寫作

第一章

基本寫作類型　王萬儀

　　本書上編是精讀指導，藉由當代散文作品的導讀，帶引學生認識表達內容和語言形式之間的常態對應關係。第一章以四個節錄的段落為例，展示並解說基本寫作類型的文字表現，第二章選出七篇作品，以全篇導讀的方式讓大家體察不同類型的構成要件。

從語感分辨四種寫作類型

　　描寫、敘述、說明、議論是四種寫作的基本類型。我們對這些類型的體認，從小學到高中的閱讀裡不斷累積，同時我們也用這四種寫作類型來書寫。

大家在成長過程中一定寫過這樣的題目：「自己的房間」、「難忘的畢旅」、「愛惜光陰」，「假如我是一個校長」（這種題目幾乎是議論的最初模式）；但我們在那書寫的當下，並不知曉我們正在運用描寫、敘述、說明、議論四種寫作類型。

現在請大家用自己的「語感」，比較下面這四段文字：

> 有的女人披著頭髮美得跟葡萄仙子一樣，有的卻像醜八怪。比如我的五叔婆吧，她既矮小又乾癟，頭髮掉了一大半，卻用墨炭劃出一個四方方的額角，又把樹皮似的頭頂全抹黑了。洗過頭以後，墨炭全沒有了，亮著半個光禿禿的頭頂，只剩後腦勺一小撮頭髮，飄在背上，在廚房裏搖來晃去幫我母親做飯，我連看都不敢衝她看一眼。可是母親烏油油的柔髮卻像一匹緞子似的垂在肩頭，微風吹來，一絡絡的短髮不時拂著她白嫩的面頰。她眯起眼睛，用手背攏一下，一會兒又飄過來了。她是近視眼，眯縫眼兒的時候格外的俏麗。
>
> 錄自　琦君〈髻〉[1]

> 正在靜默的當中，我的肩頭被拍了一下，急忙的睜開了眼，原來是老師站在我的位子旁邊。他用眼勢告訴我，教我向窗外看去。我猛一轉頭看，是爸爸，那瘦高的影子！
> 我剛安靜下來的心又害怕起來了！爸為什麼追到學校來？爸爸點頭示意招我出去。我看看老師，徵求他的同意，老師也微笑的點點頭，表示答應我出去。我走出了教室，站在爸爸面前。爸爸沒說什麼，打開了手中的包袱，拿出來的是我的花夾襖。他遞給我，看著我穿上，又拿出兩個銅子兒來給我。
>
> 錄自　林海音〈爸爸的花兒落了〉[2]

> 視覺構成一向是王家衛電影最迷人的元素之一，從《阿飛正傳》、《花樣年華》到《2046》一路打造的六零年代風情，到了本片又有了新的切入角度。杜可風的攝影這次將多數鏡頭都對準了牆上的鏡子，王家衛強調這款攝影美學既可打破香港居住空間的狹窄限制，也讓鏡像中的人生與實際人生產生了撲朔迷離的互動往來，張震裁縫雖然對鞏俐的身材曲線瞭若指掌，卻始終無法進入與掌控她的心靈，這樣的鏡中倒影美學，更能夠將少男「仰之彌高，鑽之彌堅」的愛慕情懷做出最寬廣的註解。至於鏡面反射出的人生模樣，多半帶了

層謎樣氛圍，模樣比實際生活多了角度起伏，在觀眾心中產生了更多歧異的解讀空間。

錄自 藍祖蔚〈觸覺震撼的《愛神》〉[3]

……如果說，只因為她們來自經常被污名化成「愛滋病大本營」的泰國，就得接受如此待遇；那麼，英國海關是否也該對每年數十萬計前往東南亞買春的本國白人觀光客，施以同樣的入境體檢（別忘了，早期絕大多數的愛滋病例，還是由白人「引進」泰國的啊）。

由此可見，這一套入關體檢的「例行程序」，絕不是基於什麼公共衛生的客觀需求，更不是什麼價值中立的專業判斷；而是這個帝國百年來所形塑之一整座「制度性國族歧視」冰山的一角。

錄自 李明璁〈因我是不潔的異己〉[4]

請你想一想：

1. 如果給你一條隱形的界線，你會如何分類上述四段文字？哪兩段會放在一起？為甚麼？

2. 從你的分類中，相類的兩段文字，再作細部的比較。他們在名詞、動詞、形容詞、副詞、連接詞、語助詞、句型和語調等方面有甚麼不同？你覺得哪一段文字的主觀意見最強烈？

認識四種基本寫作類型

從文字的「最表層」來看，琦君「描寫」媽媽的頭髮；林海音「敘述」一個遲到的雨天，挨了爸爸的打之後，爸爸又送來花夾襖的一段父女互動；藍祖蔚「說明」王家衛電影裡的鏡像美學；李明璁「議論」英國對東南亞國家女性的入關體檢。這四種寫作模式，如果先不看「書寫策略」或「語言運用」的層面，它們所對應的，其實是每位作者在漫漫的成長過程中以「自我」為核心不斷擴大的歷程。

　　當我們在「描寫」的時候，是將「自己」的眼、耳、鼻、舌、身、意所覺知的一切，試著轉化成文字。它的重點在召喚「感官」知覺，並且邀請讀者通過文字，啟動自我的官能想像進行閱讀。

　　「敘述」是書寫一段經驗、歷程，並且呈示出這過程背後或顯或隱的力量或體悟。經驗是人的「活動」。有些活動是純然的單人遊戲，有些活動則看來完全靜態，全在腦裡與心裡運作；但在更多的「活動」中，我們跨出「自己」的世界，與「他者」產生你來我往的力動關係，彼此拉扯、牽制、碰撞、糾纏，產生了各種故事。這也須要通過文字邀請讀者入戲，開啟自我過往經驗記憶或對於下一步行動揣測的好奇，才能完成一個閱讀活動。

　　由此可知，在「描寫」和「敘述」兩個大區塊中，它十分倚賴「人」的同情共感，寫作者用文字呈示經驗，而閱讀者必須給出關於感官知覺或下一步行動的想像。文學作品中「打動」的力量，基本上是「作者、文本、讀者」三者扣合在一起，才能造成的結果。

　　「說明」則是對某種事物、概念或行動的詮釋。

　　事物、概念、行動的「描寫」或「敘述」，此時已經全然變成一個支援或基底，不再是文字的核心，重點將偏移到對那事物、概念或行動意義的詮釋。而詮釋的方向則可以因為主題的不同而有差異；基本上不脫離「是甚麼」、「為甚麼」、「如何進行」這幾個範疇。「說明」在每一個人的閱讀經驗裡，其實默默佔據了最大的區塊：說明書、操作手冊、旅遊指南，還有從小到大的課本、參考書、每一個專業領域的期刊論文等等都是「說明」。它可能逐漸遠離一個具象的、可見可感的世界，走向對抽象思維或概念的論述，於是在書寫說明文時，作者必須注意對象，給出足夠的支撐，試著找到可以溝通的言說方式，說清自己要解釋的東西；而讀者則必須拿出過往的知識或經驗作為輔助，支撐自己往前邁進，理解一個全新的或更進一步的道理。

　　「議論」是對一個「已經存在」的陳述、意見或現象，提出增補、修正和質疑。

　　這個寫作模式或這個文類的底層意義是：「對話」。書寫者走出那個僅

僅存在著自我的世界，與他者、社群，或已存在的價值體系、社會規範展開對話。如果對一個議題有興趣或意見，並且把它形諸文字，其實就已經把自己放在由許許多多的個人所組構的社會網絡裡，利用議論這個寫作模式，嘗試發聲、尋求認同、進行說服或大膽抗辯。它離我們很遠嗎？很難嗎？並不！你看看各種大大小小的BBS站，批踢踢裡的各類討論區是如此蓬勃發展，我們其實日日閱讀或書寫著。

綜上所述，描寫、敘述、說明、議論，某種程度上是不是可以看作一個人在智性成長的發展過程？而不僅僅是一種寫作模式或文類。隨著逐漸長大熟成的表達需求，隨著與他人的聯結愈趨緊密，還有各種思維、學習的能力的增長，我們的閱讀和書寫面向都會逐漸擴展。它會逐漸脫離僅止於純粹的自我感官經驗的世界，也不再僅限於具象的存有，它可能走向更抽象的思維概念，並且進入或大或小的社群。一個「個人」，無論多麼渺小，還是置身於上下四方、古往今來的「宇宙」中，而這樣的擴展，又將回過頭來，鑿深我們對於官能知覺的感受，對自我經驗歷程的領會。

從語言模式通往四種寫作類型

最後，讓我們從「語言使用」的角度重看四段節文。

描寫

　　有的女人披著頭髮美得跟葡萄仙子一樣，有的卻像醜八怪。比如我的五叔婆吧，她**既矮小又乾癟，頭髮掉了一大半**，卻用墨炭劃出一個**四方方的額角**，又把樹皮似的頭頂全抹黑了。洗過頭以後，墨炭全沒有了，亮著半個**光禿禿的頭頂**，只剩後腦勺一小撮頭髮，**飄在背上**，在廚房裏搖來晃去幫我母親做飯，我連看都不敢衝她看一眼。可是母親**烏油油的柔髮卻像一匹緞子似的垂在肩頭**，微風吹來，**一絡絡的短髮**不時拂著她白嫩的面頰。她瞇起眼睛，用手背攏一下，一會兒又飄過來了。她是近視眼，瞇縫眼兒的時候格外的俏麗。

錄自 琦君〈髻〉

看完上面的段落，請想想下面的三個問題：

1. 從文本裡你看到琦君的五叔婆和母親了嗎？可以說說對這兩位女性的想像嗎？這些形象——年齡、面貌、頭髮、身形……是從哪些句子來的？

2. 感官知覺如何轉化為文字？它可以透過哪些書寫策略達成？

3. 描寫的段落，是靠甚麼樣的方式縮合句子？

每一種寫作類型都有它對應的典型語言模式。以「描寫」來說，它是用「表態句」或「描寫句」呈現。「主語」是「甚麼」；而「謂語」是以「形容摹寫」為主的「怎麼樣」。譬如段落中的五叔婆和母親都是主語，後面跟著一大串摹寫，都是陳述「主語怎麼樣了」的謂語。描寫句多半沒有動作者，也不靠事理邏輯聯結，而是靠一種環繞著某種官能的「並列結構」縮合。

描寫，是在這樣以某種官能（多半是視覺）為核心的並列句子延展鋪排而成，官能感受的「召喚想像」是描寫中最被重視的項目。作者有一種感知的順序，讀者在閱讀的時候，也要用自我的感官經驗進入那個感知順序。視點的移動，觸覺的溫涼，聲音的質性，難以捕捉描摹的嗅覺、味覺，甚至還有細微的心念，很大的部分要讀者拿出自我經驗來交換想像。作者的字詞選擇的多樣靈動、比喻的鮮活，都對召喚讀者閱讀時的想像有很大的幫助。

敘述

正在靜默的當中，**我**的肩頭**被拍**了一下，急忙的睜開了眼，原來是老師站在我的位子旁邊。他用眼勢**告訴我**，教我向窗外**看去**。我猛一轉頭**看**，是爸爸，那瘦高的影子！

我剛安靜下來的心又害怕起來了！爸為什麼追到學校來？爸爸點頭**示意招我出去**。我看看老師，徵求他的同意，老師也微笑的點點頭，表示答應我出去。**我走出了教室，站在爸爸面前。爸爸沒說什麼，打開了手中的包袱**，拿出來的是我的花夾襖。**他遞給我，看著我穿上**，又拿出兩個銅子兒來給我。

錄自 林海音〈爸爸的花兒落了〉

敘述一定是在一個時間軸上呈現一個事件的始末。讓我們想想：

1. 在這個小段落裡，林海音要說的是一段甚麼樣的歷程？

2. 它的時間序列是如何安排？「時間」在這個段落裡，走得快還是慢？為甚麼？

3. 作者選擇了哪些細節安排在時間軸上？她選擇放大的細節，可以簡省或刪除嗎？「可以」或「不可以」都請說說理由。

4. 請你說說在「敘述」段落裡的句子往前推動、彼此扣合的主要方式，以及它與「描寫」的差異。

　　還是回到敘述所對應的語言模型上來談。敘述主要是由甚麼樣的句子和結構方式縮合而成？敘述裡的支配性句型是動態的句子。「敘述句」以普通動詞為核心，這些動詞或者指涉一個人的連續行為，或多個人的交替行為，事件藉此往前推進。敘述句最典型的主語就是人。

　　在書寫脈絡上，敘述段落是以「連貫」、「遞進」方式將行動一個接一個地向前推展，但敘述的底層結構卻是「因果」。這敘述中的「因果」關係並不來自於「事理邏輯」，而是來自於其中「人物」的意志取向或其他人、事因素所引發的反應，造成事件發展出某種結果，而這個「發展」又必定脫離不了「時間序列」。這使得敘述的文脈自然有了表層和底層結構，表層的句群以「連貫」或「遞進」關係聯結，但底層結構是以「因果關係」扣合，這才能展現敘述超乎「交代事件進行」的意義。

　　　　我走出了教室，站在爸爸面前。**爸爸**沒說什麼，**打開**了手中的包袱，拿出來的是我的花夾襖。**他遞**給我，**看著**我穿上，又拿出兩個銅子兒來給我。

　　請看林海音寫「我」與「爸爸」的連串互動關係：我走出去、站在爸爸面前；爸爸沒說話、爸爸遞給「我」花夾襖、爸爸看「我」穿上、爸爸掏出兩大枚給「我」……林海音藉著敘述者和她父親的交替行為，把「我」的害怕，「爸爸」無言的懊悔和心疼，表現在靜默的互動裡。在這裏，以動詞為中心的敘述句在連貫和遞進關係之中往前推移，一個動作接著一個動作，故事在時間

軸上往前走。但若要明白林海音「為何」寫的這麼細、這麼緩慢，就得回到文本裡去追究事情的「因果」了。

說明

視覺構成一向**是**王家衛電影最迷人的元素之一，從《阿飛正傳》、《花樣年華》到《2046》一路打造的六零年代風情，到了本片**又有**了新的切入角度。杜可風的攝影這次將多數鏡頭都對準了牆上的鏡子，王家衛**強調**這款攝影美學**既可**打破香港居住空間的狹窄限制，**也讓**鏡像中的人生與實際人生產生了撲朔迷離的互動往來，張震裁縫雖然對鞏俐的身材曲線瞭若指掌，卻始終無法進入與掌控她的心靈，**這樣**的鏡中倒影美學，**更能夠**將少男「仰之彌高，鑽之彌堅」的愛慕情懷做出最寬廣的註解。**至於**鏡面反射出的人生模樣，多半**帶了**層謎樣氛圍，模樣比實際生活多了角度起伏，在觀眾心中**產生**了更多歧異的解讀空間。

錄自 藍祖蔚〈觸覺震撼的《愛神》〉

這一整段，藍祖蔚解說王家衛電影裡的「鏡像」運用。請試著想想下面的問題：

1. 你如果也是王家衛的影迷，曾經這樣想像過他的攝影風格嗎？
2. 對準牆上鏡子的鏡頭，在藍祖蔚的解釋裡，有哪些深意？
3. 這是一個典型的「分析」段落，這個「分析」成功嗎？怎樣才算是一個成功的分析？如果你認為不成功，還有哪裡需要加強？
4. 「說明」是用甚麼樣的語言模式完成的？請你從文章的推展、句子的縮合、事理邏輯的組織，分辨「說明」和「描寫」、「敘述」之間的差異。

表示「判斷」的句子是說明文的支配性句型。「判斷句」的主語是一個「主題」，謂語是就主題延伸出來的「述題」。述題通常包含「是」、「有」、「在」、「把」、「強調」、「指出」或者「能夠」、「可以」、「應該」等字眼，這些字眼具有斷言或肯定的作用。判斷句是這段說明文字推

展的主要力量。推衍「說明」文脈的主要關係是「因果」。這「因果」純粹是「事理邏輯」，它和敘述的因果關係最大的不同在於：「說明」的因果是知識思維上的，不受「時間序列」綑綁限制。例如「攝氏溫度降至零度以下，因此試管裡的純水凍結成冰」就是說明性質的因果。

因果關係句在藍祖蔚的這段文字中帶來層層「解證」的效果，讓讀者知曉「為何」某種影像處理方式，會重複出現在王家衛的電影裡。

議論

……**如果說**，只**因為**她們來自經常被污名化成「愛滋病大本營」的泰國，**就得**接受如此待遇；**那麼**，英國海關**是否也該**對每年數十萬計前往東南亞買春的本國白人觀光客，**施以同樣的**入境體檢（別忘了，早期絕大多數的愛滋病例，還是由白人「引進」泰國的啊）。

由此可見，這一套入關體檢的「例行程序」，**絕不是**基於什麼公共衛生的客觀需求，**更不是**什麼價值中立的專業判斷；而是這個帝國百年來所形塑之一整座「制度性國族歧視」冰山的一角。

錄自 李明璁〈因我是不潔的異己〉

「議論」是把自己放到一個「不僅有自己」的世界裡，與另一個已經存在的陳述、概念展開對話，或對一個已發生的事件表達意見。

回過頭來看李明璁的這段文字，我們可以問：

1. 李明璁是與誰展開對話？他抱持的立場和態度是甚麼？

2. 看這一小段，你被牽引出來的情緒是甚麼？如果有情緒，是因為他說的內容嗎？還是他陳說的方式呢？

3. 這一段使用最多的句型是哪一種？這種句子產生的效果是甚麼？

4. 回頭看看四個段落，「議論」和「描寫」、「敘述」所使用的句子和推進文章的方式差異在哪裡？說說你的觀察。

5. 「說明」和「議論」有何不同之處？你可以大致說說看「說明」和「議論」在語言表現上的差異嗎？

回到語言模型上，甚麼樣的句子或事理邏輯最常被應用在「議論」中？

議論也是以「判斷句」為主，然而在事理邏輯上，議論的支配性原則是「轉折」，這是它和說明最大的不同。整個議論文本就是一個巨大的轉折句。它在寫作之始，就已經存在著一個既有的，等著被修正、增補或質疑的陳述或概念。所以建構議論文本的時候，不可避免的會以「轉折」為主要的事理邏輯推展論點。

李明璁這個議論段落是以英國機場對東南亞國家人民實施粗暴的入境體檢作為「前提」，以英國不考慮自己每年數十萬到東南亞的白人買春旅客作為「轉折」；在策略上，他選用「設問句」和「遞進句」推展議論。

議論中的「設問句」通常都有一個作者已經確立且無庸置疑的答案，像「英國海關是否也該對每年數十萬計前往東南亞買春的本國白人觀光客，施以同樣的入境體檢」這樣的設問，在議論裡會產生一種催眠性的效果，看似對讀者開放，其實指向的是一個比直接評斷更加封閉且單一的結論。而「絕不是基於什麼公共衛生的客觀需求，更不是什麼價值中立的專業判斷」先以遞進否定某些可能性，再轉入肯定形式「而是這個帝國百年來所形塑之一整座『制度性國族歧視』冰山的一角」，造成一種思維周密而磅礡的氣勢，讓議論有一種無從反駁的正當性產生。連著上面一個設問句，李明璁完全把英國對東南亞國家人民的機場檢疫，指向「歧視」這個唯一的解釋。

第二章
深入閱讀與寫作 王萬儀

　　隨著智性發展，書寫內容也會逐漸繁難、精密、抽象，然而我們還是運用四種基本寫作類型去表達，這時候必須更自覺的去體會不同文類的寫作方法。閱讀是建立和提昇語文自覺一個重要的中介，除了注意文章的情意與理念，還要仔細檢視書寫語言如何操作運用，以呈現「完整表達」的效果；從慢慢加深、加強的閱讀中去體會每一種寫作類型所對應的「語言模型」，自覺的去探究作者選擇了甚麼樣語言形式達成他的書寫目的。藉由「語言使用導向」的閱讀訓練，我們得以因應更複雜的書寫需求。

　　本章隨機選出了篇幅和難易度都合乎教學目標的七篇精讀文本如下：

　　　　描寫文：朱天心〈貓爸爸〉

敘述文：林海音〈爸爸的花兒落了〉

說明文：龍應台〈兩種道德〉、侯季然〈從大題目中逃脫的
　　　　《珈琲時光》〉、劉克襄〈天下第一驛〉

議論文：李明璁〈因我是不潔的異己〉、胡晴舫〈開放自己的
　　　　城市〉

　　選文導讀是讓學生從熟悉的語體散文認識學院寫作的文字運用模式。由於本書目的在指導學院報告寫作，我們選出的精讀作品也偏重在「說明」、「議論」這兩種寫作類型。

　　朱天心的〈貓爸爸〉和林海音的〈爸爸的花兒落了〉非常典型地展示了描寫和敘述所對應的語言形式。閱讀時應側重在它們的區別特徵上。例如：描寫的「感官性」由甚麼樣的語言形式表達？敘述的「時間序列」如何安排？細節在描寫和敘述兩種寫作類型裡各自承擔了甚麼任務？細節選擇和呈現方式有甚麼不同？描寫文和敘述文所使用的句子有甚麼顯著的差異？

　　龍應台的〈兩種道德〉選自《親愛的安德烈》，是一封家書。這篇說明文有家書的溫情，同時又清楚傳達出作者心中「兩種道德」的內涵以及這兩種道德如何成為她諸多行動的判準。家書必然帶有感情，「道德」又是很抽象的概念，龍應台採用了不同的「書寫策略」讓這篇說明性的家書溫暖、具體而有條理。這篇作品很適合作為認識說明文的入門文本。

　　侯季然的〈從大題目中逃脫的《珈琲時光》〉是影評，這篇影評犀利而有趣地切入一部電影文本，有層次地分析道理，並有效地運用情節作為證據。它對於從事文本分析時如何形成問題意識、如何切入文本的特定意義面向、如何建構問題的層次、如何舉證，都是很好的示範。

　　劉克襄的〈天下第一驛〉說明風鳥與台灣的關係，是一篇兼具科普知識與人文關懷的作品。其中貫串了兩條線索：一條介紹風鳥的特殊習性；另一條介紹台灣地緣、水文對風鳥的重要性。動物保護或環境保護的討論必須兼具專業知識與情感的召喚才有吸引力，〈天下第一驛〉把這兩方面結合得恰到好處，

是「說之以理、動之以情」的報導一個很好的示範。

議論以「目的」區分為兩種，李明璁的〈因我是不潔的異己〉針對特定事件發出不平之鳴，一般報刊上的議論多屬於此類。胡晴舫的〈開放自己的城市〉是為了勸說，文中舉出種種證據，力圖說服台北市的官員和市民，若要提升城市知名度，最重要的是真正開放的態度，而非盲目的爭取活動。有關政治、法律、社會、性別、人權等議題的著作通常都要求作者明確出示個人態度與立場，這兩篇議論文的立場明確，議論策略、論述層次、論說語調以及所使用的句型都很具有代表性，值得仔細觀摩學習。

以下分別為七篇選文設計了「閱讀引導」、「思考與練習」，提供教師和學生根據實際需要選用。作品的正文收入本書附錄三，以利參照。

精讀文本一　朱天心〈貓爸爸〉

◆ 閱讀引導 ◆

朱天心的散文集《獵人們》是愛貓並長年關注流浪貓的她，為此生相逢、相處的貓咪寫成貓族誌，〈貓爸爸〉為其中一篇。書的扉頁上明言「寫給不喜歡貓和不瞭解貓的人」，她筆下的人族、貓族彼此對待凝視、拉扯理解的交流況味，傳達出一種更深沈莊嚴的平等要求。

這樣的要求，朱天心不透過「說明」來解釋，不透過「議論」來批判，她給出細緻的「描寫」，帶領著讀者一起從凝視進入理解。

描寫這一寫類最重「官能性」，它要求書寫者出動眼、耳、鼻、舌、身、意所能感知的一切，召喚記憶、召喚感性，再用妥貼精細的文字去捕捉那些不可復歸的官能感受；而讀者透過文字，儘可能去貼近、想像文本所刻畫的一切。描寫可以說是一種官能想像的邀請，它在書寫上有特殊的策略和原則。

以朱天心的〈貓爸爸〉為例，「俊美不羈、自由來去」是朱天心給貓爸爸的支配性印象，貓爸爸的出現、生存和死去，都不違背那樣的特質。朱天心在

時間軸上為我們展演貓爸爸精彩的一生，但她的書寫重點，卻放在刻劃一個一個的對貓爸爸身姿、表情、行動的凝視。這種書寫策略落實在文本裡，就是大量描寫「狀態」的句群並列堆疊。請看：

貓爸爸才吃一星期，再加上有暇有心情理毛，真的原來是隻黃虎斑白腹頸的俊美大公貓，他的頭臉真大，兩腮幫有著典型混種公貓會有的嗉囊，因此整個臉呈橫橢圓，他的眼睛是綠豆色，會上下打量人，而且，啊，而且他不畏人言的好撒嬌，竟然在馬路當央翻滾著，亮個肚皮邀我們搔搔摸摸……

◇

貓爸爸也非常愛我們，他這款的黃背白腹貓，話特多（我們的獸醫朋友吳醫師也說這毛色的貓很吵），他每每閒來無事送往迎來，邊走邊聊陪我們走到辛亥路邊的公車站牌，或相反陪我們回家。

◇

臨進門，我偷偷回頭，看他緩步走下山坡巷道，都不像其他貓族走牆頭或車底，他昂首優閒走在路中央，瀟灑自在（抽著菸？），我一時想不出有哪個人族男性比他要風度翩翩。

◇

這期間，貓爸爸時而失蹤十天半個月，出現的時候，往往大頭臉上傷痕累累，身子瘦一圈，毛色又失去顏色，就是他，貓爸爸，我和天文在野地上幫他清理傷口、餵營養的，邊異口同聲問他：「貓爸爸，這次是哪家的大美女，長什麼樣，說來聽聽吧。」

◇

醫院回來的貓爸爸，出了貓籠，認出是我們家，抬頭望望我和天文，眼裡的意思再清楚不過，因為我們都異口同聲回答：「沒問題，就在我們這兒養老吧，歡迎歡迎。」 貓爸爸的眼睛多了一層霧藍色，是我熟悉尊敬的兩名長者晚年時溫暖而複雜的眼睛。

最終的那日，二〇〇三年四月四日，全家除了天文正巧全不在，天文坐在他身旁看書，不時摸摸他喚喚他名字，於是他撐著坐起來，彷彿舒服的伸個大懶腰，長吁一口氣，就此結束了我們簡直想不出人族中哪一位有他精采豐富的一生。

在這些呈現狀態並列的描寫句群裡，我們看到時光的推移，也看到那隻「俊美不羈、自由來去」，一輩子痛快精彩的虎斑大公貓。描寫的神奇之處，就是一種經由書寫而召喚建構出來的想像的力量。我們好像也跟貓爸爸作了朋友，甚至也期待有一個活得那樣精彩的貓朋友。就這樣，想像開始了，交流開始了，透過同情共感所產生的理解開始了。這是「描寫」給出的禮物。

＊ 思考與練習 ＊

1. 你喜歡這一篇嗎？有特別喜歡或不以為然的段落嗎？劃下來，說說看為甚麼？

2. 請把描寫貓爸爸、貓媽媽、貓妹妹的句子劃下來，試著說說他們各自的形貌、性情是甚麼樣子？哪些句子為你建構這樣的想像？

3. 你看到哪些細節？這些細節用甚麼樣的句子呈現？如果只寫貓爸爸，省略對貓媽媽、貓妹妹的描寫可以嗎？為甚麼朱天心不只寫貓爸爸就好？朱天心如此不避繁複的書寫有何道理？

4. 你可以感覺朱天心是用甚麼樣的「語調」或「位置」來寫貓爸爸嗎？親密的語調？敬重的語調？疏離的語調？旁觀者的語調？好朋友的位置？晚輩的位置？主宰者的位置？人類對動物的位置？「語調」和「位置」的選擇，是書寫上非常隱微但深沉的力道；選擇對了，一切用詞遣字與修辭都會因此出現特殊的氛圍，這是描寫在書寫上進一步的討論。如果你被朱天心打動，就可以回頭細想這個問題，看看她所決定的語調和觀察位置，讓她在文字安排上做出哪些特殊的選擇。

5. 讀完這篇文章，你獲得的整體閱讀感受是甚麼？悵惘、憂傷、迷離或是對存在有難以言說的觸動？或是覺得認識一個前所未有的情感世界？你覺得「描寫」這個寫類給出的獨特力量是甚麼？它最適合表現甚麼樣的情感和

內容？

6. 如果你家裡也有長期相處的貓、狗、魚、鳥等等，你會選擇甚麼樣的語調和位置去描寫他們呢？你又會用哪些細節刻畫出他們的存在呢？試寫一段來分享。

精讀文本二　林海音〈爸爸的花兒落了〉

◆ 閱讀引導 ◆

敘述是書寫一段經驗、歷程，呈示出它背後的力量或體悟。

林海音〈爸爸的花兒落了〉述說一個「瞬間了悟自己長大」的經驗。這個經驗發生在故事主人翁英子小學畢業典禮那天。那天，英子代表全體畢業生上台致詞、領獎——她得到孩子所能得到的最大榮光；同一天她失去父親，她的家庭失去了支柱——她面臨一個孩子可能面臨的最大恐慌和悲傷。英子這足堪銘刻一生的一天不斷與她過往的「記憶」交織著，這些「記憶」也反過來強化了英子在那關鍵性一天，種種的體會和轉變。

人間事脫離不了時間和空間所織出的存在世界，涉及生命經驗的描寫和敘述，都可能離不開寫作事件的時空背景。因此單單以空間或時間來分辨描寫和敘述並不妥當。描寫和敘述必須由底層邏輯來分辨。敘述的底層是「因果」，而描寫的底層是「並列」。琦君對照兩位親近的女性頭上的「髻」在時間軸上的變化，散發她對人情與歲月的感懷，即使內容涉及時序推演，對照焦點是並列的。反之，英子的成長緊緊依附在時間軸上，今日之我與昨日之我，交織在眼前與過往事件的錯置之中，以此傳達其中的因果關聯；此外，敘述文本為了展現事件進行的動感，而有賴於一個個帶著連貫和遞進關係的句子。例如：

過了一會兒，媽媽進來了。她看見我還沒有起床，嚇了一跳，催促著我。但是我皺緊了眉頭，低聲向媽哀求說：「媽，今天晚了，我就不去上

學了吧？」

　　　媽媽就是做不了爸爸的主意；當她轉身出去，爸爸就進來了。他瘦瘦高高的，站在床前來，瞪著我：「怎麼還不起來，快起！快起！」。

短短一段，即為我們完整陳述了一個賴床的小朋友和父母的互動過程。

由此可知，敘述在底層結構上是由「因果」關係掌控；但若要表現人物的行動，則多半由帶著「遞進」和「連貫」關係的句子來推展。

林海音寫好了一個經驗：關於失去，關於長大，關於爸爸的話，關於面對親人的死亡等等。她的敘述有一種力量，即便我們的成長樣態與她不同，即便我們已經知道每一個「後來」是甚麼，我們一讀再讀，一再的被打動。這種動人的力量如何產生？是生命經驗本身？還是她呈現經驗的方式？

＊ 思考與練習 ＊

1. 這篇作品中，有你印象最深刻的、最喜歡的或者最不以為然的段落嗎？

2. 文中有些段落敘寫畢業典禮當天發生的事情，有些敘寫回憶中的事情。請你觀察作者如何安排文章的時間序列。你認為作者如何將「不同時間」的記憶串接起來？

3. 到醫院去看爸爸、小學賴床被打、喜歡花的爸爸、第一次到銀行寄錢、每一個大人對她說的話……這些記憶中的細節是否太瑣碎，需要刪減嗎？請你說說這些細節在文章中的功能。

4. 敘述不僅是在時間軸上鋪排事件，它還靠著各種「行動」推展情節。而行動隱含著「因果關係」。請選擇一個段落，指出其中的「行動」與「因果關係」如何呈現。

5. 寫文章的林海音已經是成年人了，但是文中說話的林海音卻是個十二歲的小女孩。你從哪裡可以感受到「小孩子的語氣」？

6. 這篇作品的結尾說：「爸爸的花兒落了，我也不再是小孩子。」你在這裡

是否讀出並認可「英子真的已經長大」的訊息？為甚麼？

精讀文本三　龍應台〈兩種道德〉

◆ 閱讀引導 ◆

說明文是針對某種事物、概念、過程或行動，提出說解或詮釋。

龍應台的〈兩種道德〉收錄在《親愛的安德烈》，那是她和二十二歲的大兒子安德烈的書信集。安德烈看了一場電影之後，細想自己無災無憂的「中產階級家庭」優渥生活，對應著世界層出不窮的飢荒、戰亂、貧苦，心裡不安，覺得罪悔，但又不知該向誰懺悔，該作些甚麼，於是他寫了一封信給龍應台，稱自己是個「百分百的混蛋」；龍應台並沒有直接回應他的問題，只向安德烈說明自己的「兩種道德」；以及這兩種道德如何作為自己面對世界的災難、饑貧、戰亂或不公不義時的處置依據。

這篇文章要面對的，是WHAT的問題。但因為它是以「家書」形式呈現，所以儘管內容是「說明」一種態度和原則，龍應台的書寫還是摻雜了很多情感的元素，包括用安德烈和弟弟菲力普共有的回憶作例子，還有家庭生活點滴的回顧等。她把自己對道德的理解和詮釋，織進和兒子的情感回憶裡，讓兒子能夠藉著共有的回憶，理解母親當日的某些行為背後的意義，也讓安德烈明白她行使消極道德和積極道德的分野。在〈兩種道德〉裡，用於陳說、界定態度和意義的「判斷句」和用於捕捉回憶的「描寫句」和「敘述句」交織呈現，龍應台展示了一種把「說明」變的柔軟而易於親近的語言使用方式。

＊ 思考與練習 ＊

1. 請以逐條列舉的方式指出這篇說明文的條理。你可以直接說明每個段落的大意，或者找出作者討論問題的層次，並指出各個段落屬於哪個層次。

2. 試以三百字左右，重述龍應台說的「兩種道德」。請按照原文的邏輯次序，用第三人稱的客觀陳說語調書寫。句子開頭可以是這樣的：

(1)龍應台在〈兩種道德〉一文中指出，她的觀念裡道德有兩種……

(2)龍應台回應她的兒子安德烈關於「在優渥中生活，該怎麼面對世界其他角落的飢荒、苦難」這個問題時，做出下面的說明。她認為……

3. 說明文的支配性句型是「判斷句」，通常以「是」字句、「有」字句、「在」字句為基底，加入事理的變化。請指出文中屬於下列形式的句子，試著指出它們所表達的事理：

　　我相信～是～是～ ／ 不認為～只是～ ／ 對於～對於～都是～ ／

　　當～就～ ／ ～是～或者是～就～ ／ 難道不就因為～ ／ 譬如說～

4. 請指出這篇文章的說明策略，像是「舉例」、「比較對照」、「數據圖表」等。請討論它們在說明文中的作用。

5. 你能不能抽掉這篇家書中的感情成份，用理性分析的語調說明「兩種道德」？

6. 請再想想，加入家庭生活的片段在這篇文章造成甚麼樣的表達效果？說明文在甚麼情況下需要加入感性的片段？甚麼情況下就不適合？

精讀文本四　侯季然〈從大題目中逃脫的《珈琲時光》〉

◆ 閱讀引導 ◆

這是一篇影評。

侯季然觀看侯孝賢如何帶著「紀念小津安二郎百歲誕辰」的鐐銬跳舞，用電影創作向大師致敬；也觀看他如何走出一九八九年《悲情城市》以後的大題目，回到《童年往事》、《戀戀風塵》裡的尋常生活，與小津的電影對話。

　　侯孝賢的嘗試和改變對影評人侯季然來說，是一種久別重逢的驚喜。這篇影評重點就在《珈琲時光》成就了甚麼：甚麼是《珈琲時光》所展現的美？它為甚麼是一部向小津致敬而又自成新意的作品？

　　侯季然先從侯孝賢關注國族、政治、社會等「大題目」的電影特色談起，接著指出《珈琲時光》的首要特點便是從「大題目」中逃脫，重回尋常生活，拍攝一個和小津電影經常出現的故事一樣的題材。但是侯孝賢拍攝這個題材的時候，還把原已經極為簡單的人物、情節和衝突，作更淡化的處理，這是侯孝賢《珈琲時光》的特殊之處。侯季然分析這特殊的「淡化和削去」手法所造成的效果——它如何呈現侯孝賢對電影、對生活、對創作的信念和想像，以及由此而來的獨特美學，最後也最重要的是，《珈琲時光》所展示的電影美學如何與小津所創造的美學接軌，因而有了生命流動與承先啟後的意義和價值。

＊ 思考與練習 ＊

1. 侯季然這篇影評設定的讀者是誰？是喜歡看電影的一般人還是影癡？是寫給看過電影的人看？還是誘使沒看過電影的人去看？看了影評，你會想找這部電影來看看嗎？或者你看過電影，你贊成他的說法嗎？大家試著討論一下。

2. 哪一段分析最能說服你？為甚麼？是舉例和推論貼合？是說到了你不曾注意的細節？是開展了一個新穎的討論面向，譬如：侯孝賢電影最動人的片段都是在情節話語未到達處？是說明的層次邏輯安排明確適當？還是說明的語調詩意悠緩？

3. 侯季然這篇影評主要說明兩個問題：一是分析《珈琲時光》的好處在哪裡，二是說明為何《珈琲時光》是足以向小津致敬的作品。請你試著寫出這篇影評的段落大意，看看這篇文章是否足以承載他書寫的兩個意圖。請劃下每一段的「開頭句」，討論侯季然每一段落的「開頭句」是否帶出了段落核心意念？

4. 分析的主要辦法，都是「提出主張，然後舉出例證，最後加以析論」。請

你找出文章中的任一段落，用不同的色筆標明，去檢證侯季然的分析是否符合這樣的結構？

精讀文本五　劉克襄〈天下第一驛〉

◆ **閱讀引導** ◆

甚麼是「天下第一驛」？怎麼說台灣是「天下第一驛」？

原來，這個驛站是風鳥遷徙的驛站，「天下第一驛」點明台灣和風鳥之間的關係。作者長期投入生態保育行動，並以生態保育為寫作題材。他在〈天下第一驛〉以一個對風鳥懷著熱切情感並專注研究的「鳥人」身份，為風鳥充滿危機的未來提出呼籲。

這篇說明文沿著兩條線索推進。其一是風鳥的知識：風鳥的特殊性、風鳥和海岸線及島嶼的關係、風鳥的生活習性。其二是台灣對風鳥生存的重要性：風鳥在這個島嶼的飛行路線、遷徙慣性、生存需求。這兩條線索，都涉及WHAT的問題。劉克襄寫這篇散文的目的雖然是對拯救風鳥發出呼籲，但他選擇的策略卻是通過理性說明的文字，讓讀者獲得更多關於風鳥，或者台灣對風鳥的重要性的認識，進而願意讓台灣成為風鳥安全通過的驛站。

理性說明通過甚麼樣的語言表現呈現？從句子來看，我們看到大量帶著指認關係的「是」字句、「有」字句、「在」字句，為讀者分辨風鳥的特質以及它們的存在樣態；從段落組成成份來看，我們看到段落裡狀態描寫的句群與狀態分析的句群結合，組織成對某個整體狀態的說明。劉克襄一步一步的利用句子的指認功能，到段落的狀態陳述分析功能，帶著讀者層層的瞭解關於風鳥本身，以及台灣對風鳥的重要性的知識。

甚麼方法可以讓天下第一驛不淪為風鳥飛往天國的驛站呢？怎麼讓台灣不再是風鳥最大的生命難關呢？劉克襄在理性的為讀者說明台灣和風鳥之間的

關係，告訴我們天下第一驛的由來之後，在文末發出誠摯但微弱的呼籲。這篇說明文，雖有文學的感性，但更重要的是專業知識的穿插與支撐，讓召喚不淪於浮濫的激情。未來若我們要寫一篇關於生態、特殊物種介紹報導的報告，劉克襄的〈天下第一驛〉在書寫策略，結構安排、句式選擇與段落組織上，可以提供初步的有效參照；但若真要寫成學院報告，我們還需進一步思考「文學語言」和「學院語言」的差距。

＊ 思考與練習 ＊

1. 請順著作者的理路，條列其說明的重點。例如，風鳥的特殊性、風鳥的飛行路線、風鳥飛行驛站如何形成、台灣對風鳥的重要性等。

2. 請在每一項重點的後面寫出段落關鍵句。

3. 你認為作者的說解清楚嗎？他的說解能夠產生最後需要的呼籲力道嗎？無論你是抱持正面或負面的意見，都請試著說出理由。

4. 這是一篇帶著說明和呼籲性質的生態散文，免不了要以「美」作為打動和召喚的重要支撐，因此有別於典型的學院報告。如果要把這篇作品轉變成學院寫作，你認為在「語調」上需要作何調整？哪些內容必須刪除或增加？請你試著挑選一個段落，進行「意義不變、語調有別」的改寫練習。

5. 如果是一篇學院報告，行文次序和架構需要調整嗎？你認為在哪些部份還需要二手資料、數據、田野調查記錄的支撐？

精讀文本六　李明璁〈因我是不潔的異己〉

◆ 閱讀引導 ◆

這篇「議論」是針對特定事件發出不平之鳴。不平之鳴的議論通常帶有一定程度的煽動性，作者對他設定的潛在讀者發出召喚，掀起同仇敵愾的情緒，

引導他們進入新的反省或思考。

　　作者說起自己因為護照上的國籍而與兩個來自泰國的女孩被迫接受了一般白人旅客不必經歷的體檢，從體檢室的簡陋、海關人員的命令口吻，層層疊覆起一種無從辯駁反抗的羞辱感。他嚐到了一種「被歧視」的滋味，因而想起東南亞移工在台灣體檢的待遇。他這才領悟到我們其實和英國人一樣戴著有色眼鏡「歧視」羞辱他人。

　　不平之鳴的議論通常不是為了解決問題，而是為了引起反省與思考。作者從切身經驗的「敘述」開始，帶引讀者進入體檢現場，於是讀者開始想像自己在那個窒悶情境中將會如何反應。作者大量使用「設問句」，有的總起全段，有的在段落中間形成轉折，這是非常符合人性的策略——無論誰處在窒悶又無從反抗的情境裡，都會在內心大聲地質問「為甚麼？」「為甚麼是我？」「怎麼會這樣？」作者順著人性開展議論，讓讀者走入身歷其境的想像，自然也就走進自己對外籍人士態度的反省。

　　這篇議論文把「自己的問題」變成「大家的問題」。

❋ 思考與練習 ❋

1. 這篇議論文有沒有牽引出你的情緒來？你聯想到哪些問題、經驗或場景？

2. 歧視是一種非常隱微的心理狀態，你覺得自己有歧視心態嗎？展現在哪裡？對哪些人？你被歧視過嗎？你害怕被歧視嗎？為甚麼？

3. 作者是否引動了你對歧視的思考？你認為哪些書寫策略可能啟動讀者對歧視問題的思考？是自我經驗的敘述？是不斷拋出問題的「設問句」？還是一個個酸苦尖銳的括弧？

4. 請你把文中的每一個段落用一句話總括，並條列出來。請你指出作者採取了甚麼方式或用語來銜接段落？

5. 你認為何種句式有煽動力？請以這篇議論文的句子為例，說明你的見解。

精讀文本七　胡晴舫〈開放自己的城市〉

◆ 閱讀引導 ◆

這篇議論文不是為了批判，而是為了勸服。

議論未必都是激昂、犀利的批判或辯論，它也可以是觀念的宣導。若是觀念宣導，就帶著勸服的意圖。「勸服」需要照顧讀者的感受。這篇議論文目的在勸導大家在「態度」和「思維」上真正開放自己的城市，而非只是亂灑銀彈，或者搶奪、舉辦一些華而不實的活動。

這篇作品以第六段為界，分成兩個部份，前半部陳說已存事實，後半部據此進行勸說。前半部從香港花了三億港幣爭取WTO會議的主辦權卻沒能達到預期商機說起，說到許多城市為了在世界地圖上造就一個閃亮亮的地標，如何極力爭取主辦各種大型活動。後半部起於「但是」引領的第六段，「但是」標示一個大轉折，以此帶出闡釋與勸說。作者提出事實證據質疑主辦大型活動對提升城市形象的有效性，接著把話題從其他城市轉回台北，討論城市如何能達到「真正的開放性」，而台北獨有的開放性可能是甚麼樣貌。

勸說性的議論文雖然需要對已存事實提出陳述和批判，但不能只停留在批判層次上，它必須對已存現象提出更好的詮釋，進而提出解決問題之道。勸說性的議論文必須使讀者能接受作者提出的意見，甚至改變過往行為。因此「語調」是非常重要的——作者的主觀立場如何讓讀者不心生反感，就是一個考驗。〈開放自己的城市〉提出了作者對世界其他城市的觀察，以它們的失敗為警惕，再提出自己對「開放」的詮釋，主張在灑錢舉辦活動之外還能有其他的正向作為，可以使台北更加閃亮。作者的語調活潑也犀利，最後的問句帶著熱情，但她的鋪陳卻是耐心十足，理性與感性兼具，很能吸引讀者的視線。

＊ 思考與練習 ＊

1. 這篇文章說服你了嗎？如果是，是甚麼說服了你，是文章展現的思維模式？是作者的語調？還是行文策略？如果你沒被說服，是甚麼原因呢？請舉例說明你的看法。

2. 這篇議論文以將近一半的篇幅，陳說各國城市爭取亮相的現狀。在勸說性的議論文裡陳說已存事實，有甚麼作用？如果去掉這些部份，直接從「甚麼是開放的城市」說起，文章會更直截明快嗎？還是會減弱勸說的力量？

3. 請你比較每一個段落的開頭句，把它劃下來，並且思索段落之間的承轉是如何銜接的？段落的切份是否精準？切分段落會影響議論的節奏和說服效果嗎？請舉例說明。

4. 李明璁〈因我是不潔的異己〉與胡晴舫〈開放自己的城市〉，一是批判，一是勸服。這兩篇議論文在用字遣詞、語調選擇、結構安排上有甚麼不同？造成的閱讀感受有甚麼差異？請說說你的心得。

下編

如何撰寫一篇學期報告

第三章

學院報告寫作 劉承慧 編輯小組

　　在學院裡為了知識的目的而從事的寫作活動，稱為學院寫作，學院寫作的成品即是學院報告。學院報告與「說明」、「議論」兩種寫作類型關係密切。本書下編將以學生習作為例，說明撰寫學院報告的步驟與注意事項。第三章介紹學院報告的文字特性、思考脈絡與格式要求。

　　學院寫作有以下幾項特點：（一）它是屬於知識表達的，（二）它要以事理邏輯為依據，（三）它應遵守所屬知識領域的格式規範。學院報告自成一種特殊體裁。這種體裁是出於學院的約定，是為了講求知識表達的精確與完整。

　　我們可以從兩方面掌握學院寫作的要領：一是掌握文字形式，精確選用詞語和句式，加以適當的連貫；二是掌握表達格式，注意所屬知識領域刊物對章

節標題及參考文獻註記的規定與慣例。

學院報告和一般文字作品的比較

學院報告和一般作品的文字表現，可以從以下兩段文字的對照得知：

神經細胞是人體中一種極為特化的細胞，細長的神經纖維連結溝通全身的感覺與運動訊息。而我們的大腦便是由千千萬萬神經細胞交織而成的巨大網路，藉由複雜的訊息處理賦予我們思想與智慧。

那神經可塑性又是甚麼呢？可塑性（plasticity）表示了一種具有適應性、柔軟而可變的性質。但神經的可塑性絕對不是把神經像黏土一樣捏成各種奇形怪狀，而是經由神經相互溝通的機制，將神經網路更新並最佳化。[5]

案例一

在下標題之前，我猶豫了，因為我擔心接下來可能會讓讀下去的人失望。我要描寫的並不是某人在路上撿到一隻貓後，和牠愛恨交加血淚纏綿的故事，而只是一艘船和它流浪的乘客罷了。

而就嚴格的意義上來說，它也不是一艘船，至少在一般人的認知裡它是一家咖啡店。在台大外圍複雜的巷弄裡，它和所有附近的房舍一樣，灰不拉幾的像是剛從煙灰缸裡倒出來。唯一不同的，是它木造架高的建築，遠遠看就像甲板，彷彿只要台北淹大水，它就能遠遠馳航，甚至起飛。[6]

案例二

　　案例一有兩個段落，第一段說明大腦與神經纖維構成了傳訊網路，第二段說明神經細胞的聯結是可變動的，因此具有高效率的傳訊功能。案例二也是兩個段落，第一段指出作品的主題是一隻貓和牠棲身的地方，第二段指出那個地方是都市巷弄裡不起眼卻引發作者遐想的咖啡店。

　　案例一摘錄自學院報告，案例二摘錄自散文創作。它們從內容到文字形式都有區別。學院報告的內容是知識，而散文創作無論有多少真實世界的憑據，都攙雜著作者的主觀情意。主觀情意就反映在表達主觀的文字形式上，例如「我猶豫了」、「我擔心」這樣的字眼，又如作者把一家咖啡店想像成將會隨著都市淹大水而漂起來的木船。

　　案例一不是完全沒有作者的想像，例如「神經的可塑性絕對不是把神經像黏土一樣捏成各種奇形怪狀」就是出於作者對神經的可塑性的聯想，但他的用意只是通過「黏土」幫助讀者理解神經纖維相互連結的樣貌，重點在於神經纖維是甚麼樣子，而不在作者把它想像成甚麼樣子。案例二作者說咖啡店像木船，重點不在描摹咖啡店的外觀，重點在於作者的想像──它隨時可能因為都市淹水而奮起馳航。

學院報告的文字特性

　　學院報告的文字要忠實表達知識。比起文字創作，學院報告使用的句型較為刻板。以下是陳說知識內容常見的句型：

　　神經細胞**是**人體中一種極為特化的細胞。

　　大腦**是**巨大的神經網路，由千千萬萬的神經細胞**交織而成**。

　　外層MZ與中間層CP之間的大腦皮質結構可以**分為**六個層次。

　　這種社會情境對於原住民文化振復，**有利也有弊**。

　　部落之間資源、權利的分配**引起**競爭與分化。

請注意句中放大加粗的部份。「是」指認或界定知識內容。「交織而成」、「分為」說明構成關係。「有」表示存在。「引起」表示特定原因導致某種結果。指認事物的性質、界定內容或範圍、說明事物間的構成或因果關係，正是知識表達的基本模式。

再看以下表達立場的句型：

不同於以往研究偏重在文本內容的分析，本研究提出語言形式和表達內容並重的析論。

本文旨在探討以下幾個相關問題。

我們認為這三項問題的釐析，將有助於完整地重建泰雅族民族分裂運動始末。

第一句把過去和目前的研究作出區隔，明確指出研究立場與定位。後兩句以「本文旨在」、「我們認為」起頭，指明以下為作者個人立場的發言。這類用語有提起注意的效果，讓讀者注意到行文中特別被強調的主張或論述的重點，因此不宜濫用。若是以「我認為」或「我們認為」提出個人主張，請務必確認文中有具體證據可以充分支持主張，否則就是臆測。

此外有區別事理強弱的句型。試比較：

只有籃協、球隊、教練、球員共同努力，**才能夠**讓台灣籃球在國際賽事中重振威名。

籃協、球隊、教練、球員共同努力，**有可能**讓台灣籃球在國際賽事中重振威名。

請注意前句的「才能夠」和後句的「有可能」：前者表示「籃協、球隊、教練、球員共同努力」是「台灣籃球在國際賽事中重振威名」的必要條件，後者只表示可能性。

學院寫作需要表達作者的立場，因此需要適度使用「主觀的字眼」。甚

麼是主觀的字眼？表達評價或判斷的用語，例如「固然」、「當然」、「也許」、「不可避免的」等，或者以第一人稱代詞直接點明立場的「我認為」、「我相信」一類，都屬於主觀的字眼。學院報告要求言必有據，提出主張的同時必須充分舉證，因此要留意使用主觀字眼的正當性。最好不用「我覺得」或「我想」這類隱含非理性暗示的字眼，以免造成沒有證據就發言的印象。

學院報告常見的「需要」、「必須」、「應該」、「可能」、「可以」一類，有時表示由現實世界依據推導出的必要性或可能性，有時表示作者傾向認定的必要性或可能性。試比較：

大腦皮質區域最先會形成一層由最初期生成的神經細胞所構成的構造。

不定時炸彈隨時都會爆炸。

明天市長會出席剪綵。

這三個句子都用了表示可能性的「會」。第一句表達的可能性是基於生命的現實狀態，第二句表達的可能性是基於不定時炸彈本身的特性，第三句是對尚未發生的情事的預言。讓我們試著把「會」刪掉：

大腦皮質區域最先形成一層由最初期生成的神經細胞所構成的構造。

* 不定時炸彈隨時都爆炸。

? 明天市長出席剪綵。

第一句即使把「會」刪掉也依然成立。這個句子陳說大腦發育的常態，「會」暗示常態並非絕無例外；如果不用，就是直白說出常態事實。第二句如果把「會」刪掉，就成了謬誤句，這是因為「會」是陳說不定時炸彈特性的必要成份，如果把它刪除，句意就不完整了。第三句把「會」刪掉之後顯得很怪，因為「市長出席剪綵」尚未發生，而說出這句話的人也不是市長本人，他頂多也只是預知市長明天的行程項目包括了出席剪綵；如果市長本人說出「我明天出席剪綵」，情況又不同了。「明天市長會出席剪綵」中的「會」帶有說

話人的推定在內，因此不宜刪除。

陳說知識內容有若干固定的表達模型。案例一採取的模型是直接以指認句說明知識的內容，以「指認關聯性」、「指認功能」解釋「神經的可塑性」。

另一種常見的模型是「通過舉例的方式來解說抽象的事物或概念」。案例三即是以能量的具體事例「蛋糕」來解釋「能量」：

> 要了解亂度，首先要了解能量。在這世上我們所見的每樣東西都有其能量，而相同能量的東西則以不同的樣貌呈現在我們眼前。就以我最愛的蛋糕來說吧！一個小巧可口的蛋糕，它的熱量可高的驚人哩，可要好幾個大波羅才比得上呢！它們的成份都是麵粉和水（當然還有其他成份，如糖、蛋、酵母和一些香料等，但這裡只以主要成份來做解釋）。麵包師傅花了許多功夫把麵粉和水烘培成蛋糕時，在烘培的過程需要施與能量，而這過程並不是甚麼了不起的事，師傅只是把「能量」聚集成更精巧的形式，讓難以下嚥的、低密度能量的麵粉變成可口的、高密度能量的蛋糕。當你了解能量的概念，就能以能量來解釋亂度，能量愈密集，亂度就愈小，能量愈散亂，亂度就愈大。[7]
>
> **案例三**

舉例是解說抽象事物或概念的好辦法。至於那些無從舉例的情況，有另一種辦法，就是作譬喻。請看案例四：

> 讓我們回到最初最初，一切仍舊簡單的開始。就像堆積木一般，構成生命最基本的物質── DNA也是以這樣的型式組成。試想像你用紅白藍黃四色的積木堆成螺旋梯的形狀，紅色與白色的積木併在一塊兒，占據一層階梯的左右方，而藍色與黃色的積木也併在一塊，整座階梯全是由這樣雙色的台階組合而成，紅白藍黃錯亂卻有序地散布著。DNA就是這樣的螺旋梯，只是紅白藍黃的位子替換成組成DNA的四種鹼基── A、T、C、G，A與T配對，C與G配對，繞成生命最根本的分子。[8]
>
> **案例四**

如果沒有圖片，如何解說DNA的構成？作者以積木為例，四種顏色的積木兩兩配對，紅白成對，藍黃成對，排列成螺旋梯狀的組合，就像A、T基鹼兩兩成對，C、G基鹼兩兩成對，形成螺旋梯狀的組合。

展示操作程序也是一種常見的模型。案例五以選課為例，說明拓撲排序法的操作過程：

身為大學學生，選課時不免會遇到擋修的問題。當擋修的情況很複雜的時候，要找出合理的修課順序就不太容易用肉眼直觀的解決。拓撲排序法就是要將這個問題抽象化，透過一連串有邏輯的步驟解這個問題。

假設資工系的課表如下：

課程代號	課名	先修課程
1	電腦程式設計	無
2	離散數學	無
3	資料結構	電腦程式設計
4	演算法	資料結構、離散數學
5	作業系統	電腦程式設計

由這個課表可以畫成下面的圖形，讓人更容易了解。

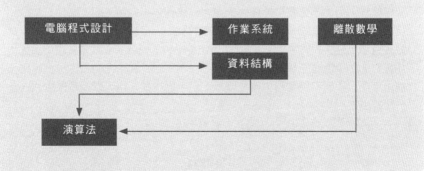

　　我們可以看到，「作業系統」和「資料結構」都各有一個進入的箭頭，「演算法」有兩個，而「電腦程式設計」和「離散數學」則沒有。進入的箭頭的數目，也就是先修課程的數目，拓撲排序法就由此開始，執行下面幾個步驟：

1. 找一個完全沒有進入箭頭的課程，代表目前可以修的課。

2. 將這個課程從圖裡拿掉。

3. 把這個課程連出去的箭頭也都拿掉。

4. 回到步驟1，找下一個沒有進入箭頭的課程。

　　於是我們可以反覆地操作這四個步驟，直到所有的課程都被拿掉為止。首先會遇到「電腦程式設計」（或「離散數學」，兩個隨便取一個就可以了），接下來是「作業系統」和「資料結構」的進入箭號都沒了，所以這時「作業系統」、「資料結構」、「離散數學」都可以拿。最後當「資料結構」和「離散數學」都被拿掉之後，就可以拿「演算法」了。按著一次一次拿取，最後可以得到這一個順序：

　　當然合理的順序有很多種，這只是其中之一。不過可以確定，按著這個順序修課，必然不會發生擋修的衝突。在這個很小的例子裡，區區五堂課，用肉眼一個一個亂試，也可以找到合理的解法。但當課程的數量有好幾十個好幾百個，選課的學生成千上萬（比如說學校的選課系統就要處理這麼龐大的資料），用沒有邏輯的方式亂排則幾乎不可能找到合理的順序。這時用拓撲排序法，即使不用電腦，僅在紙筆上用手動作業，也可以循序漸進的一步一步排出來。[9]

案例五

最後，學院報告通常包含兩個層面，一層是對既有知識的說明，再一層是作者在既有知識基礎上提出進一步的發現或論述。因此撰寫報告時須注意主客觀表達的字詞與句式之間的轉換。請看下面這一段文字：

近年台灣社會越來越多元，而「新移民」這個詞在新聞媒體、報章雜誌也已經很常見，但是很少有人真正了解它的意涵。因此，我們想透過文獻來深入探討：究竟甚麼是新移民？是甚麼原因讓他們來到台灣？在台灣面臨哪些困難？這些困難意味著他們是社會上真正的弱勢？或者這些困難只是台灣社會形塑的刻板印象？這些是本文關注的問題。[10]

案例六

這段文字以「因此」為界，前半段提出當前台灣社會新移民現象，後半段對此現象提出疑問，作者意圖解答這些問題，增進對新移民的認識。「因此」之後出現「我們」，表示接下來是作者關注的問題。

語言形式與思考脈絡

學院報告是為了知識的目的，知識又和思考的理路與方法緊密結合，因此學院報告的行文方式必須反映出思考的條理。甚麼是有條理的學院報告？案例一第一段有兩個句子，前句說明神經細胞纖維具有傳訊功能，後句說明大腦是神經細胞組成的傳訊網路。兩句之間用「而」表明它們是相關聯的，具體的關聯性則是由關鍵詞的意義連結來建構。其中有「神經纖維」、「神經細胞」、「大腦」幾個關鍵詞，神經纖維是神經細胞的組成部份，而神經細胞是大腦的組成部份。兩個句子藉著邏輯上的包含關係取得條理。

再看案例七：

大腦皮質在發育過程中會經歷複雜的層化現象。在發育早期，大腦皮質區域最先會形成一層由最初期生成的神經細胞所構成的構造，稱為preplate。隨後，快速增生的神經細胞則在preplate中間形成一層稱為cortical plate（CP）的細胞結構，而將preplate分成外層的marginal zone（MZ）與內層的subplate（SP）區域。在發育的過程中，這些區域內的神經細胞彼此之間會產生對於生長發育相關的影響。隨著出生後大腦發育的成熟，最後外層的marginal zone與cortical plate會形成一個具有六層結構的大腦皮質構造，而subplate則隨之消失。[11]

案例七

整段文字以「大腦皮質發育過程的層化現象」為主軸，段落中的每個句子對應著發育過程中每個層化的環節。整個段落的條理就建立在層化現象發生的先後順序上。

上面兩個案例都是順勢承接的案例，下面是一個文意有轉折的案例：

本土化運動與統獨糾葛下特殊的社會情境提供了原住民族文化復振（cultural revitalization）歷史性良機；<u>但是另一方面</u>，資源、權利、政治空間等條件擴張，也引起原住民族內部的進一步競爭與分化。從早期原住民運動主張一個團結的「原住民族」與漢人社會二元式的對抗模式，反向擴及原住民族各族群間對於資源的劇烈競爭，近年來「泰雅族民族分裂運動」之激化，亦與此密切相關。[12]

案例八

先看「但是另一方面」前後的分句：「本土化運動與統獨糾葛下特殊的社會情境提供了原住民族文化復振（cultural revitalization）歷史性良機」指出

讓原住民文化重新振作的有益條件，後分句「資源、權利、政治空間等條件擴張，也引起原住民族內部的進一步競爭與分化」指出不利的條件。

如果針對正反條件分別提出深入的說明——正面的說明如本土化運動與統獨糾葛下的社會情境「如何」創造出原住民文化重新振作的機會，反面的說明如原住民內部發生了「哪些」競爭分化的情況，「如何」阻礙文化振復的發展——那麼這一個轉折句就可以擴張為兩個甚至於更多的段落。

報告格式與文獻註記

學院報告有寫作格式上的要求，包括「訂立前言與內文標題」和「註記引用文獻」。前言和內文標題的功用在提示重點。請看〈如何幫助在校園暴力事件中被遺忘的受害者〉這篇報告的前言和內文標題：

如何幫助在校園暴力事件中被遺忘的受害者 [13]

一、前言

校園暴力是現今普遍存在於校園的議題，在校園暴力事件中，我們往往先積極的輔導施暴者，而忽視了受害者。事實上，我們對惡霸的認知比受害者還多，但忽視受害者是使得他更容易成為被欺負的對象。所以我想從受害者的角度去看這個議題，首先分析受害者是否有共同的特徵，導致其成為受害者。再從家庭及學校兩方面進行探討，找出幫助受害者的最佳方法。

二、受害者的共通性

（一）肢體特徵

（二）人格特質

（三）家庭背景

三、家中長輩的角色及態度

（一）安慰與輔導

（二）面對事實

（三）與學校合作

四、學校師長的處理方式

（一）與家長共同輔導

（二）建立同儕調停機制

（三）商請警方介入

五、結論

案例九

　　報告的題目點出作者的問題意識，前言概略陳述報告的內容，等於把題目作一個放大、拉長的說明。內文標題大致勾勒出報告的架構，也就是作者的思考脈絡。內文標題有助於讀者理解思考脈絡，提高可讀性，同時也有助於作者掌握思考條理。

　　如果是一篇條理清楚的報告，它的題目、前言與內文標題之間必然是緊密扣合的。如果內文標題不能有效開展、回應、支撐題目與前言關注的問題，這就表示作者還沒有完全釐清或確切掌握思考脈絡。

　　下面再對照一個負面的寫作案例〈化冷漠為關懷——啟動心靈環保與深化人文社會之關懷〉。這篇報告的前言與標題如下：

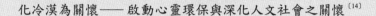

化冷漠為關懷── 啟動心靈環保與深化人文社會之關懷[14]

一、前言

　　現代社會資訊發達、方便，消息的傳遞，彼此的通訊更是快速無比，可是人心之間的距離，卻是愈來愈遠，甚至充塞憂鬱、空虛、不安與失落，種種心靈的病症隨之而起。現代人有句話：「天涯若比鄰，對面不相識。」就是在說即使科技發展快速，資訊溝通便捷，但冷漠卻成為人情往來最大的障礙。因此，要如何化冷漠為關懷啟動心靈環保，將是每個人生命中最重要的課題。

二、追求政經及科技發展，卻忽略了人文的素養

三、我們社會的青年「活得不快樂，對未來沒有方向感與目標」

四、高學歷高失業率，躁鬱與憂鬱症悄悄來襲

五、各類物價高漲，惟獨薪水不漲，民眾叫苦連天

六、詐騙電話橫行，跨國界吸金

七、社會自殺率升高，政府視若無睹

八、毒品氾濫，吸毒年齡層不斷下降

九、結論

案例十

　　根據報告題目「化冷漠為關懷── 啟動心靈環保與深化人文社會之關懷」和前言所述，作者似乎要針對「如何克服現代社會冷漠的通病」提出建議，然而各節標題都只觸及問題本身，至於這些問題和「現代社會人心冷漠」之間的

關聯性如何，無從得知。再細察各節的內容，其中有些小節只提出問題，有些小節舉出問題的同時也作出了某種建議，不過建議內容跟「心靈環保」或「深化人文社會關懷」有甚麼關聯性，仍是模糊不清的。

這篇報告的內文標題正好可以幫助作者檢視自己思考上的缺失：為甚麼內文標題和報告題目及前言所述內容有落差？是標題不夠明確，還是各節內容與表達意圖不相契合？以此而言，訂立內文標題不應視為對作者的限制，而是釐清思路與條理的必要步驟。

我們可以藉由標題的訂定，梳理出報告的重點，然後從句子到段落到小節再到篇章，層層向上發展。寫作的時候要時時回到標題，反覆思考每個局部與全文旨意的關係。這有兩方面的作用：如果是有思慮不周而造成的偏移，可藉此察覺並把自己拉回正軌；最初訂立標題的時候可能有些疏漏甚至邏輯謬誤，也可藉此察覺而予以修訂。

學院報告有另一項基本要求，是「註明引用文獻」。學院報告的內容必須「有所本」，需要徵引相關資料，所徵引的資料就是引用文獻。註明引用文獻，目的在切實交待報告所述知識的來源與依據。

學院裡探索知識，有守成，也有創新，而一切知識的創新都是在既有基礎上進行的；即便是徹底推翻既有的見解，仍要以既有見解為基礎。註明引用文獻的意義在指出報告的基礎，而讀者也可據此衡量報告內容有無新意。

參考文獻可依性質分類。期刊論文以及經過專家審定的教科書，相較於未經專家鑑定的資料，可信度較高。其次，徵引資料要力求精確，否則將會嚴重減損報告的價值。

不同的專業領域，文獻註記規範略有不同，最好先行了解報告內容所屬知識領域的註記規範。或許有人認為文獻註記是外加的，是正文的附帶品，正文完成之後再行處理即可。然而為避免疏失遺漏，造成侵權問題，我們建議作者撰寫初稿時就一併註記引用文獻。

＊ 思考與練習 ＊

1. 學院報告有時候會出現第一人稱代詞「我」或「我們」。這種字眼的表達作用是甚麼？請比較下面兩段文字，你認為哪一段文字「我們」用得較恰當？為甚麼？

> 　　近幾年來，<u>我們</u>不難發現台灣的社會已經越來越多元，而「新移民」這個詞更是充斥在<u>我們</u>生活週遭，舉凡新聞媒體、報章雜誌都可以看見這些字眼，但是很少人對它真正的意涵有所了解。因此，<u>我們</u>……[15]

> 　　近年台灣社會越來越多元，而「新移民」這個詞在新聞媒體、報章雜誌也已經很常見，但是很少有人真正了解它的意涵。因此，<u>我們</u>……

2. 學院報告有時候會出現主觀的字眼。甚麼時候使用主觀的字眼才算是恰當？請看下面這段文字，其中有哪些是主觀的字眼？

> 　　我看著牆上貼著以各種東南亞、中東、非洲等文字書寫的告示，清晰地彰顯著一種對立性的意象：第三世界／他者／污穢 vs. 先進英國／自我／潔淨。然而，弔詭的是，這間醫檢室如此昏暗而老舊，其簡陋的程度與機場任一地方的明亮「先進」，實有天壤之別。是甚麼樣一種區隔與歧視的心態，造就如此差異化的空間安排。的確，大概永遠都不會有白種人、日本人等被要求來到這個房間吧，所以當然不需要有這些國家的文字標示，也更用不著花心思整修設備。[16]

再比較下面兩個改寫段落：

◆　　改寫一

> 　　我看著牆上貼著以各種東南亞、中東、非洲等文字書寫的告示，清晰地彰顯著一種對立性的意象：第三世界／他者／污穢 vs. 先進英國／自我／潔淨。然而這間醫檢室如此昏暗而老舊，其簡陋的程度與機場任一地方的明亮「先進」，實有天壤之別。是甚麼樣一種區隔與歧視的心態，造就如此差異化的空間安排。大概永遠都不會有白種人、日本人等被要求來到這個房間吧，所以不需要有這些國家的文字標示，也更用不著花心思整修設備。

◆　改寫二

　　牆上貼著以東南亞、中東、非洲等文字書寫的告示，清晰地彰顯著一種對立性的意象：第三世界／他者／污穢 vs. 先進英國／自我／潔淨。然而這間醫檢室如此昏暗而老舊，其簡陋的程度與機場任一地方的明亮「先進」，實有天壤之別。如此差異化的空間安排潛藏著一種區隔與歧視的心態。因為不會有白種人、日本人等被要求來到這個房間吧，所以不需要有這些國家的文字標示，也更用不著花心思整修設備。

請問兩個段落有甚麼區別？表達效果如何？

3. 學院報告和一般散文有風格上的區別。請比較附錄二開頭的兩個段落：

　　蒔蘿的基調是一段清清冷冷的甜香，幽幽然施施然飄來，有種空渺的遠近感，不像蔥蒜之類迎面直搗黃龍，死掐著鼻孔不放。蒔蘿的氣味幽微而秀美，雖然撲捉不到，但卻飄忽左右，徘徊盤桓如魅影，不知道為甚麼有一種淒美的意味。(蔡珠兒〈冷香飛上飯桌〉)

　　蒔蘿，俗稱香菜，氣味清冷飄逸，又帶著若有似無的香甜，與蔥、薑同為中國菜餚經常使用的辛香調味料，也被當今西方人認定是中國口味的特殊標誌。然而，恰恰與大家認知相反，此看似家常的香菜，其實源自西方，本文將梳理中、西方古文獻，探討蒔蘿的來歷、流佈與其在不同飲食文化中的位置。(羅漪文〈蒔蘿考〉)

（1）原文段落屬於一般散文，改寫段落屬於學院報告。請你從寫作類型的角度，指出兩段文字的差異。

（2）請比較兩段的內容。改寫文字減少了哪些部份？增添了哪些部份？為甚麼要作出這些更動？

4. 學院報告的文字和一般口語文字有風格上的區別。請看〈論SBL與台灣籃球〉[17]這篇報告（附錄四）。這篇報告的作者是個超級籃球迷，幾乎不錯過任何一場球賽、任何一篇運動報導或各大報的球評。他對台灣籃壇瞭若指掌，在網路上很可能是個分析籃球賽事的高手，若需要即席現場轉播一場球賽，也難不倒他。他的報告分析裁判、球員、攻略、運動態度，並以PTT找網路資料，證明自己的觀察有憑有據。這篇報告有觀點，有分析，有

批評，作者很認真的想了許多問題，但很不幸地他被退稿了！現在就請你試著思考以下幾個問題：

(1)這篇報告為甚麼沒有被接受？

(2)如果你是個籃球門外漢，能不能掌握文章重點？哪些專業用語或行話需要為讀者寫註腳說解？

(3)請你指出這篇文章的重點，想一想每個重點之間的關聯性。

(4)請觀察文章中的「我」、「你」以及劃黑線的段落。想想這樣的語調，營造甚麼樣的情境？是現場播報還是一篇球評寫作？這樣的語調對作者即將提出的觀點，起甚麼作用？

(5)綜合以上思考結果，你認為有甚麼可改善或補救的地方？你可以試著從標點符號、口語句、段落、層次、小標題、架構各個層面作調整，必要時可以試著重新安排段落，刪減文字，儘可能依照作者的原意，把這篇文章修改成一篇「不被退稿」的學院報告。

第四章

問題意識 王萬儀 編輯小組

　　在上一章裡，我們討論了學院報告寫作的整體概念，包括學院報告與一般
書寫在文字形式上的區別，學院報告的文字特性，語言形式與思考脈絡的配合
以及學院報告最寬鬆的規格與要求。這一章，我們要進入學院報告的最前端：
如何開始構思一個報告。那個構思的起點就是下面要討論的「問題意識」。

甚麼是問題意識

　　來到大學，你被期許著不再只是被動的吸收知識，而是主動的求取。學院
裡存在各種龐大的知識體系，等待著你；而你也將用你自己的敏感、直覺和品

味、你的好奇，去碰撞、探索那些尚未知曉的體系。

　　就算是剛進大學的新鮮人，面對一個議題、一個文本，都可能因為個人特殊的質性，在某個議題研究之中，找到某些特殊的面向，或者在特定文本裡，發現某些不能放手的片段。這看來微不足道、也許笨拙、也許瑣碎的「亮點」，卻可能是開啟一個奇妙的探索之旅的靈光，那是一種「鬆鬆的洞察力」。這樣的「洞察力」將會讓你在某個議題或文本之中運轉出與他人不同的起點。

　　譬如同樣修一門藝術概論的課，大家都寫「畢卡索」。如果沒有任何靈光升起的亮點，沒有問題意識，可能就僅是上網google關於畢卡索的資料，拼貼出浮光掠影的生平簡介和藝術成就概說，最終作成了一個比課本還糟糕的大雜燴。但是如果你開始問：

　　　　為甚麼畢卡索畫人像，要把器官移位？

　　　　畢卡索的愛情經驗和他的創作有甚麼關係？

　　　　為何「格爾尼卡」這幅畫在我腦裡揮之不去？

　　　　為何我看畢卡索的作品總感到有些不安和神秘……

　　這些問題，雖然只是模糊的想法，但如果它是你構思畢卡索報告的起點，你已經有機會脫離google拼貼大雜燴的行列了。「問問題」是寫出一個有意思的報告的好辦法，但是該怎麼開始問問題？問出問題之後，下一步又該如何？

確定探索方向──六個W和一個H

　　寫報告的第一要務，不是上網亂槍打鳥似的蒐集資料，而是「問問題」。要能提出有意義的問題，想辦法找出問題的癥結所在。這個要求看似簡單，卻常讓習於制式題目餵養的學生不知所措。所幸，「問問題」是與生俱來的能

力，可以經由寫作練習而重新拾回。

重拾的可能路徑在哪裡？我們回頭看看曾經學過的「六個W和一個H」——是誰？何時？何地？哪一個？是甚麼？為甚麼？怎麼作？可說是幫助我們在面對一個議題或一個夠份量的文本時，在最短時間內喚起問題意識，讓思考聚焦，緊握住論述脈絡的辦法。

每一種不同的問題會把思考的進程、資料的安排、結構的層次與支撐，導入不同的方向。譬如HOW的問題要求提出明確的步驟方法；WHY的問題要求提出嚴謹而合理的分析；WHAT的問題通常指向妥貼的定義或完整精確的現象陳述，它要求周延而具普遍性。當然，問題越複雜、議題越龐大，各種不同的問題層面會彼此跨越重疊。但在初學寫作學院報告時，先學會確定自己最想問的問題，以問題為起點，把思考發展成一條線，書寫完整即可。

寫作前的準備

撰寫議題報告的首要工作是「在題目限定範圍內問出值得探究的問題」。我們一開始想問的問題通常都很大，那個很大的問題通常又都可以按照不同的思考路徑而切分出許多明確的小問題。問題越明確，寫作方向就越清楚。因此，議題報告寫作前的準備工作是確切指出報告所要解答的問題。

文本分析報告，就是對你所選定的文本中的某個問題進行討論，從文本中辨析作者對此一問題的態度、詮釋或書寫意圖，進而提出你個人的見解。

有時候你可以從文本的深入閱讀中解析作者的意圖與詮釋，但有時候需要相關背景知識的支撐，才能進一步分析作者為何這麼想、這麼看、這麼寫。因此，文本分析報告基本上是由「文本」、「作者」、「你自己」還有「同樣討論這個文本、作者或議題的研究資料」所形成的大四角支撐。「文本」是你討論問題的基礎，而「作者」的見解和意圖會與「你」的理解產生對話，無論你認同或反對作者的看法，都要能清楚區分哪些是「作者」的，哪些是「你自

己」的；而如果能善用有關於這個文本、作者或背景的研究資料，將是你論述上的有力輔助。

在剛開始學習學院的文本分析報告時，起碼要先區分出「文本」、「作者」、「你自己」所構成的三條脈絡，你的思考才會有層次、有縱深，你的論述也不再僅止於讀書心得。

（一）大問題與關鍵句

一個夠份量的文本和議題有如一個多面的球體，然而剛開始學習寫作學院報告的時候，並不要求對這球體作全盤的掌握，只要找到其中一個有意思的切面，釐清相關問題，即可進入分析與討論。

我們可以從「大問題與關鍵句」的練習開始，這是學院報告寫作的初步訓練。練習的步驟是，先提出一個看完文本或面對議題想到的核心問題，再由這個核心問題，提出三到五個相關的小問題或關鍵句。

讓我們以一篇文本分析習作為例，展示如何進行大問題與關鍵句的練習。在此之前，先簡介分析的文本《甲骨文——流離時空裡的新生中國》[18]。這部作品是一個年輕美國記者彼得‧海斯勒（中文名叫何偉）長期居住中國，親眼見證中國十年間崛起歷程的紀錄與報導。書裡有明顯的兩條不同的脈絡。一條是存在中國大地上的城市與人物：何偉把城市中發生的事件、各類新聞與他所接觸的人物穿插書寫，呈現他對崛起中國的觀察。另一條線則是以挖掘中的地下城市、古文物、漢字的發展與劫難為主軸，呈現一個古老文明在二十世紀後所面臨的各種懷疑、論辯。

作者觀察並描述持續改變的新生中國。這樣一個複雜文本，若要討論當然可以問出許多不同的問題，也有許多不同的切入點。讓我們來看案例一的作者最初是怎麼切入的：

北京的昔日今日明日

寫的是北京建設的過程：**永樂帝、毛澤東、現代化**

我想要用以下三個主題為主要脈絡：

一、<u>小蝦米對抗大鯨魚</u>

　　在拆除老趙先生的四合院為基底下，以老趙先生、一般市民、政府三方面來探討中國人對「四合院」這古文物的態度。(我可以帶入樂生療養院做比較嗎？)

二、<u>一雙不一樣的眼睛</u>

　　以作者何偉的角度觀看，帶入中國人與非中國人看待古物的觀點

三、<u>擁有然後失去</u>

　　以趙老先生的角度紀錄一連串事件的發生

案例一

　　題目和下面簡短的說明點明了「問題意識」，而三個關鍵句勾勒出作者思考問題的線索。然而兩者之間並沒有切實的「對焦」與「聚焦」。首先，三個關鍵句的焦點不在「北京城」，而是在「北京城裡的四合院」，題目沒能清楚表現出這樣的「發想點」。其次，題目和簡短說明所可能開展出的討論，與三個關鍵句甚或《甲骨文》這本書毫無關係，而且過於龐大複雜，不是一個學期報告所能涵蓋。

（二）對焦與聚焦

我們看出了案例一提出的「大問題」與「關鍵句」有斷裂。這時候必須重新設定一個既可以呈現作者原初問題意識，又能與關鍵句互相配合的「題目」，再對「關鍵句」進行修改、調整，直到能夠清楚展現作者的邏輯與思考層次為止。有這樣的準備，再進入報告寫作才不會發生書寫無效的窘況。

按照上述原則修改後的「大問題和關鍵句」如下：

◆　改寫

滅絕前的最後一瞥──從老趙先生的四合院看中國人對古文物的態度

一、擁有然後失去

　　以老趙先生的角度紀錄一連串四合院拆遷事件

二、小蝦米對抗大鯨魚

　　以拆除老趙先生的四合院的事件為基底，從老趙先生、一般市民、北京政府三方面來探討，中國人看待四合院存廢的態度。（我可以帶入樂生療養院做比較嗎？）

三、一雙不一樣的眼睛

　　以作者何偉的角度觀看，帶入中國人與非中國人看待古物的觀點，並耙梳作者何偉對這一事件的觀點和態度。

四、結論

　　「我」的觀點進入討論。「我」怎麼看文本中所呈現的紛爭？「我」對四合院拆除與奧運發展之間取捨的看法？「我」與作者何偉的觀看角度和理解有何不同？這不同的原因是甚麼？

案例二

　　修改後的題目可以凸顯「問題意識」，並且和「關鍵句」緊密扣合。關鍵句的順序經過調整，思考脈絡變得清晰：首先介紹老趙先生四合院故事的來龍去脈，接著呈示「文物擁有人老趙」、「北京市民」和「政府」對「四合院」這樣古文物的看法，然後從敘述中一點一滴的找出作者何偉隱微的立場和理解，最後的結論進入對話。報告作者與書中人物對話，也與《甲骨文》作者何偉對話，以充分的舉證支撐自己的理解和想法。

　　我們可以藉由大問題與關鍵句的習作，初步檢視自己提出的問題是否有效，可以和哪些相關問題進一步連結。再由此發展成報告的前言與內文標題。

（三）議題的形成

　　議題報告和文本分析報告不同，它沒有文本作為引動問題意識的基礎，它的起點往往是寬泛的概念，例如身體、國族、性別、資本主義、科學倫理、操控、菁英、宅文化、暴力、階級、新移民等。每一個概念都是如此的巨大，都可以開展出許多值得深究的問題。要寫出有論點的議題報告，就要問出值得開展的「有效議題」，而且是你有能力在報告期限內仔細研究並找出答案的問題。

　　儘管議題報告不是從文本中找出有效的大問題，從這個起點問出相關的小問題，給出關鍵句，但「關鍵字的聚焦」練習仍然可以幫助我們在面對一個廣闊無邊的概念時，進行聯想和分類。讓我們用「暴力」這個議題來作說明。

　　暴力是一個廣泛而多面的議題，大自國族、家庭，小至個人的身體、性別，都是暴力的場域；從看得見的身體傷害、凌虐，到看不見具體創傷的言語羞辱、歧視、精神虐待或者多數對少數的壓制，都是暴力的形式。暴力總是涉及群己關係，有加害者、有受害者、有旁觀者，這三者之間存有微妙的互動與拉扯。造成加害者施暴的原因千絲萬縷，受害者對暴力的反應也各有不同，在暴力事件中旁觀者的意志和態度又有關鍵性的影響。

　　從極大到極微，挑一個點、一條線、一個面，切進去──校園霸凌、老師的權力、學校的權力、國家機器的權力？身體的暴力、階級的暴力、精神暴力、語言暴力？反省自己是否曾經加害他人？回想自己受害的處境，如果能夠

再來一次，應該或可以怎麼辦？

有了這些引導，我們開始關鍵字練習。以下是一位同學的練習：

1. 暴力議題的關鍵字聯想：

   家暴、校園霸凌、恐懼、政治、痛、言語傷害、只能防備不能阻止、默默的憤怒、權力、不對等關係、弱肉強食、無助、威權勢力的展現、黑暗

2. 針對關鍵字作分類

   屬於加害方面的：家暴、語言傷害、校園霸凌、政治

   屬於受害方面的：恐懼、痛、只能防備不能阻止、黑暗、無助、默默的憤怒

   兩者之間的關係：不對等、權力、弱肉強食、威權勢力的展現、既是加害者也是受害者

3. 分類之後的剪裁與串連工作：

   最在乎的關鍵字：只能防備不能阻止……

   確立焦點：只能防備不能阻止的暴力

   議題討論範圍：為甚麼暴力是一種只能防備不能阻止的狀態？甚麼是只能防備不能阻止的暴力？家庭暴力？校園暴力？政治暴力？

*我最在乎的關鍵字是「只能防備不能阻止」，所以我把焦點放在「只能防備不能阻止的暴力」。甚麼是只能防備不能阻止的暴力？家庭暴力？校園暴力？還是政治暴力？我發現家庭暴力和校園暴力的受害者都有「只能防備不能阻止」的特質，而政治暴力是無從防備也不能阻止的。最後我決定討論「校園暴力」。我要從校園暴力事件受害的一方來探索問題，我注意到，有許多校園暴力事件受害者吃了虧卻不敢聲張。我想問「為甚麼」？

4. 確定議題──〈論校園暴力中讓受害者噤聲的原因〉

蒐集相關資料與分類：

校園暴力的現象：加害者在校園活動的權力運作狀態、校園裡的師長
　　　　　　　　及同儕在暴力行為中扮演的角色與態度⋯⋯

受害者方面：受害者人格特質分析、受害者家庭在暴力事件中的態度
　　　　　　與因應方式⋯⋯

案例三

經由關鍵字的分類、剪裁、串連和聚焦，這位同學最後決定以「論校園暴力中讓受害者噤聲的原因」作為報告題目，後續工作因此有了收束的圓心和延展的焦點。它可能包括校園暴力的現象資料蒐集，受害者的人格特質分析，加害者在校園活動的權力運作狀態、校園裡的師長及同儕在暴力行為中扮演的角色與態度、受害者家庭在暴力事件中的態度與因應方式等。把相關資料以一種有條理的方式加以組合，層層剖析，從中尋找出「造成受害者沈默的原因」，就可以著手撰寫報告了。

撰寫議題報告之前，如果你並沒有既定的想法或具體的問題，都不妨試著由關鍵字的聯想、分類、聚焦，慢慢凝塑成有效的問題。這就和文本分析的「大問題與關鍵句」的練習一樣，是確立問題意識的好辦法。

從寫作實例觀察學院報告的問題意識

（一）文本報告案例分析

接下來請看三個文本分析報告的「前言與標題」，「前言」對應著上述習作的「大問題」，「標題」對應著「關鍵句」。粗體字的部份標示著「問題意識」的起點。

1. WHY的問題意識

《甲骨文》裡看美、中矛盾[19]

一、前言

　　閱讀完《甲骨文》全書之後，對書中經常出現的美中關係問題感到矛盾。中國人在許許多多的事情上非常地仰賴美國，但是全國人民的共同意識以及國家對外的許多態度，都很明顯地不歡迎及不友善，**到底是甚麼原因會造成一個如此反美的情緒？在這篇文本分析報告中我想要透過本書作者的觀點來尋求解釋。我想要了解這種矛盾情緒的起因。**本文從全書一開始所寫的一些現實生活中發生的美中外交問題出發，紀錄分析中國人民和官方的態度及想法，接著回溯過去中國對美國的反應，思考分析幾個可能的原因後，再針對問題作出結論和反思。

二、中國對美國負面的立場和看法

　　（一）政府表面上對美國的態度和看法

　　（二）政府對人民的引導

　　（三）人民對美方的厭惡和不滿

三、中國對美國的依賴和親近

　　（一）過去中國對美國的態度和看法

　　（二）申請奧運的一切準備

四、矛盾情緒的起因

　　（一）歷史背景影響下的傳統觀念

　　（二）面子問題

（三）世界強權的爭霸

五、既是危機也是轉機

案例四

　　案例四關注WHY的問題。作者把梳《甲骨文》提到的美、中關係的種種事例，找出中、美之間矛盾情結產生的原因，報告的重點在「解析」。他先「陳述」中國政府和人民一方面對美國抱有負面情緒、另一方面又仰賴美國的矛盾態度，再「解析」這種矛盾背後的意義。

2. WHAT的問題意識

　　《巧克力戰爭》[20]是羅柏・寇米耶1974年出版的小說，內容涉及校園黑暗勢力以及對宗教信仰的質疑等禁忌，一直是保守團體抵制的作品。這部小說可以讓我們思考教育體制、校園霸凌、師長的權力界線、青少年的自我認同、善惡是非如何界定等嚴肅的議題，也可以讓我們思考小說作者如何把這些複雜議題織入文本。我們看看案例五的文本分析報告如何「切入」、如何討論這本小說。

觀看亞奇與歐比相互依存的法則──我讀《巧克力戰爭》[21]

一、前言

　　亞奇與歐比是「守夜會」的軸心人物，兩人的互動頻繁且微妙。全書在故事的演進軸上不時穿插了兩者的「笑容」及內心進退的互動，看似與全書的中心思想無關卻又大量的被分配在情節中且環環相扣。究竟這些「笑容」有何涵義？雙方又是如何解讀彼此的

「笑容」？在這些「笑容」的暗示下是否也透露了兩者相互依存的關係？本文將先分析兩人在《巧克力戰爭》中所扮演的角色與彼此的心態，接著探討兩人互動的微妙關係，最後觀看兩人相互依存的法則，藉此了解校園組織中主從關係的生存樣態。

二、亞奇與歐比所扮演的角色

　　（一）身為主導者的亞奇

　　（二）淪為附庸的歐比

三、亞奇和歐比對彼此的心態

　　（一）亞奇對歐比的心態

　　　　1. 無所謂的態度

　　　　2. 警備和報復的心態

　　（二）歐比對亞奇的心態

　　　　1. 崇拜的心態

　　　　2. 憎恨與報復的心態

四、笑容的暗示——亞奇和歐比的互動

　　（一）亞奇的笑容

　　（二）歐比的笑容

五、亞奇和歐比互相依存的法則

　　（一）各取所需——資訊與權力

　　（二）各司其職——腹語師與傀儡

六、結論

案例五

　　這篇報告關注WHAT的問題，焦點是「校園組織中主從關係的生存樣態」。報告作者冷靜的繞過這個小說容易激動或激怒人心的各種議題，從「權力運作」的角度切入，說明一個高中校園裡最有勢力的幫派中，擁有最高權力的兩個主要人物以「甚麼樣」的態度和方式彼此磨合，共同宰制整個校園。

　　報告作者從兩人的「笑容」出發，就他們扮演的角色、彼此看待的心態、笑容背後的心計等層面，析論兩人之間的依存法則，從而對小說中校園惡勢力結構如何運作進行分析，使得他的報告能給出更具深度與普遍性的視野，可以此觀察或理解其他校園惡勢力掌權者的依存關係。作者通過對書中兩個角色的分類、歸納、比較與整合分析，緊密而完整的回應了他的問題意識。

3. WHO的問題意識

　　顧玉玲的《我們——移動與勞動的生命記事》[22]是一本記錄外籍移工在台灣生活種種的書。誠如封底介紹所言：「這是一本『他者』之書，企圖忠實地呈現、記錄幾位菲律賓移工在台灣『獨特、無以複製、不容簡化歸類』的故事」。「他者」之書為何取名為「我們」？全球化帶來甚麼樣的剝削和遷徙？台灣人怎麼看待來自外地的「他者」？「他者」又如何理解、凝視台灣人？自由、平等、博愛、公平、正義、尊重、關懷等我們相信的價值和原則，如何在「我們」和「他者」接觸時被凸顯或抹除？顧玉玲表面上在說故事，其實提出一個又一個關於生存的大哉問。正當讀者翻開她的書，讀得欲罷不能，所有的反思都已啟動。

　　接下來我們看案例六如何討論這本書。

對鏡——「他們」即是「我們」[23]

一、前言

　　當我翻讀《我們》時，作者安插情節的方式讓我感到迷惑：因為這本名為「我們」的書裡，卻在「他們」的故事裡，穿插著「我

們」的故事；在「我們」的故事裡，夾雜著「他們」的故事。

　　到底這本書是在描寫身為在地人的「我們」抑或在敘說作為外來者的「他們」呢？侯孝賢認為作者所做的，是一項翻譯工程，把「我們」翻譯給「他們」知道。而在書的前言裡也提到一段墨西哥解放軍的公告：「『我們』是鏡。『我們』在這裡是為了彼此注視並為對方呈現，你可以看到『我們』，你可以看到自己，他者在『我們』視線中觀看。」但是在《我們》一書裡，沒有「你」、「我」，沒有「他們」；有在地人、外來者之分，卻無「我們」和「他們」之別。這種觀點究竟和「我們」一般世俗的區分差別是甚麼呢？又到底作者是如何打破世俗的區分標準呢？以下我將先從彼此的視域、故事出發，再談作者的角度與作者是如何融合「我們」和「他們」的差異。

二、「我們」與「我們」的視域

　　（一）何謂「我們」及「我們」的故事

　　（二）「我們」對於外來者的看法與態度

三、「他們」與「他們」的視域

　　（一）何謂「他們」及「他們」的故事

　　（二）「他們」對於本地人的看法與態度

四、作者所認知的「我們」與一般大眾認知上的差異

　　（一）何謂「我們」

　　（二）融合——尋找共同的頻率

　　（三）回歸人本——「他們」即「我們」

五、結論——對鏡

案例六

　　報告作者的問題意識是從一個迷惑出發：在一本名叫《我們》的書裡，為何「他們」和「我們」的故事不停的穿插交織？在互相凝視、聆聽和交錯裡，「我們」的疆域一直被重劃，重新界定。報告作者想要追問，那到底「誰」才是顧玉玲所要言說的「我們」呢？他用這個問題整合報告發展的一切脈絡，一面分辨顧玉玲用故事不斷重劃的視域，一面追索顧玉玲所要言說的「我們」，最後找出顧玉玲把這本「他者」之書定名為「我們」的原因，發現顧玉玲所定義的「我們」是誰。

　　這三篇報告都是從文本中找到有趣的「問題意識」，由問題意識發展成「思考脈絡」，推動報告的書寫。這三篇報告的題目、前言清楚呈現問題意識，而問題意識又由內文標題所提示的思考脈絡穩穩承接，因此就把「問題」延展成一個完整的解釋或論述。這三篇報告問出了與「文本」相關的有效問題，經由層層論證的模式和步驟去解答了這個問題，因而脫離「讀書心得」，成為分析文本的學院報告。

（二） 議題報告案例分析

　　接下來看議題報告。議題報告跟文本分析報告不同，在於它沒有具體的文本作為討論的基礎。一切相關資料都還躲藏在書籍、期刊、報章、網路，等著你用「問題」把他們串連起來。舉凡資料的篩選、分類、引用以及論述的邏輯與層次，都取決於你的問題意識。

1. 以WHAT為主線的問題意識

　　設想你被要求撰寫一篇關於「台灣新移民」的報告，討論的對象是那些從東南亞、中國嫁到台灣的女性。你會如何開始你的報告呢？

　　以「外籍新娘」為關鍵字上網搜尋，成千上百的資料串，從外籍新娘仲介到外籍新娘關懷組織，關於文化衝擊、關於融入家庭社區、關於家暴、關於各種與外籍新娘有關的社團和論述。這時如果沒有一個核心的問題繫住思路，你幾乎就會迷失在茫茫的資料海裡。這時「問題意識」會幫你大忙。

如果最初想問的問題是：那些女性在台灣過的是甚麼樣的生活？那麼你將會作出以WHAT為主線的報告，題目也許就叫「新移民女性的生活層面與困境」。

你可以扣住這個問題上網搜尋相關資料，也可實際作社區田野調查訪談，把多個不同的新移民女性的故事和生活記錄下來，再加以分類，歸納出她們在台灣的生活樣態以及普遍面臨的困境，還可以調查台灣社會對這些女性提供的援助。報告的架構可以是：

一、她的一天（田野調查的訪談可以一段段故事的方式呈現）

二、新移民的生活樣貌、普遍困境和需求

三、台灣社會提供的援助及不足之處

基本上，這是一個可以獨力完成的報告。主要工作是資料的蒐集與歸納，但在問題意識的凝聚、照射之下，千百條資料有了篩檢、判讀、分類的線索。你的報告將更廣、更深地讓讀者「看到」一種社會現象、一個特殊的族群。

2. 從WHAT到WHY──問題意識的加深與擴大

案例七這一篇報告問出了更深刻的問題：

在台灣天空下的新移民──論外籍配偶的真／假弱勢[24]

一、前言

近幾年來，我們不難發現台灣的社會已經越來越多元，而「新移民」這個詞更是充斥在我們生活週遭，舉凡新聞媒體、報章雜誌都可以看見這些字眼，但是很少有人對它真正的意涵有所了解。因此，我們想透過文獻的幫助來深入探討：究竟甚麼是新移民？是甚麼原因讓她們來到台灣，又在台灣面臨哪些困境？而這些困境是真的弱勢，還是經過台灣社會型塑下所產生的？最後則就目前所知的改善方法做一個簡單的介紹。

二、甚麼是新移民？

三、來台灣的緣由

（一）台灣人對婚姻觀念的改變

（二）外籍新娘家鄉的經濟弱勢

四、真弱勢為何產生？

（一）買賣心態

（二）刻板印象

（三）融入社會遇到的問題

五、假弱勢──文化優越感

六、現有的支援單位與改善辦法

案例七

　　作者的問題包括：「甚麼是台灣新移民」、「他們是真正的是弱勢」或者「『弱勢』只不過出於台灣人的想像」、「甚麼是造成真弱勢與假弱勢的原因」。這些問題涉及WHAT和WHY。

　　案例七從問題意識到標題的層次架構，形成清楚的思考條理。作者首先「定義」新移民，其次「說明」新移民到台灣的背景、然後「分析」造成真弱勢與假弱勢的原因；真弱勢與假弱勢的分辨與剖析，充分展現出作者的觀察力與分析力。

題目太大？

在寫報告之前，也許有些老師會與同學討論報告題目。很多時候，同學都會聽到「題目太大」，彷彿被澆了一盆冷水。可是請不要心懷怨懟，那是老師集十數年功力的肺腑之言。

題目太大通常又分成兩種情況。一種是欠缺問題意識造成的空泛，譬如題目就是「畢卡索」或「武則天」，這完全是沒先仔細想過的天馬行空。老師接下來一定會問：「畢卡索的甚麼」或「武則天的甚麼」，通常都是在這個時候同學才真正進入思考狀態。

另一種情況是同學有問題意識，想法也新穎有趣、有深度、有廣度，但是題目範圍卻不是當下的那個「他」所能掌握、駕馭的。下面還是用實例來說明。

徐志摩是中國現代文學史上的重要作家，在多數人的印象裡，他是「浪漫詩人」。他身處中國變化最劇烈的二十世紀初，是五四時期著名的創作者，兼受西學與傳統文化的洗禮與陶養，經歷了幾段轟烈的愛情，還有一次決裂的婚姻。他的詩風轉變，他對文化、國族的思考，他的創作理念，他的愛情與婚姻等，都可以作為撰寫報告的題材。案例八的作者在眾多關於徐志摩的題材中挑出了「離婚」問題來探討。這是很有趣的切入點，因為徐志摩不僅是一個浪漫詩人，他和張幼儀女士也是近代中國第一樁「文明離婚案」的男女當事人。案例八是初稿的題目、前言和內文標題：

自徐志摩與張幼儀的婚變探討離婚過程中
弱勢群體的處境與權利保障 [25]

一、前言

五四時期，離婚成為時尚代名詞，不少自認深受西方文明薰陶的知識份子紛紛以離婚、自由戀愛作為自己具有新思想的象徵。而

其中首開風氣的事件，莫過於徐志摩與張幼儀的婚變。

　　具有願「冒世之不韙」的勇氣，只希望「於茫茫人海中訪我唯一靈魂之伴侶。得之，我幸；不得，我命。」甚至有「改良社會、造福人類之心」的偉大理由作為基石。然而，徐志摩與張幼儀真實的離婚原因，卻並非真的為了「建立中國自由離婚榜樣」，而是為了自己的私人感情因素，造成了張幼儀的委屈與不滿，而粗糙的離婚手續，以及徐志摩對張幼儀處境的忽視，甚至間接促成了徐志摩兒子彼得的死亡。無保障的離婚手續，對於弱勢的一方往往造成不公，而多數知識份子只是為了「時尚」而離婚，更是失去了離婚是「為彼此開創嶄新未來」的意義。

　　時至今日，離婚已經成為社會極為普遍的現象。但是如今的我們究竟有無進步？在法律制度上是否仍有瑕疵，可能造成某一方的不利？是否會對家庭造成影響？這些都是我們極欲探討的問題，我們將會參考與離婚相關的法律文獻，並佐以實例訪問作為參考，來探討「離婚」這項議題。

二、將「近代中國第一樁文明離婚案」以現今法律觀念解讀

三、離婚的意義

　　（一）離婚是為了甚麼

　　（二）訂立離婚法的必要性

四、離婚的影響

　　（一）個人調適

　　（二）親子關係

　　（三）親屬關係

　　（四）經濟問題

五、實例訪問（視情況增減）

　　（一）訪問對象A

　　　　1. 離婚因素

　　　　2. 離婚後小孩狀況、雙方相處狀況

　　（二）訪問對象B

　　　　1. 離婚因素

　　　　2. 離婚後小孩狀況、雙方相處狀況

　　（三）小結論

六、結論

案例八

　　初稿題目是「自徐志摩與張幼儀的婚變探討離婚過程中弱勢群體的處境與權利保障」，涵蓋了兩個大的層面，其一是離婚過程中弱勢群體的處境；其二是弱勢的權利保障。前者可能涉及社會的、心理的材料與知識，後者則涉及離婚的相關法律說解，每個層面都需要專門的資料蒐集和知識介入。

　　請往下再看內文標題，從第三節開始，作者的思考向著弱勢群體的「處境調查」傾斜，既不涉及題目明言的「權利保障」，也沒有回答前言提出的「如今的我們究竟有無進步」、「在法律制度上是否仍有瑕疵，可能造成某一方的不利」等疑問。此外，第三節和第四節的順序也有倒錯。離婚的「影響」不是該從實際問卷或訪談中被統計、耙梳出來的嗎？既然已經有了「影響」分析，何須加上訪談？

初稿的內文標題沒能完整穩固的延展並說明「題目」所點明的問題，而標題所顯示的架構也容易讓報告流於鬆散的「現象報導」，失去解析問題的著力點與深入探討的可能性。這都是由於題目太大。題目太大最常見的毛病就是像案例八的初稿這樣「顧此失彼」、「浮泛空洞」。

最後請看修改後的題目、前言和內文標題：

自徐張婚變探討離婚法律對弱勢者的保障

一、前言

五四時期，離婚成為時尚代名詞，不少自認深受西方文明薰陶的知識份子紛紛以離婚、自由戀愛作為自己具有新思想的象徵。而其中首開風氣的事件，莫過於徐志摩與張幼儀的婚變。

具有願「冒世之不韙」的勇氣，只希望「於茫茫人海中訪我唯一靈魂之伴侶。得之，我幸；不得，我命。」甚至有「改良社會、造福人類之心」的偉大理由作為基石。然而，徐志摩與張幼儀真實的離婚原因，卻並非真的為了「建立中國自由離婚榜樣」，而是為了自己的私人感情因素。粗糙的離婚手續，以及徐志摩對張幼儀處境的忽視，甚至間接促成了徐氏次子彼得的死亡。

時至今日，離婚已經成為社會極為普遍的現象。我們希望藉徐氏離婚一事，分析離婚法律之演變，探討現今法律是否已具保障離婚當事人權益之效用。

二、重返歷史──徐志摩與張幼儀的離婚過程

（一）法律處理

（二）離婚前後幾年兩人的發展

　　1.徐志摩

2.張幼儀

三、建立觀念：離婚的意義

（一）離婚是為了甚麼

（二）訂立離婚法條的必要性

四、分析探討：離婚法律的流變

（一）從前到現在——離婚法的沿革與比較其進步之處

（二）離婚法如何保障弱勢者

1.子女監護

2.贍養費

五、結論

案例九

案例九是經過修改的終稿，題目和內文標題都作了修正。「自徐張婚變談法律對弱勢者的保障」同樣是從徐張婚變後張幼儀的弱勢處境出發，但是作者把討論的範圍「縮小」到法律層面的討論。前言把問題意識交代得十分明確：「我們希望藉徐氏離婚一事，分析離婚法律之演變，探討現今法律是否已具保障離婚當事人權益之效用」。內文標題從徐張婚變的歷史重述，到離婚法律的沿革演變，都扣緊了婚姻中「弱勢」和「法律」之間的關係，讓報告得以從「現象陳述」走向對議題的深入分析。透過今昔法律的比較，案例九以徐志摩的生命經驗為起點，為讀者說明了一個重要的法律沿革內容。

✳ 思考與練習 ✳

1. 請比較三個文本分析報告的題目和前言，想想下面問題。

    （1） 從題目和前言來看，三位作者選擇了不同的切入面向。如果用「六個W和一個H」來大致分類，你看得出他們各自解決哪個範疇的問題嗎？

    （2） 請你在三篇前言中，劃下可以代表作者「問題意識」的一段關鍵句。

    （3） 請以三篇報告的內文標題與題目、前言互相參照，觀察它們的「問題意識」是否完全籠罩報告的思考脈絡？內文標題是否扣緊並回應「問題意識」？你認為哪一篇的「問題意識」與「思考架構」的連結最緊密穩妥？為甚麼？

2. 有些文本分析報告可以聚焦於「文本」的深入閱讀，有些文本分析報告則需要「其他背景知識」支撐。請你用三篇文本分析報告範例作比較，你認為哪一篇最需要加入其它背景知識？為甚麼？

3. 關於報告「題目太大」的思考練習：

    （1） 請比較案例八初稿和案例九完稿的題目、前言和內文標題，作者更動了哪些東西？最重要的更動又是甚麼？這樣更動以後對報告造成的改變是甚麼？

    （2） 你認為在初稿和完稿裡，作者想討論的問題，需要哪些專業領域的知識作支撐？作者所做的更動是有必要的嗎？說說看你的理由。

第五章

題目與大綱　楊晉綺　編輯小組

　　在上一章的討論裡，我們知道了「問題意識」是一篇報告構思的開始。當有效的問題意識升起之後，一切相關思索的鉤聯、資料的尋找，以及報告基本架構的建立，才有可以依循的脈絡。接下來，我們要問的是：如何知道自己的問題意識是否有效？如何判斷自己決定討論的問題足以撐起一個報告，或者早已超過一個學期報告所能涵括的範圍？這就有賴于以問題意識為核心，思考報告的題目和大綱。這一章，我們要討論的，便是問題意識、題目與大綱三者之間的關係。

　　問題意識升起之後，我們一面開始閱讀相關資料，一面思考報告內容，並藉著擬定題目與大綱來確立報告粗略的思考架構。這個由題目和大綱組成的初步架構，應能充分展現問題意識；而不斷回顧問題意識，則有助於題目和大綱

的整合。由此可知：問題意識、題目和大綱之間的聚焦和對焦，是確定報告發展方向是否正確的重要步驟。

接下來，我們討論擬定題目與大綱時應注意的原則。

確立範圍及主軸

學期報告的字數通常在二千字至五千字之間，因此一篇學期報告能夠涵納的知識內容很有限。這是我們在構思過程中必須不斷提醒自己注意的。

適度的聚焦，劃出清楚的討論界線，設定單一的思考主軸，都有助於縮小題目範圍，集中而深入地探討問題。請看案例一〈草原狼〉這篇報告的大綱：

草原狼[26]

一、野狼考——草原狼與其他狼種的差別
　　（一）灰狼
　　（二）紅狼（草原狼為灰狼之亞種）
二、遠古以前
　　（一）草原狼的起源
　　　　1.發源　2.演進　3.變化
　　（二）以前草原狼的生存環境
　　　　1.氣候　2.景觀　3.動植物
三、孤傲的旅者
　　（一）草原狼的習性、外觀
　　　　1.毛色　2.獵物　3.習性
　　（二）草原狼的遷徙演變
　　　　1.尋找適合的棲息地　2.發現其他的獵物

四、亦敵亦友

　　（一）牧人與狼的互動

　　　　　1.敬佩　2.敵視　3.競爭

　　（二）動態平衡

　　　　　1.穩定的食物鏈　2.牧人與狼群亦敵亦友的關係

五、突如其來的巨變

　　（一）外來文明而產生的影響

　　　　　1.獵槍、火藥的引進　2.人的價值觀改變

　　（二）狼的沒落

　　　　　1.過度獵殺　2.失去棲息地　3.外來種的威脅

六、消逝的旅者

　　（一）狼的消逝

　　　　　1.狼群幾乎消失　2.狼群遷徙它地

　　（二）隨著狼群消失而來的災難

　　　　　1.失去天敵的其他物種過量繁殖

　　　　　2.過度繁衍的物種造成更大的傷害

　　（三）草原狼成了保育類動物

　　　　　1.狼面臨了瀕臨絕種的危機　2.人類發現狼群的重要性

七、狼蹤再現

　　（一）人類復育野狼

　　　　　1.規劃保護區　2.重新野放狼群　3.進行教育宣導

　　（二）共生共存

　　　　　1.重新穩定的生態系　2.人類與狼互不相犯

八、結論

案例一

　　首先，〈草原狼〉這個題目，不能凸顯任何問題意識，一個沒有問題意識支撐的題目，會因為沒有明確指涉範圍顯得模糊籠統。根據這樣的題目而擬定的大綱，就可能會因為沒有主軸而產生思考上的跳躍，或者內容重疊而造成冗贅。案例一的問題，正是欠缺討論主軸而來的重複冗贅。讀者可以仔細比對大綱的第二、三項的討論都涉及草原狼的物種特徵、獵食習性和生存環境（灰底標出部份），只是有發源時期和遷徙時期的差異。第五項第2條和第六項第1條（灰底標出部份）都涉及草原狼族群的消逝。第六項第3條「草原狼成了保育類動物」又和第七項「狼蹤再現」高度重疊。大綱如此重疊冗贅，便不能展現報告寫作的每一部份既需連貫又要有所區隔的縝密和邏輯要求，是需要整個從頭思索的。

　　除了內容重疊的問題，案例一大綱的措辭也需要調整。首先，如果細看，這個作者用了兩條線索串連報告。一條是時間軸：遠古以前、突如其來的巨變、消逝的旅者、狼蹤再現；另一條是草原狼的特性：野狼考、孤傲的旅者、亦敵亦友。這些都是圍繞著題目發展出來的關鍵字，不經仔細分辨，讀者很難從這些模糊的字詞上看出他們牽連發展的脈絡。例如第二項「遠古以前」表示時間，遠古時期有許多物種，發生過許多事情，和草原狼有甚麼關係？其次，這兩條線索若是各自獨立、深入書寫，都可以完成一個精緻而有深度的學期報告。由案例一我們可以看出，沒有問題意識的籠統題目、可能架構出冗贅重疊的大綱，最後使得報告成為欠缺主題的資料拼貼大雜燴。

　　因此，我們建議將題目與大綱修改如下：

◆　改寫

草原狼的消長與復育

一、野狼考——草原狼與其他狼種的差別

　　（一）灰狼

　　（二）紅狼（草原狼為灰狼之亞種）

二、草原狼的起源、習性與生存方式

　　（一）草原狼的起源外觀與習性

　　　　　1.發源、演進與變化

　　（二）毛色外觀與習性

　　（三）草原狼的生存環境

　　　　　1.氣候　2.景觀與生物

　　（四）草原狼的遷徙

　　　　　1.尋找適合的棲息地　2.發現其他的獵物

三、人與狼互動競爭的過程

　　（一）亦敵亦友的動態平衡

　　　　　1.競爭敵視　2.穩定的食物鏈　3.亦敵亦友的關係

　　（二）科技文明的介入

　　　　　1.獵槍、火藥的引進　2.人類價值觀改變　3.過度獵殺

四、草原狼的消失與衍生的問題

　　（一）狼群消逝

　　　　　1.數量大幅減少　2.被迫遷徙它地

　　（二）狼群消失的災難

　　　　　1.失去天敵的其他物種大量繁殖

　　　　　2.物種過度繁衍對大自然造成的危害

五、狼蹤再現——人類復育草原狼始末

　　（一）人類復育草原狼的原因

　　　　　1.草原狼面臨了瀕臨絕種的危機

　　　　　2.人類發現狼群的重要性

　　（二）復育的過程

　　　　　1.規劃保護區　2.重新野放狼群　3.進行教育宣導

> （三）共生共存的人狼關係
>
>   1.重新穩定的生態系   2.人類與狼互不相犯
>
> 六、結論
>
> **案例二**

　　改例中，問題意識顯然聚焦在草原狼的消失與重現上人類所扮演的角色，於是題目設定成「草原狼的消長與復育」，這劃定了討論的範圍。而討論的脈絡則緊扣著草原狼與人類相處模式在時間軸上的變化依序論述，這就是確定了單一思考主軸。雖然大綱開始時的兩個部份：「野狼考」、「草原狼的起源、習性與生存方式」，說明的是關於草原狼的基本知識；但這個知識，卻是支撐讀者理解接下來討論的重要基礎。有了具備問題意識的題目、劃定清楚的討論範圍，並建立單一思考主軸之後，整個大綱不再有重覆冗贅的毛病，變得精緻、嚴謹而有條理。

充分凸顯主張

　　在題目和大綱所構成的初步報告架構中，大綱中的各部份不僅需要連貫一致、相互融攝，還要能夠充分凸顯主張。請看案例三：

> 線上遊戲 [27]
>
> 一、隨著科技的腳步
>
>   （一）科技進步，網路系統發達，帶動人們生活習慣改變
>
>   （二）娛樂方式變化

二、線上遊戲發展

　　（一）線上遊戲起源

　　（二）線上遊戲的意義

三、線上遊戲分類

　　（一）遊戲硬體與軟體設備

　　（二）遊戲內容與操作方式

四、線上遊戲特色

　　（一）虛擬身份

　　（二）虛擬社群活動

　　（三）臨場感

五、個人特質呈現

　　（一）生活習慣

　　（二）價值觀

　　（三）虛擬環境對個人的影響

六、在遊戲中學習，在遊戲中成長（經濟原理）

　　（一）角色投資

　　（二）供需法則

　　（三）市場經濟

七、在遊戲中學習，在遊戲中成長（邏輯思考）

　　（一）數字人生

　　（二）攻略技巧

（三）未來規劃

八、在遊戲中學習，在遊戲中成長（社交活動）

（一）陌生的朋友

（二）互助合作

九、現實的縮影

（一）天堂或是地獄

（二）網路犯罪

（三）保護自身權益

十、回到現實世界

遊戲結束，回顧網路世界和現實世界之異同

案例三

案例三的作者要告訴我們甚麼是「線上遊戲」：第一到第五項說明線上遊戲隨著網路發展而盛行，反映出科技社會的生活特色；第六到第八項指出網路遊戲不只是遊戲，更是學習與社交的途徑；第九項指出網路遊戲有負面影響；第十項比較網路世界和現實世界的異同。根據大綱來看，這份報告只是一篇網路遊戲的介紹。

但若仔細分辨作者在結構安排上的比重，我們可以發現，他用三個獨立的部份說明線上遊戲的優點，只用一個部份提醒線上遊戲的負面影響，顯然，他的報告不僅要介紹線上遊戲，還有為線上遊戲翻案或辯護的意圖。我們可以把第六到第八項線上遊戲對參與遊戲者具有正面的教育意義的論述，發展成支持線上遊戲的主張。最後兩項關於線上遊戲的負面陳述，如果要鼓吹線上遊戲的

益處，也必須設法化解負面包袱可能導致的矛盾。

我們看案例四的改例：

先明確提出「線上遊戲有其正面意義與價值」的主張，再建議瞭解網路世界潛藏負面危機，學習保護自己，化解報告中網路遊戲正負兩面論述並陳的矛盾：

◆ 改寫

線上遊戲的正面價值與意義

一、甚麼是「線上遊戲」？

　　（一）線上遊戲的內容與種類

　　（二）線上遊戲的操作方式與相關電腦知識

二、線上遊戲的魅力與特色

　　（一）臨場感帶來的娛樂性

　　（二）虛擬的個人身分與環境社群

　　（三）呈現個人特殊的生活習慣與價值觀

三、線上遊戲的正面意義

　　（一）學習經濟原理

　　　　1.角色投資　2.供需法則　3.市場經濟

　　（二）有助於邏輯思考

　　　　1.數字思考　2.攻略技巧　3.規劃未來

　　（三）參與不同類型的社交活動

　　　　　　1.陌生的朋友　　2.在特殊場域中學習另類合作方式

四、學習保護自己

　　（一）網路世界是現實社會的縮影

　　（二）了解及預防網路犯罪

　　（三）如何保護自身權益

五、結論

案例四

　　案例四顯然用一個主張把線上遊戲的一切討論凝聚在一個主要脈絡上。作者的問題意識起自於：線上遊戲不一定如一般大眾所論斷只有負面的影響；題目的設定用肯定陳述句確定了論述的方向，凸顯了主張。接下來，案例四把案例三裡第一到第三項大篇幅介紹線上遊戲的文字加以整併刪減，以免比例失衡，喧賓奪主。為凸顯線上遊戲的正面價值，案例四因此用第二項、第三項大篇幅的說解線上遊戲的魅力以及正面意義。最後，在第四項裡，作者提出一個化解矛盾的觀點：他承認網路世界有其危險性，但正如現實世界不是無菌的真空世界，網路世界的情況也相同，他提出學習保護自己的提醒和具體辦法，化解一般大眾對線上遊戲的疑慮。如此修正之後，這一組題目和大綱變得既有論述的重點，也有緊密的組織架構。

問題意識、題目、大綱的聚焦與調整

　　我們知道了題目和綱要的擬定需要劃定清楚的討論範圍、建立單一思考主軸，並且在設定題目和大綱時凸顯主張，但我們如何檢視自己的題目和大綱是

否顧及這些層面？這有賴於對問題意識、題目和大綱三者之間反覆的聚焦與調整。請看案例五。

地理大發現的影響[28]

一、甚麼是「地理大發現」？

    （一）起源時代

    （二）社會文化

    （三）當代著名人物

二、世界觀的改變

    （一）地球是圓的

    （二）海洋主權的重要性

三、邊陲到中心

    （一）西歐國家崛起

    （二）新興市場與商業制度

四、世界緊密結合

    （一）殖民主義出現

    （二）全球化

五、結論

    （一）對全人類的貢獻

    （二）對全人類的災害

案例五

　　試想「地理大發現的影響」這個題目範圍有多大？首先讀者要問：這影響是經濟上的影響？海洋霸權重新分配的影響？處女地開發的影響？原住民被迫遷徙的影響？社會文化轉型的影響？甚至語言變異的影響？細看作者的脈絡，他要討論的影響聚焦於海洋霸權和經濟霸權的轉移，以及因而興起的殖民主義和全球化。姑且不論從「地理大發現」跳到「全球化」所跨越的歷史時空有多大，光看他所點出的幾個論述領域，譬如：地理大發現的社會文化背景、海洋主權、新興市場和商業制度、殖民主義、全球化，每一個都會拉出一個需要許多專業知識支撐的討論。這樣的題目和大綱真能被一個學期報告涵蓋嗎？如果真要完整地討論標題列出的所有內容，這報告需要多少篇幅呢？案例五的問題正是「題目太大」。

　　作者最後決定縮小範圍，探討「地理大發現」時期改變歷史的重要人物「哥倫布」與他所處的時代背景之間的關係，進而確立題旨：是時代環境造就了新大陸的發現者哥倫布，而不是哥倫布的個人天賦創造了歷史。他把題目重新定為：「哥倫布——時代的產物」，改寫後的大綱如下：

◆　改寫

哥倫布——時代的產物

一、當時歐洲概況

　　（一）經濟與社會

　　（二）科技與理性

　　（三）地理位置與宗教信仰

二、新時代的趨勢——資本主義興起，歐洲迫切尋求通向亞洲的新航道

三、天時地利人和——哥倫布發現新大陸事件始末

　　（一）哥倫布的世界觀與人生志向

　　（二）尋求西、葡王室支持其航海冒險的過程

四、結論

案例六

　　這報告的問題意識起自於：真的是哥倫布的地理大發現改變了歷史嗎？還是時代環境給了哥倫布改變歷史的契機？題目：「哥倫布—— 時代的產物」，是以肯定直述句表明作者討論的立場。報告由「地理大發現」的時代背景切入，先從當時歐洲整體的歷史背景來討論，再聚焦至與發現新航道有關的迫切需求，接著指出哥倫布的人生歷程，最後把哥倫布的成功歸因於他的個人志趣完全符合時代趨勢。改例的問題意識清楚、主張明確、大綱展現的論述脈絡足以把題目有效開展，案例六顯然比案例五更適合發展成一篇學期報告。

＊ 思考與練習 ＊

1. 這一章的重點是「問題意識、題目、綱要」之間對焦和聚焦的過程。為加強大家對這個過程的認識，課堂可以分組進行「大問題與關鍵字」的遊戲。譬如以「減肥瘦身」為核心議題，如果聯想到的關鍵字是：健康、藥物、飲食、運動、卡路里；我們可以想像，這也許是一篇有關HOW的報告，為讀者提供「如何」減肥瘦身的知識和建議。但若關鍵字是蔡依林、廣告、卡本特、厭食症、瘦即是美；我們可以想像，這篇報告可能是討論媒體「如何」宰制女性身體，或者討論「為甚麼」瘦即是美的觀念，能夠成為當代女性美的唯一霸權。

請同學參考前面說過的擬定題目與綱要的重點，分組為以下議題想出「大問題與關鍵字」，嘗試一次問題意識、題目和綱要對焦的過程。（1）安樂死（2）宅男（3）劈腿（4）宮崎駿（5）我愛（不愛）我的身體。

2. 請想像你是一個老師，當班上同學把第三章案例十（見下例）這樣的題目和大綱交上來時，你會給予甚麼建議？報告的題目適合發展為一個期末報告嗎？報告題目像是要提出一套解決之道，是HOW的問題，但它的大綱足以顯現出這樣的方向嗎？如果不能，該如何調整？要刪甚麼？整併甚麼？添加甚麼？

化冷漠為關懷──啟動心靈環保與深化人文社會之關懷[29]

一、前言

二、追求政經及科技發展，卻忽略了人文的素養

三、我們社會的青年「活得不快樂，對未來沒有方向感與目標」

四、高學歷高失業率，躁鬱與憂鬱症悄悄來襲

五、各類物價高漲，惟獨薪水不漲，民眾叫苦連天

六、詐騙電話橫行，跨國界吸金

七、社會自殺率升高，政府視若無睹

八、毒品氾濫，吸毒年齡層不斷下降

九、結論

3. 如果由你撰寫一篇「心靈環保」的報告，你想到的關鍵字可能是哪些？這些關鍵字會反過來替你擬定「有問題意識」的題目嗎？這個題目有足夠的概括力掌握你想到的關鍵字嗎？

4. 案例三、案例四的討論核心都是「線上遊戲」，但案例三是一篇說明性質的報告，案例四是一篇議論性質的報告。請你比較底下「題目與綱要」的語言形式，試著說說它們的差異？它們有透露出作者不一樣的寫作意圖和立場嗎？

（1）題目：

　　・線上遊戲

　　・線上遊戲的正面價值與意義

（2）綱要：

　　・線上遊戲特色——

　　　　1.虛擬身份

　　　　2.虛擬社群活動

　　　　3.臨場感

　　・線上遊戲的魅力與特色——

　　　　1.臨場感帶來的娛樂性

　　　　2.虛擬的個人身分與環境社群

　　　　3.呈現個人特殊的生活習慣與價值觀

第六章

前言與內文標題　羅漪文　沈婉霖　編輯小組

　　從問題意識訂立報告題目，將題目與大綱對焦，然後我們就正式進入報告的前言與內文標題。一個報告的前言與內文標題可以看作題目和大綱的確認。前言是對題目的補充說明，同時宣告這篇報告將「作甚麼」和「怎麼作」；內文標題則是把粗略的大綱變成明確的章節，層層呼應著「怎麼作」。

適當的前言

　　前言是報告的門面，好的前言有助於讀者在最短時間內進入報告內容，抓住作者想要釐清或解決的核心問題。所以撰寫前言的時候，最需要注意的重點

就是從「讀者」的角度來設想：如何引起閱讀興趣？如何幫助讀者很快地進入報告的思考進路？如何喚起讀者認同作者所關注的問題？請看案例一的前言：

《甲骨文》裡看美、中矛盾 [30]

一、前言

　　閱讀完《甲骨文》全書之後，對書中經常出現的美中關係問題感到矛盾。中國人在許許多多的事情上非常的仰賴美國，但是全國人民的共同意識以及國家對外的許多態度，都很明顯的不歡迎及不友善，到底是甚麼原因會造成一個如此反美的情緒？在這篇文本分析報告中我想要透過本書作者的觀點來尋求解釋。我想要了解這種矛盾情緒的起因。本文從全書一開始所寫的一些現實生活中發生的美中外交問題出發，紀錄分析中國人民和官方的態度及想法(A)，接著回溯過去中國對美國的反應 (B)，思考分析幾個可能的原因後 (C)，再針對問題作出結論和反思 (D)。

二、中國對美國負面的立場和看法

　　（一）政府表面上對美國的態度和看法

　　（二）政府對人民的引導

　　（三）人民對美方的厭惡和不滿

三、中國對美國的依賴和親近

　　（一）過去中國對美國的態度和看法

　　（二）申請奧運的一切準備

四、矛盾情緒的起因

　　（一）歷史背景影響下的傳統觀念

（二）面子問題

（三）世界強權的爭霸

五、既是危機也是轉機

案例一

　　前言灰底部分鋪寫《甲骨文》一書中引起作者關注的現象，這是他的「研究動機」，黑色底線標出的兩句話點明「問題意識」，粗體字部分是作者梳理與剖析問題的步驟。

　　再請看案例二的前言：

誰是殺人兇手？──背後操弄的行刑者[31]

一、前言

　　自殺在現代社會中已是個被日益重視的問題，很多人不管是基於逃避現實的負擔與責任、對社會的放棄（或被放棄），亦或是自我存活意志的薄弱等因素而採取自殺一途，但是，如果這只是純粹「個人」行為，與時代背景無任何關聯，那為何現代社會的自殺率卻是日益增高呢？或許這增高的數字背後也暗示著：是否有某種東西，某種無形的要素在煽動著這樣的自殺潮？是否有某個「幕後黑手」散佈著大量自殺的訊息，加以過度誇張渲染，讓世人以為自殺是可被接受，甚至是普遍的現象，因而埋下了「自殺等於解脫」的想法種子。下文將從探討「自殺率升高的現象與原因」開始(A)，藉由討論自殺案例，觀察社會現象等方式探討現代社會背後的無形操弄者──大眾傳媒所扮演角色(B)，並從中找出自殺現象背後真正的「殺人兇手」。

二、自殺容易嗎？──不理性的思考與行為

（一）產生自殺念頭容易，實踐並不容易

（二）自殺人數越來越多了

三、自殺的催化劑，幕後的殺人兇手——新聞傳媒

（一）報導與文字證據

（二）圖表與數字證據

四、自殺會傳染

（一）大眾媒體快速傳播下的脆弱心靈

（二）「有樣學樣」的模仿自殺行為

五、戲劇傳媒帶來的效應

（一）虛矯情節的影響

（二）對社會的暗示

六、殺人兇手的暗示

案例二

案例二是議題報告，議題報告是要針對特定的現象或主張提出質疑、增補或修正，因此前言中研究動機佔了很大的篇幅，作者藉此闡明議題的重要性，以便喚起讀者的注意。先指出現象或主張，再依序點明問題意識、問題層次以及剖析問題的方法，這是議題報告最常採用的前言寫作辦法。

案例二研究動機由灰底標示：作者透過連續的問題，提出「自殺」這個社會現象令人費解的地方，質疑「自殺」到底是個人行為還是另有推動的黑手？最後由底線標示的是報告的問題意識——抓出自殺背後真正的殺人兇手。粗體字部分則是研究進路，作者首先指出他將循著哪些線索思考自殺問題，再鎖定討論現代傳媒對自殺率升高的影響。

有效的內文標題

內文標題是作者思考脈絡的標示，標示得越清楚，越能夠與前言給出的概念相扣合，就越容易讓讀者理解報告思路。

如果前言是一篇報告的「導覽介紹」，那麼內文標題就是思考路徑的「引導標示」。要是導覽介紹或引導標示不夠明確，或者兩方面不能相互配合，通常是出於下列幾種缺失：（一）作者輕忽了前言或內文標題對讀者的指引功能，（二）作者並沒有把前言中預告的問題和思考步驟妥切地呈現在報告內文，（三）作者在寫作過程中偏離核心問題，使前言和內文標題最後無法聚焦。這些意味著作者沒有體貼讀者，或者沒能確切地掌握問題，使報告變成一座迷宮，讀者難以進入其中的思考脈絡。

（一）內文標題與前言的呼應與扣合

訂定內文標題的時候，首重它對讀者的指引作用。我們必須不斷核對、檢視各個標題與報告題目、前言的扣合程度，同時必須留意標題之間是不是各自獨立而又能在題目的指引下流暢銜接。每個標題涵攝的範圍是否均衡？有沒有傾斜或偏離或重疊？每個標題的措辭是否精確？是否足以概括內容？若要內文標題能真正發揮引導作用，就不能不正視這些環節。

儘管「題目」、「前言」、「內文標題」在報告的寫作過程中最早確立，但絕非不可更動。事實上，這幾個項目必須不斷經過微調、磨合，在報告完成之前都應保有修正彈性，才能真正發揮引導的效果。

現在請回到案例一、二，觀察前言和內文標題之間是如何呼應與扣合。我們在案例一前言的粗體字部分劃分出（A）-（D）四個區塊，每個區塊對應著一個大標題，大標題之下各有若干小標題，清楚標定問題的層次。

案例二鎖定探討「傳媒」與「自殺」的關係，內文標題按照前言提出的研究進路依序推衍鋪陳，因而對前言所述內容有擴展增補的作用。這是內文標題呼應前言的另一種有效形式。

（二）訂立內文標題的原則

案例二的前言成功地激起讀者深入了解議題內情的慾望，它也能與內文標題妥切配合。不過，內文標題的用語是否恰當，還有必要再商權。例如「自殺容易嗎？——不理性的思考與行為」前後所指有什麼關聯？又如「產生自殺念頭容易，實踐並不容易」、「自殺人數越來越多了」這兩個標題措辭方式與其他的內文標題風格迥異，最後「殺人兇手的暗示」給人一種並非結論的錯覺。

再看案例一。這篇報告的標題都使用「指稱範圍明確的名詞組」，如「中國對美國的負面立場和看法」、「世界強權的爭霸」。使用指稱明確的標題不但可以充分發揮對讀者的指引功能，更可以幫助作者確認自己的思考層次和脈絡。

再請看案例三：

是母親、是教授、是人生導師？——《親愛的安德烈》文本分析[32]

一、前言

「說教」是教授的「職業」，自然也是龍應台的「職業」。習慣了站在講台上，「說教」的口吻便容易帶入生活，出現在與安德烈的對話當中。沒有一個孩子希望父母親成為自己的教師，教師代表著監督、評價和距離——課桌與講桌之間，永遠存在的距離。安德烈想要拒絕龍應台的「說教」，卻無法否認父母親為孩子的人生導師的事實，雙方的關係便在抗爭與妥協之間不斷的游移。同時，面對高社會地位、高名望的母親，安德烈處於自傲與自卑的夾縫當中，這種矛盾也出現在安德烈的語氣、思想當中。

二、她在說教

（一）「你」

（二）激問

（三）「判」我的語氣和態度

三、她是教授

　　（一）自傲與自卑

　　（二）形象塑造

四、他的反動

　　（一）口氣模仿

　　（二）他不想說的

五、結論

案例三

　　案例三的前言無法清楚顯示作者的問題意識以及思考進路。作者在前言部分已經開始分析造成安德烈和龍應台的距離和拉扯的原因，這是沒有掌握到前言的引導性功能。

　　內文標題也需要再斟酌。其中有些是簡短的判斷句，如「她在說教」、「她是教授」，有些是簡單名詞，如「你」、「激問」，這些斷裂的用語不能夠讓讀者得知報告的理路，這就好比旅途中無用的路標。

正面的示範

　　最後我們要由案例四來展示如何撰寫適當的前言並訂立有效的內文標題：

Kitsch字義之位移—— 我讀《親愛的安德烈》[33]

一、前言

　　讀《親愛的安德烈》一書時，我對其中經常出現的一個德文詞彙感到好奇，那就是「Kitsch」。龍應台與安德烈無論是在討論穿衣、品味、藝術或音樂，這個詞彙總會出現，安德烈對「Kitsch」一字表現出極度不屑的態度，兩人也對「Kitsch」的字義進行爭辯。究竟「Kitsch」的起源為何？安德烈與龍應台對「Kitsch」的詮釋有何不同？在安德烈這新興世代的眼中何謂「Kitsch」？我將從查詢「Kitsch」的起源與字典中「Kitsch」的字義開始(A)，接著討論龍應台與安德烈對「Kitsch」的看法(B)，探討安德烈這一代的人眼中，上一代的哪些文化為「Kitsch」(C)？以及當代的哪些流行或藝術為「Kitsch」(D)？最後觀察「Kitsch」的字義從最初到現代是否產生了「位移」的現象。

二、「Kitsch」的起源與字典解釋

　　（一）起源——米蘭昆德拉

　　（二）劍橋字典的解釋

三、親子世代間的看法衝突

　　（一）從龍應台的角度看「Kitsch」

　　（二）從安德烈的角度看「Kitsch」

四、新興世代間的認知差異

五、Kitsch字義的位移

六、結論

案例四

案例四的前言可以區分出研究動機（灰底部分）、「問題意識」（底線部分）、解決問題的進路（粗體字部分）。（A）-（D）標示的區塊與標題緊密扣合，我們由此看到循序漸進的提問。作者逐步的推衍，說明一個年輕人掛在嘴邊的「口頭禪」最初的字義以及它在自己和母親認知裡的差距，最後完成「Kitsch」字義之位移的解釋。

＊ 思考與練習 ＊

1. 請比較我們提出的四個案例。哪幾個案例的前言能讓讀者立刻清楚知道報告關注的重點和思考脈絡？哪些內文標題具有標示或引導效果？哪一種前言和內文標題達不到「宣告」和「引導」的作用？為甚麼？

2. 下面兩段文字是案例三〈是母親、是教授、是人生導師？——《親愛的安德烈》文本分析〉的前言和改寫：

> 「說教」是教授的「職業」，自然也是龍應台的「職業」。習慣了站在講台上，「說教」的口吻便容易帶入生活，出現在與安德烈的對話當中。沒有一個孩子希望父母親成為自己的教師，教師代表著監督、評價和距離——課桌與講桌之間，永遠存在的距離。安德烈想要拒絕龍應台的「說教」，卻無法否認父母親為孩子的人生導師的事實，雙方的關係便在抗爭與妥協之間不斷的游移。同時，面對高社會地位、高名望的母親，安德烈處於自傲與自卑的夾縫當中，這種矛盾也出現在安德烈的語氣、思想當中。

> ◆ 改寫

> 「說教」是教授的「職業」，自然也是龍應台的「職業」。習慣了站在講台上，「說教」的口吻便容易帶入生活，出現在與安德烈的對話當中。沒有一個孩子希望父母親成為自己的教師，因為教師代表著監督、評價和距離。安德烈想要拒絕龍應台的「說教」，卻無法否認父母親為孩子的人生導師的事實，雙方的關係便在抗爭與妥協之間不斷的游移。我發現，安德烈反抗最激烈的地方，大部分無關乎他們討論的事件內容，而在於龍應台特殊的「說話方式」，這引起我想進一步觀察的興趣。本文將以

龍應台特殊的說話方式為分析的起點，討論哪些「語氣」會激起安德烈的反彈；說話者和接收者對於這種說話方式的態度、情緒和反省是甚麼？安德烈又用甚麼形式反抗這種「說話方式」？希望從中釐清一本以「兩代共讀的家書」為促銷賣點的書，其中蘊含親子之間親密與抗爭、理解與妥協的多種面相。

(1)哪一個前言較適合作為報告的導讀？改寫是否包括問題意識、研究動機和思考脈絡？如果是，請用不同顏色的筆標出這三個區塊。

(2)請仔細閱讀附錄四〈是母親、是教授、是人生導師？——《親愛的安德烈》文本分析〉這篇報告。如果採用了改寫後的前言，這篇報告的內文標題還需要修改嗎？為甚麼？你可以看出前言和內文標題互相補足、參照的效果嗎？

3.請細讀〈自徐張婚變探討離婚法律對弱勢者的保障〉這個議題報告的前言與內文標題。你能不能從前言中分辨出研究動機、問題意識和思考進路？請你用不同顏色的筆把三個區塊畫出來。請問內文標題能不能呼應前言中的問題意識和思考進路？能不能表明作者的立場？對讀者的引導是否明確？

自徐張婚變探討離婚法律對弱勢者的保障[34]

一、前言

　　五四時期，離婚成為時尚代名詞，不少自認深受西方文明薰陶的知識份子紛紛以離婚、自由戀愛作為自己具有新思想的象徵。而其中首開風氣的事件，莫過於徐志摩與張幼儀的婚變。

　　具有願「冒世之不韙」的勇氣，只希望「於茫茫人海中訪我唯一靈魂之伴侶。得之，我幸；不得，我命。」甚至有「改良社會、造福人類之心」的偉大理由作為基石。然而，徐志摩與張幼儀真實的離婚原因，卻並非真的為了「建立中國自由離婚榜樣」，而是為了自己的私人感情因素。粗糙的離婚手續，以及徐志摩對張幼儀處境的忽視，甚至間接促成了徐氏次子彼得的死亡。

　　時至今日，離婚已經成為社會極為普遍的現象。我們希望藉徐氏離婚一事，分析離婚法律之演變，探討現今法律是否已具保障離婚當事人權益之效用。

二、重返歷史——徐志摩與張幼儀的離婚過程

　　（一）法律處理

　　（二）離婚前後幾年兩人的發展

　　　　1.徐志摩

　　　　2.張幼儀

三、建立觀念：離婚的意義

　　（一）離婚是為了甚麼

　　（二）訂立離婚法條的必要性

四、分析探討：離婚法律的流變

　　（一）從前到現在——離婚法的沿革與比較其進步之處

　　（二）離婚法如何保障弱勢者

　　　　1.子女監護

　　　　2.贍養費

五、結論

第七章
主張－支撐－推論 謝易澄 編輯小組

　　在題目與前言設定範圍內，順著各節標題呈示的思考主軸，從相關資料中耙梳知識細節，次第鋪陳展開，就可以完成一篇報告。這時候如果只是按照標題順序把細節一一填入，那麼這篇報告只是資料整理與重述而已。如果要從特定的知識細節運轉出作者個人的見解，就要進行「論證」。

　　作者需要提出完善穩妥的論證，以免報告淪為資料堆砌，或只是無效的宣稱。完整的論證包含「主張」、「支撐」、「推論」三部份，下面的案例一與案例二都包含這三部份。

本文認為現今的處置方式，並不能根治流浪動物的問題。 ◀ 主張

根據行政院農業委員會畜牧處估計之資料顯示民國88年的流浪犬約有66萬隻，民國92年調查時大幅下降約有25萬隻，民國93年資料更顯示全國流浪犬隻剩下約18萬隻左右。由此可得知經過幾年的捕捉及安樂死，流浪犬的數目確實大幅下降。

◀ 支撐

只是，根據「真空效應」（vacuum effect）發現，一地區的街貓是被附近其他街貓群落環繞著的，如果一群落的街貓被捕捉，而該地食物仍舊充裕，將吸引週遭食物或空間不足的街貓遷至此區，並開始在此繁殖。

根據此效應，以政府現今捕捉流浪動物的方式來看，很可能經過一段時間捕犬隊再度出來捕捉時，之前被清除的地區又會再度出現流浪動物的蹤跡，並且回復至一定數量。

◀ 推論

因此，本文認為現今「解決」流浪動物的方式相當沒有效率，並且浪費許多資源在重複「捕捉－安樂死－流浪動物遷入繁殖－捕捉－……」這樣的循環，而並未根治流浪動物的問題。[35]

案例一

一般流浪犬在都市所造成的問題相當多，流浪犬所造成的問題例如噪音、環境髒亂問題確實可以歸納在公害範圍。然而，「流浪犬」本身是公害嗎？ ◀ 問題

根據行政院環保署的定義，所謂公害，即指： ◀ 支撐

因人為因素，致破壞生存環境，損害國民健康或

有危害之虞者。其範圍包括空氣污染、噪音、水污染、廢棄物、毒性化學物質污染、土壤污染、振動、惡臭、地盤下陷、輻射公害及其他經環保署指定公害為公害者。

根據定義，公害是「人為」因素所造成的。「於住宅大聲唱卡拉OK的噪音」是公害；「任意傾倒未經處理之化學毒物」是公害；「因疏失使輻射源暴露於公共場所」也是公害。但「卡拉OK」、「化學毒物」和「輻射源」本身不能歸於公害。它們如果使用得當是不會有害，甚至是有益的。

同理，雖然流浪狗的出現是因為人，所以說：「流浪犬造成的問題是由於『間接人為因素』所導致」似乎很合理，但是只要是流浪犬就會攻擊路人、就會大聲吠叫、就會製造髒亂嗎？但並非如此。也許有人認為「有流浪犬的存在就會造成以上的危害」，卡拉OK、化學毒物和輻射源的存在也同樣有機會發生公害，這些事物難道都該加以禁止或摧毀？答案絕非肯定，我們只能加以適當「管制」，也就是我們允許它們的存在。

推論

當然在此將流浪犬和卡拉OK、化學毒物和輻射源並列不是十分恰當，畢竟它們之間有生物與非生物的分別。但是我們仍可藉此斷定「流浪犬的存在不是公害」。[36]

案例二

案例一直接陳述主張，案例二以問題作為「主張的變體」。有了主張，還要出示足以支撐主張的例證，再進行推論。「主張」、「支撐」、「推論」各個環節必須能夠緊密的扣合。案例一與案例二都有嚴重的扣合問題。案例一相關問題將在「思考與練習」提出，開放給讀者討論。案例二相關問題留待第三節討論。

主張

在初步構思的階段，我們的問題與答案很可能都只是粗糙的想法，或許來自過去的生活經驗、閱讀中偶然的靈光、課堂上教授的慨嘆之辭，甚至是出於直覺。我們還需要深入閱讀相關的研究成果，來回在不同的觀點與論據之間，針對問題反覆地思索，才能釐清疑點，提出有效的論證。

論證的第一步是提出「主張」。「主張」源自於問題意識。例如「為甚麼畢卡索畫人像，要把器官移位？」回應這個問題的主張是「畢卡索畫人像，把器官移位，是為了X」。然而「主張」不等於問題意識。一個複雜的問題意識往往需要切分為多個問題，也需要多個主張層層回應。如果問「台灣新移民是真弱勢還是假弱勢？」顯然不能以一個孤立的主張「台灣新移民是真弱勢，因為Y」予以回應。還有若干問題需要釐清，包括「『新移民』指哪些人？」「新移民在台灣生存的客觀條件如何？」「除了客觀條件之外，有沒有主觀認知因素影響到我們對新移民生存地位的理解？」

主張有「肯定」與「否定」、「強」與「弱」的分別。主張常用肯定句，例如「只有動物權才能根本解決流浪犬問題」。如果有必要與其他主張形成對照的話，可以考慮使用否定句，例如「流浪犬本身不屬於公害」，或者反詰句，例如「流浪犬本身是公害嗎？」

同時，主張也有強弱之別。強的主張表示「必然性」，例如「只有動物權教育才能根本解決流浪犬的問題」；弱的主張表示「可能性」，例如「動物權教育或許可以解決流浪犬問題」。

主張通常放在段落的起首位置，也就是「開宗明義」，如案例一。不過也可以先拋出問題。例如許多人認為流浪犬是公害，在這種情況下問出「流浪犬本身是公害嗎？」其實是提出反問，意味著作者主張「流浪犬本身不是公害」，這是案例二的情況。

主張必須扣合報告題旨。案例一主張目前採行「捕捉──安樂死」的辦法並不能根本解決流浪犬問題。如果報告題旨是「動物權教育才能根本解決流浪犬問題」，這個主張是扣合題旨的。案例二主張流浪犬本身並非公害，要是題

旨在於「釐清流浪犬問題的責任歸屬」，這個主張也是扣合題旨的。

　　主張通常是一個句子，安排在句首的位置，然而在思考順序上，證據先於主張。因此，提出主張，就應能充分舉證；欠缺證據支持的主張，只能算是無效的宣稱。

支撐

　　主張是否完善、是否穩妥，取決於研究者如何「保證」它的完善與穩妥。支撐與主張之間的關聯性越高，有效性就越高，主張也就越加的完善與穩妥。案例一中有兩個支撐，支撐一關聯性高，支撐二關聯性低，論證效力也不同：

關聯性高 ← 根據行政院農業委員會畜牧處估計之資料顯示民國88年的流浪犬約有66萬隻，民國92年調查時大幅下降約有25萬隻，民國93年資料更顯示全國流浪犬隻剩下約18萬隻左右。由此可得知經過幾年的捕捉及安樂死，流浪犬的數目確實大幅下降。 ← **支撐一**

關聯性低 ← 只是，根據「真空效應」（vacuum effect）發現，一地區的街貓是被附近其他街貓群落環繞著的，如果一群落的街貓被捕捉，而該地食物仍舊充裕，將吸引週遭食物或空間不足的街貓遷至此區，並開始在此繁殖。 ← **支撐二**

　　我們為主張辯護時，可以引用「事實證據」或「意見證據」；不論哪一種證據，都必須和主張保持高度的關聯性。支撐一引用事實證據，也就是農委會畜牧處對「全國流浪犬」的數量估計；這項證據符合上下文所關注的流浪犬問題，是「關聯性高」的例證。支撐二引用「真空效應」理論，屬於意見證據。「真空效應」的研究對象是街貓，而作者並沒有說明街貓研究的理論如何能夠應用於詮釋流浪犬問題，因此是「關聯性低」的例證。

只要有引用，就需要「說明」或「詮釋」。這是為了負責任地告知讀者兩件事：（一）你如何理解引文中的訊息，（二）引用資料如何支持你的立場。因此，我們引用文獻資料時，最好依循「引用」、「說明」的順序。請看案例二摘錄下來的兩個段落：

> 根據行政院環保署的定義，所謂公害，即指：
>
> 因人為因素，致破壞生存環境，損害國民健康或有危害之虞者。其範圍包括空氣污染、噪音、水污染、廢棄物、毒性化學物質污染、土壤污染、振動、惡臭、地盤下陷、輻射公害及其他經環保署指定公害為公害者。　　引用
>
> **根據定義，公害是「人為」因素所造成的。**「於住宅大聲唱卡拉OK的噪音」是公害；「任意傾倒未經處理之化學毒物」是公害；「因疏失使輻射源暴露於公共場所」也是公害。但「卡拉OK」、「化學毒物」和「輻射源」本身不能歸於公害。它們如果使用得當是不會有害，甚至是有益的。　　說明

作者引用行政院環保署的「公害」定義，指出「人為因素」是構成公害的必要條件，因此可能造成公害的事物，如「卡拉OK」、「化學毒物」、「輻射源」本身不能解釋為「公害」。我們是由作者對引文內容的說明，得知他是如何理解所謂的「公害」問題。

支撐須能充分支持主張。因為主張有強弱之別，需要的支撐也不相同。例如「只有動物權教育才能根本解決流浪犬問題」是一個強的主張，「只有」斷然否定了所有其他方案的可行性。這個主張要成立，需要兩方面的支持：一方面是充分列舉出其他的可能方案，再予以否定；另一方面是充分舉證說明動物權教育能根本解決流浪犬問題。如果我們把主張改為「動物權教育是解決流浪犬問題的可行辦法」，那麼舉證說明「動物權教育」和「減少流浪犬數目」的

關聯性即可。

　　最後，說明引用資料時，不可違反事實。請看案例三：

從民國91年至95年全國收容所動物處理情形顯示如下表[1]：

年度	總收容數	認領養數	認領養率	安樂死數	安樂死率
91年	68,018	13,812	20%	42,222	62%
92年	78,580	15,896	20%	53,952	69%
93年	85,923	15,553	18%	60,514	70%
94年	93,212	14,244	15%	68,002	73%
95年	109,394	16,391	15%	82,887	76%
總計	435,127	75,896	17%	307,577	71%

引用

　　由上列之表格可見，現今的流浪動物處置方式仍以安樂死為大宗，每年捕捉的流浪狗數目有增加之趨勢，從民國91年到95年受到安樂死的犬隻數增加四萬餘隻，而比例從民國91年到民國95年更增加了百分之十四。[37]

說明

說明有誤

1　參考民國91至95年行政院農業委員會動植物防疫檢疫局出版之《動植物防疫檢疫業務統計年報》彙整而成，其中，每年度扣除認領養與安樂死數目，可能為自然死亡或是脫逃的數目，因為與我們探討範圍無關，故未將其列出。

案例三

　　作者引用農委會的年報數據指出：（一）「現行流浪動物」的處置以安樂死為主，（二）每年安樂死的流浪動物有增加的趨勢，從民國九十一年至九十五年增加了百分之十四。表格上方有「全國收容所動物處理情形」說明字樣，作者卻將表格中的數字當成「流浪犬數目」，顯然有誤。引用量化數據有其優點，但須留意數據與主張之間的關聯性。

推論

推論是「因果關係」的展現。凡是在舉證範圍內推導出可能的結果，都是推論。同樣的事證基於不同的見事角度可能會推導出不同的結果，也就是作出不同的推論。且看第四章提到的一篇報告〈在台灣天空下的新移民──論外籍配偶的真／假弱勢〉（請參閱附錄四全文及附錄一報告架構再確認）。作者首先舉出多項不利於新移民的客觀因素，接著又指出「台灣人的文化優越感」也是弱勢印象的因素。他舉出的事證可能推導出兩種不同的結論。如果作者關注「新移民是不是真弱勢」，那麼他的推論應是「縱使有『假弱勢』因素牽涉其中，新移民仍為真弱勢」。要是作者的目的是為了探討造成新移民之所以為劣勢的條件，推論應是「造成新移民為弱勢的條件，除了客觀不利因素外，還有『文化偏見』」。

最典型的推論模式是「因果」。案例四摘自〈政府應立法禁止生殖罹患罕見遺傳性疾病胎兒〉，作者指出目前優生學技術已經發展成熟，然而優生篩檢僅止於道德勸說，無法有效防止不健康的新生兒出世，因此只有法令才能禁止孕婦產下基因不健全的胎兒：

> 　　生命科學發展至此，我們已經可以透過羊膜穿刺手術取得胎兒染色體上的基因排列組合方式，並且檢驗是否帶有嚴重遺傳性疾病。換言之，就生理上來說，人類已經可以在胎兒出生前接受有效的優生篩選，避免生出不健康的嬰兒。依現況而論，若胎兒被檢查出畸形或罕見疾病（例如唐氏症），醫生會建議懷孕三個月內的孕婦作子宮內膜括除手術，懷孕五個月以上的孕婦作引產手術。 ◀ 現狀
>
> 　　**然而**站在優生學的立場來看，這些柔性勸說的作用有限，孕婦仍然可以堅持生下小孩，讓這個不健全的基因繼續存在。
>
> 　　**所以**想要有健全的下一代，最終唯有透過立法，配合適當的篩檢手續，才能達到這個目標。[38] ◀ 推論

左側標註：轉折、因果

案例四

案例四的事理關係如左方分析圖所示。第二段的「然而」顯示前後段落是以轉折關係相聯繫，這個轉折關係表達的重點是優生篩檢技術成熟但未必能夠就此杜絕不健康的嬰兒，因為孕婦未必都會配合優生篩檢。第三段針對轉折所顯示的問題進行推論，指出達到優生目標所必須採取的積極作為。

　　作者在推論中指出「所以想要有健全的下一代，最終唯有透過立法，配合適當的篩檢手續，才能達到這個目標」。不過，這裡有一個問題：是否優生篩檢能夠保證下一代絕對健康？根據第一段的優生學發展現況，我們看不出絕對的保證，如果沒有絕對保證，這個推論就超出了支持的證據力。最好把推論改為「所以如果立法強制篩檢，應可降低不健康新生兒的出生機率」或「所以還要立法強制篩檢，才能提高優生的成效」。

　　推論須審慎措辭，以免削弱力道。讓我們回到案例二。作者以「卡拉OK」、「化學毒物」、「輻射源」來跟「流浪犬」作比較，藉由事物間的相似性進行說明。它們都可能造成公害，但是「卡拉OK」、「化學毒物」、「輻射源」本身不屬於公害，「流浪犬」也不應為公害。這樣的類比原本是可以接受的，作者卻又承認「流浪犬」是生物，與「卡拉OK」一類的非生物不同，結果反而削弱了推論的合理性。請看底線部份：

> 　　根據定義，公害是「人為」因素所造成的。「於住宅大聲唱卡拉OK的噪音」是公害；「任意傾倒未經處理之化學毒物」是公害；「因疏失使輻射源暴露於公共場所」也是公害。但「卡拉OK」、「化學毒物」和「輻射源」本身不能歸於公害。它們如果使用得當是不會有害，甚至是有益的。
>
> 　　同理，雖然流浪狗的出現是因為人，所以說：「流浪犬造成的問題是由於『間接人為因素』所導致」似乎很合理，但是只要是流浪犬就會攻擊路人、就會大聲吠叫、就會製造髒亂嗎？但並非如此。也許有人認為「有流浪犬的存在就會造成以上的危害」，卡拉OK、化學毒物和輻射源的存在也同樣有機會發生公害，這些事物難道都該加以禁止或摧毀？答案絕非肯定，我們只能加以適當「管制」，也就是我們允許它們的存在。

> **削弱推論** ←── 當然在此將流浪犬和卡拉OK、化學毒物和輻射源並列不是十分恰當，畢竟它們之間有生物與非生物的分別。但是我們仍可藉此斷定「流浪犬的存在不是公害」。

作者區別生物與非生物，不當地模糊了推論的焦點。如果要維持推論效力，就要改變措辭方式。讓我們把句子改寫如下：

　　雖然流浪犬和卡拉OK、化學毒物和輻射源之間有生物與非生物的分別，它們仍有共通之處。

為甚麼一把「當然」改為「雖然」就改變了推論的效力？這是因為「當然」是表示作者毫無保留的同意，而這將使得上一段的比較失去正當性──既然它們不同，還有甚麼好比呢？「雖然」又被稱為「讓步標誌」，也就是作者承認它們不完全相同，可是差異不影響上一段所說的相似性，因此也不影響類比的效力。

再請看「當然在此將流浪犬和卡拉OK、化學毒物和輻射源並列不是十分恰當，畢竟它們之間有生物與非生物的分別。但是我們仍可以藉此斷定『流浪犬的存在不是公害』」。「但是」前後並沒有很好的扣合，「藉此斷定」的「此」究竟指的是甚麼，從上下文也看不出來，以致於推論文字顯得無力。

因此我們建議稍作修改。下面是修改前後的對照表：

修　改　前	修　改　後
當然在**此**將流浪犬和卡拉OK、化學毒物和輻射源並列不是十分恰當，畢竟它們之間有生物與非生物的分別。但是我們仍可以藉此斷定「流浪犬的存在不是公害」。	**雖然**流浪犬和卡拉OK、化學毒物和輻射源之間有生物與非生物的分別，但是它們仍有共通之處，就是不符合「公害是『人為因素』的產物」這個定義。我們可以就此推斷，「流浪犬的存在不是公害」。

修改之後，三個段落之間的條理就明確了，最後請看前後段落的事理關
係：

　　根據定義，公害是「人為」因素所造成的。「於
住宅大聲唱卡拉OK的噪音」是公害；「任意傾倒未經
處理之化學毒物」是公害；「因疏失使輻射源暴露於
公共場所」也是公害。但「卡拉OK」、「化學毒物」
和「輻射源」本身不能歸於公害。它們如果使用得當
是不會有害，甚至是有益的。

　　同理，雖然流浪狗的出現是因為人，所以說：
「流浪犬造成的問題是由於『間接人為因素』所導
致」似乎很合理，但是只要是流浪犬就會攻擊路人、
就會大聲吠叫、就會製造髒亂嗎？但並非如此。也許
有人認為「有流浪犬的存在就會造成以上的危害」，
卡拉OK、化學毒物和輻射源的存在也同樣有機會發生
公害，這些事物難道都該加以禁止或摧毀？答案絕非
肯定，我們只能加以適當「管制」，也就是我們允許
它們的存在。

　　雖然流浪犬和卡拉OK、化學毒物和輻射源之間
有生物與非生物的分別，它們仍有共通之處，就是不
符合「公害是『人為因素』的產物」這個定義。我們
可以就此推斷「流浪犬的存在不是公害」。

案例五

　　最後，推論是有層次的。案例五共有三個段落，第一段的推論是就前面提
出的「公害」定義（請見案例二）進行推論，第二段是在前一段的推論基礎上
平行推進，第三段推論就是整個「主張—支撐—推論」的結語。

論證實例分析

讓我們從〈在台灣天空下的新移民——論外籍配偶的真／假弱勢〉[39] 這篇報告擷取一個完整的論證，展示「主張」、「支撐」、「推論」的扣合方式：

五、假弱勢——文化優越感

　　上一段，我們知道了外籍配偶的真正弱勢在什麼地方，而在這個小節中，我們將論述一般我們注意不到的「假弱勢」這個部份。之所以會造成假弱勢的原因，要從臺灣人的文化優越感談起。在這些新移民剛進來台灣的時候，我們是以「外籍新娘」來稱呼她們的，我們認為平常的稱呼，聽在她們心裡則是一種不尊重的行為。對遠離故鄉的她們來說，她們希望得到夫家的尊重以及整個台灣社會的平等對待，而不是給她們貼上一個標籤：妳們就是跟我們不一樣。[23]「外籍新娘」這個詞彙可以分成「外籍」和「新娘」兩部分來看，之所以稱為外籍就有明顯的排他性：妳跟我們是不同類的人；而新娘這個稱呼更是把她們視為永遠的外來人。這些名稱是一些有書寫權力的人士對婚姻移民現象所建構出來的，例如研究學者、記者或是廣告工作者等。經由媒體的報導和渲染新婚移民的負面形象，讓這些稱謂變得充滿偏見以及刻板印象。[24]

【主張】

　　以下舉兩個例子來更進一步說明台灣人的優越心態。一位外籍新娘的自述：「人家叫我們外籍新娘，感覺好像我們還當新娘一樣，雖然有些人，嫁到台灣已經二十幾年了，但是還叫『外籍新娘』，不過，我還是比較喜歡人家叫我的名字…」[25] 我們會稱呼對方姓名是代表一種基本的尊重，而在上面那段話中看到的是台灣人的優越感，以及不肯接受她們融入社會的心態。另一個例子是一位外籍新娘的親身經歷：

【支撐一 事實證據】

　　　　偶然的機會，老闆娘介紹一位相識不深的朋友，
　　　　在同一個地方上班。試用期間薪水同我一樣。她
　　　　是道地的台灣歐巴桑，沒做幾天班就不做了。我

關心地問她：「怎麼了？」她說：「老闆娘太小
氣了，工作那麼多，給我的薪水又和妳們外勞一
樣！」她這一句「外勞」傷我不淺，自此不再與
她聯絡。[26]

以這個個案來說，在工作的領域上，我們普遍認為：我
們應該有更多的薪資，因為我們是本地人、因為我們工作能
力比她們好。從這些案例可以看出，台灣人對外籍配偶的歧
視與輕蔑，尤其是那些從我們認為經濟上比我們落後國家嫁
來的女性。

在〈湄公河畔背後的驕傲〉一文中提到：台灣不當的婚
姻仲介現象致使本地弱勢族群迎娶了大量東南亞婦女。[27]她們
所屬的家庭在台灣社會上就是比較弱勢的一方，這現象或許
可以說明，為甚麼東南亞婦女會被社會劃分為弱勢的一群。
婚姻仲介這個制度本身是一種文化優越感的體現，也是讓外
籍配偶變成社會弱勢的主要機制。就因為我們認為自己比她
們好，所以許多人會有「買」一個妻子的念頭，而用金錢買
來的東西被當成附屬品是自古以來的傳統想法，既然是附屬
品，那麼在社會上的弱勢就顯而易見。在文中提到的另一個
觀點也值得我們拿出來討論：先描述外籍配偶為一個弱勢，
再而悲情化為一群等待救援的苦難者。[28]在今天的台灣街頭可
以看見許多的攤販、小吃店都有她們的身影。她們跟我們一
樣會工作、會賺錢，而不是一味地等待別人的救助、期望別
人的同情。在台灣社會的再現下，外籍配偶成了我們眼中的
弱勢族群。

支撐二
意見證據

台灣人的文化優越感以及媒體的渲染，成了形塑外籍配
偶為假弱勢的主要因素，這裡面包含了對自己國家的認同以
及對外來民族的排斥。藉由媒體的放大效果，台灣人民在不
自覺的情況下，吸收了一些關於外籍配偶的負面資訊而產生
既定的印象。在外籍配偶人數越來越多的今天，我們必須正
視這些問題，並且接受她們成為台灣人民的一份子。在提倡
多元化的台灣天空下，我們應該要給予她們對等的尊重以及
合理的生存空間，讓她們不再以假弱勢的形象生活在社會的
底層。

推論

23 〈請不要一直叫我大陸新娘〉，轉引自〔網氏女性電子報146期〕，
  http://forum.yam.org.tw/bongchhi/old/light/light144-1.htm
24 蕭新煌，〈台灣與東南亞──南向政策與越南新娘〉（台北：中央研究
  院區亞太區域研究專題中心，2006），頁200～201。
25 〈不要小看我們〉，〔網氏女性電子報146期〕，
  http://forum.yam.org.tw/bongchhi/old/light/light144-4.htm
26 〈褪色的自尊〉，〔網氏女性電子報146期〕，
  http://forum.yam.org.tw/bongchhi/old/light/light144-2.htm
27 〈湄公河畔背後的傲慢──一位越籍女性配偶的看法〉，轉引自〔越南
  社會文化學習網〕，2005年08月22日，http://blog.roodo.com/hongzen63/
  archives/397931.htm
28 同上。

案例六

　　案例六第一段提出作者的主張，那就是「台灣人的文化優越感使得新移民成為社會上的『假弱勢』」。作者分析「外籍新娘」這個稱呼背後所隱藏的刻板印象，接著列舉支持的例證。首先是「事實證據」，也就是兩位外籍新娘在台灣親身體驗的經歷，其次是「意見證據」，也就是〈湄公河畔背後的驕傲〉指出的婚姻仲介制度造成外籍配偶的弱勢形象。基於事實證據和意見證據，作者歸結到台灣社會應「接受外籍配偶為台灣人民的一份子」、「給予她們對等的尊重以及合理的生存空間」。

＊ 思考與練習 ＊

1. 案例一的主張是「現今的處置流浪動物的方式無法根治流浪動物問題」。請問作者提出的支撐能否有效支撐他的主張？為甚麼？（提示：（1）「捕捉—安樂死」造成流浪犬數目下降，和作者的主張有沒有抵觸？（2）真空效應理論是否足以推翻流浪犬數目下降的事實？（3）推論所稱「捕捉—安樂死—流浪動物遷入繁殖—捕捉……」的循環是否具有真實性？）

2. 「主張—支撐—推論」三部份構成完整的論證，彼此間需要緊密扣合。請問案例一中的「支撐」有沒有緊扣住「主張」？案例二中的「推論」是不是真正有效的推論？

3. 案例四、案例五都包含「因果」與「轉折」。轉折在論證過程中扮演怎樣的角色？怎麼說「最典型的推論模式是因果」？

4. 請看案例五的第二段：

> 同理，雖然流浪狗的出現是因為人，所以說：「流浪犬造成的問題是由於『間接人為因素』所導致」似乎很合理，但是只要是流浪犬就會攻擊路人、就會大聲吠叫、就會製造髒亂嗎？但並非如此。也許有人認為「有流浪犬的存在就會造成以上的危害」，卡拉OK、化學毒物和輻射源的存在也同樣有機會發生公害，這些事物難道都該加以禁止或摧毀？答案絕非肯定，我們只能加以適當「管制」，也就是我們允許它們的存在。

以下是修改過的段落：

> 同理，流浪狗的出現是因為人，但流浪犬本身不一定能歸入公害。難道只要是流浪犬就必然會攻擊路人、會大聲吠叫、會製造髒亂嗎？也許有人認為「流浪犬的存在就會造成以上的危害」，卡拉OK、化學毒物和輻射源的存在也同樣有機會造成公害發生，這些事物難道都該加以禁止或摧毀？答案絕非肯定，我們只能加以適當「管制」，也就是我們允許它們的存在。

請問兩段文字有甚麼區別？請你再把兩段文字放回原來的上下文，哪一種文字呈現方式更有利於推論呢？

第八章

改寫 楊晉綺

　　寫作一份報告時，為甚麼需要具備良好的「改寫」能力呢？讓我們先從引用參考資料談起。

　　引用參考資料有「原文引用」與「改寫引用」兩種方式。當參考資料的觀點及用語非常重要、精闢而且準確時，我們通常會採取「原文引用」的方式；而當我們的論述中已有太多的引文，為了避免大量的引文佔據報告篇幅，或是我們只需要援用部份觀點，並希望以更精簡的文字掌握參考資料的重點時，即可以適時地採取「改寫原文」並加上註腳說明來源、出處的引用方式。兩種方法交叉運用，可以讓我們的論述富於變化、更具彈性。

　　不論是「原文引用」還是「改寫引用」，它的消極目的在於避免抄襲、

充分尊重前人的研究成果；積極目的則是藉此區分自身與他人見解同異之處。「改寫」，除了能夠清楚展現改寫者對於資料意涵的理解與掌握能力之外，依據全文命題與自身論述的需求，我們尚能藉由「改寫」省略不需要的訊息、凸出側重的意義面向，以及開展新的論述空間。換言之，「改寫」在全文論述脈絡中還擔任著承接上文與啟轉下文的功能，如果能夠具備良好的改寫能力，將有助於闡明自身觀點，發展全文論述。

「原文引用」與「改寫引用」都必須在引文之後加上註腳，清楚說明參考資料的出處、來源。在附錄一「報告格式與文獻註記」中，我們將進一步詳細說明引用他人著作時，正確標舉資料、註記資料的方式，這一個章節，我們先討論「改寫」的原則與方法。依照句子意義段落的長短，下文中我們將介紹三種類型的改寫，它們分別是：句子改寫、段落整併與改寫，以及全文摘寫。

在引用資料、發展論述的過程中，我們最常採用的改寫類型是「段落改寫」，而「句子改寫」與「全文摘寫」是較為少見的引用方式。然而，要能做好「段落改寫」的工作必須先具備良好的改句能力，並且能夠準確地掌握參考資料中「次要論點」與全文「核心論點」之間的聯結、依屬關係，方不致於在引用資料時犯了斷章取義的毛病。換言之，若不具備良好之「句子改寫」與「全文摘寫」的能力，「段落改寫」亦難精要、準確。因此，這個章節中，「句子改寫」與「全文摘寫」兩個部分，我們的示例與說明主要在於展示如何扼要地摘提句子與文章的內容要旨，以及充分變造文字的原則與方法，引導同學由簡至繁，練習改寫各種形態的文字段落。〔40〕

為了讓同學能夠迅速掌握各種改寫的原則與方法，便於實際操作練習，我們的說明以分點列舉的方式呈現，由最基本的觀念、改寫原則談起，接著逐步深入一些細節，盡量符合可操作原則。由於改寫的方式與結果將因全篇報告的論述性質、論述目的，以及改寫者思考方式、才情喜好之不同而呈現各種差異，因此，下文中所展示的改寫範例只是眾多可能之一，不同的改寫者針對同一範例予以改寫，將呈現風貌各異的改寫結果。同學不妨在初步掌握改寫的基本原則後，練習改造各式各樣的句子與段落，藉由課堂討論活動，我們將會發現許多有趣的改造現象與結果。也許我們會發現，每一種「合理的改造」，背後所蘊涵、對應的旨趣，有時候不僅僅是語法結構的問題，而可能是更為抽象

之超越語法結構與句段意義的「思維模式」。

句子改寫

（一）描寫句與敘述句

原句：

第一人稱
（主觀）

　　比如我的五叔婆吧，她既矮小又乾癟，頭髮掉了一大半，卻用墨炭劃出一個四方方的額角，又把樹皮似的頭頂全抹黑了。洗過頭以後，墨炭全沒有了，亮著半個光禿禿的頭頂，只剩後腦勺一小撮頭髮，飄在背上，在廚房裏搖來晃去幫我母親做飯，我連看都不敢衝她看一眼。（琦君，〈髻〉）[41]

改寫：

第三人稱
（客觀）

　　（琦君筆下的）五叔婆，身材矮小乾癟，頭髮極為稀疏，頭頂中央的頭髮全掉光了，平時以墨炭塗抹，洗髮之後原形畢露，總惹得年紀尚小的琦君心生怖懼之感。

案例一：描寫句

原句：

　　終至某個黃昏，一陣冷風盪開紗門，貓爸爸進得屋來，四下打量著（這是他第一次看到人族的居處），半點未露大驚小怪的神色，因此狗族不驚，貓兒們安睡，在客廳看書並目睹的一、二人族大氣不敢出一聲，貓爸爸施一禮（人族某

如此堅持描述），熟門熟路選了一張沙發跳上去，呼呼展開一場時鐘轉了整整一圈的好睡，好像他生來就在這屋裡，一輩子都在這裡。（朱天心〈貓爸爸〉）[42]

改寫：

　　某個冷風揚起紗門盪開的傍晚，貓爸爸第一次走進人類居屋，他鎮定自如地環顧周遭景況，屋中其他貓狗絲毫未受驚擾，只有人類屏息凝神地注視著他，他輕施一禮之後，即親熱地跳上一張沙發，然後沉入鼾聲連連的長眠之中，彷彿打一出生起便安住於此。

案例二：敘述句

原句：

　　這期間，貓爸爸時而失蹤十天半個月，出現的時候，往往大頭臉上傷痕累累，身子瘦一圈，毛色又失去顏色，就是他，貓爸爸，<u>我和天文</u>在野地上幫他清理傷口、餵營養的，邊異口同聲問他：「貓爸爸，這次是哪家的大美女，長什麼樣，說來聽聽吧。」（朱天心〈貓爸爸〉）

> 第一人稱
> （主觀）

改寫：

　　<u>朱天心和朱天文</u>兩姐妹在野地裏一邊替貓爸爸清理傷口、餵養食物，一邊問他這回遇見的是哪家的貓美女 ── 一如往常，貓爸爸失蹤十幾天之後再出現時總是滿頭臉的傷痕，身體瘦削不少外毛色也失去光澤。

> 第三人稱
> （客觀）

案例三：敘述句

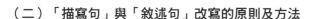

（二）「描寫句」與「敘述句」改寫的原則及方法

1. 針對藝術作品（諸如文學文本、電影、音樂、繪畫等）進行分析的學院報告，常常需要摘提、改寫「描寫句」或「敘述句」。要能適切地摘寫句子，必須先熟悉所要分析的作品、文本，盡量敏銳地發展自己特殊的閱聽感受，細心地掌握作品中的各種細節。若有敏銳而特殊的感受與細節掌握作為基礎，我們便可以裕如地更易、增刪原參考資料中的許多詞彙。

2. 清楚自身文意脈絡的「承」與「啟」：這一段文字，我要接續上一段的甚麼意念？下一段，我將集中討論甚麼話題？依據文意脈絡的進行，作「整體性」的思考。接著，刪裁不需要的內容，或是精省背景性質的敘述內容。

3. 摘提句中數個重要的字詞（名詞、形容詞與動詞），刪去不必要的字句，並且適時地以同義詞更換詞彙、改變句型──即「改個詞」、「換句話」說，盡量避免直接剪貼「一個分句」以上的文字段落，否則即涉嫌抄襲。如案例一與案例二。

4. 靜態的描寫句，我們需掌握的關鍵詞多半為形容詞、名詞，如案例一之「矮小又乾瘦」、「樹皮似的頭頂」、「墨炭」、「後腦勺一小撮頭髮」，待我們掌握了這些核心的「形象詞彙」後，即可更易字詞、改造句子。而動態的敘述句，需提拿的關鍵詞多為動詞，不過我們必須同時留意動詞前後的主語與賓語，接著刪略不必要的形容詞、數量詞、代詞等，重新改詞造句。例如案例二的關鍵詞句為「冷風盪開紗門」、「貓爸爸進屋」、「四下打量」、「狗族不驚」，「貓族安睡」、「人族目睹、大氣不敢出」、「貓爸爸施禮、跳上沙發、展開好睡」。

5. 因為描寫句與敘述句，往往會呈現事件的並置、空間的綿展，或是線性的時間軸序，因此，我們可以重新思考人物與人物、人物與空間的關係、人物在時間軸序上的活動方式，以及事件的因果關係，接著，重新安排景物或人事出現的先後次序。景物、人事出現的順序不同，句子結構也將隨之改變，如案例三。

（三）說明句與議論句

原句：

問句 ←

為什麼要寫作呢？作家是兩個被人看重的字，這誰都知道。為了讓那個躲在園子深處坐輪椅的人，有朝一日在別人眼裡也稍微有點光彩，在眾人眼裡也能有個位置，哪怕那時再去死呢也就多少說得過去了。（史鐵生，〈我與地壇〉）[43]

改寫：

要旨句／直述句 ←

（史鐵生於文中）自我提問並回答寫作的目的：作家的身分令人敬重；寫作，是為了讓身體殘缺的自己藉此獲得他人的注目與尊重，維護存在的價值與尊嚴。

案例四：說明句

原句：

杜可風的攝影這次將多數鏡頭都對準了牆上的鏡子，王家衛強調這款攝影美學既可打破香港居住空間的狹窄限制，也讓鏡像中的人生與實際的人生產生了撲朔迷離的互動往來，張震裁縫雖然對鞏俐的身材曲線瞭若指掌，卻始終無法進入與掌控她的心靈，這樣的鏡中倒影美學，更能夠將少男「仰之彌高，鑽之彌堅」的愛慕情懷做出最寬廣的註解。（藍祖蔚，〈觸覺震撼的《愛神》〉）[44]

改寫：

要旨句 ←

（藍祖蔚指出），王家衛曾強調他於《愛神》中大量採用「鏡像攝影」的美學目的有二：一是為了打破香港狹窄居屋空間的限制，二是讓鏡中人生與實際人生產生曖昧的流動映照──男主角雖然對於女主角的身形曲線再熟悉不過，卻始終無法契入她的心靈，若以「鏡像美學」的手法予以處理，更能夠虛實地映射出少男虔心仰慕、執念專注的戀慕之情。

案例五：說明句

原句：

　　（台灣的攤商以手工方式屠宰），屠宰方式未經人道致昏，即以利刃切割雞脖子放血，許多雞在尚未斷氣死亡前，就被丟入燙毛池中；雞的糞尿、血水隨意排放，雞毛、雜碎等含有許多微生物細菌的廢棄物也隨意丟棄，販賣現場隨時可見老鼠、蟑螂等「病媒」或「病毒載體」四處穿梭。（陳玉敏，〈飲食文化與世紀病毒〉）[45]

改寫：

　　（台灣攤商的手工屠宰方式）極為殘忍又不衛生，以雞為例，攤商不僅以利刃直接割喉放血，又將未死的雞隻丟入滾燙的池水中；而隨意排棄的糞血、雞毛雜碎更令販賣現場成為病毒滋生的場域。

要旨句 ←

遞進關係標誌 ←

案例六：議論句

原句：

　　你可以抱怨上帝何以要降諸多苦難給這人間，你也可以為消滅種種苦難而奮鬥，並為此享有崇高與驕傲，但只要你再多想一步你就會墜入深深的迷茫了：假如世界上沒有了苦難，世界還能夠存在嗎？要是沒有愚鈍，機智還有什麼光榮呢？要是沒有了醜陋，漂亮又怎麼維繫自己的幸運？要是沒有了惡劣和卑下，善良和高尚又將如何界定自己，又如何成為美德呢？要是沒有了殘疾，健全會否因其司空見慣而變得膩煩和乏味呢？（史鐵生，〈我與地壇〉）

改寫：

　　（史鐵生認為）面對苦難，人們可以抱怨它，也可以因

要旨句

為消滅它而驕傲，但是，只要深思，是否可以得出另一番體悟？苦難可能是世界存在的前提，<u>可能即是因為苦難的存在與對照，美善才得以彰顯它們的價值</u>：愚鈍令機智光榮；醜陋凸顯了漂亮的幸運；惡劣卑下使善良高尚可以被定義，並成為一種美德；殘疾令健全不再理所當然，使人心懷感激並學會珍惜。

案例七：議論句

（四）說明句與議論句的改寫原則及方法

1. 思考原句意涵，摘提要旨，重新寫句，令文意更加清楚明確。如案例四之「（史鐵生於文中）自我提問並回答寫作的目的」、案例五之「王家衛曾強調他於《愛神》中大量採用「鏡像攝影」的美學目的有二」、案例六之「（台灣攤商的手工屠宰方式）極為殘忍又不衛生」，以及案例七之「可能即是因為苦難的存在與對照，美善才得以彰顯它們的價值」。提出要旨句，令「話題」更加清晰明確後，接下來，刪除不必要的字詞、更易詞彙、變換句型，扼要且條理分明地摘寫「話題」內容。

2. 掌握句子中的事理關係。只要我們能夠知悉分句與分句之間的事理關係是並列、遞進、因果還是轉折，我們便能夠以增添、刪去等改易「關係標誌」的方式改變句型，重新造句。如案例六，我們以表示遞進事理關係的句型──「不僅……又將……」、「而……更……」，重新組織、改寫原句內容。

3. 如果是直述句，我們只要掌握意旨，提拿其間的道理、意涵，使之概念化，再以表達抽象概念的詞彙，更替原來的詞彙，並轉換句式即可，如案例四、案例五與案例六。如果是「連續問句」──問題的答案已含蘊在文意之中的句例，我們不妨在理解作者旨趣之後，以直述句改寫原文，如案例七。

4. 依照「改句」內部事理關係、語意變化、句子結構之需要，適時地調整標點符號，毋需受限於原文。

段落整併與改寫

「段落整併」意指將同一參考資料，或不同參考資料中的數段文字，重新整理綜合並且濃縮改寫，令其更為精省、扼要。改寫時，我們應當留意的幾個原則是：改寫文字必須使用第三人稱、儘可能客觀地陳述，以及不宜改動作者原意。

（一）同一參考資料中的段落整併改寫

原文：

> 安德烈，我相信道德有兩種，一種是消極的，另一種是積極的。

要旨句

> 我的消極道德大部分發生在生活的一點一滴裡；我知道地球資源匱乏，知道二〇％的富有國家用掉七五％的全球能源，所以我不浪費。從書房走到廚房去拿一杯牛奶，我一定隨手關掉書房的燈。離開廚房時，一定關掉廚房的燈。在家中房間與房間之間穿梭時，我一定不斷地開燈、不斷地關燈，不讓一盞燈沒有來由地亮著。你一定記得我老跟在你和弟弟的後頭關燈吧——還一面罵你們沒有「良心」？窗外若是有陽光，我會將洗好的濕衣服拿到陽台或院子裡去晾，絕不用烘乾機。若是有自然清風，我絕不用冷氣。室內若開了暖氣，我進出時會隨手將門關緊。澆花的水，是院子裡接下的雨水。你和飛力普小的時候，我常讓你們倆用同一缸水洗澡，記得嗎？

> 我曾經喜歡吃魚翅，但是有一天知道了魚翅是怎麼來的。他們從鯊魚身上割下魚鰭，然後就放手讓鯊魚自生自

刪略
整併
改寫

滅。鯊魚沒了「翅膀」，無法游走，巨大的身體沉到海底，就在海底活活餓死。我從此不再吃魚翅。

飛力普說，唉呀媽媽，那你雞也不要吃了，你知道他們是怎麼大量養雞的嗎？他們讓雞在籠子裡活活被啄成一堆爛肉，你說人道嗎？

我說，我又不是聖人，我只管我記得的、做得到的。道德取捨是個人的事，不一定由邏輯來管轄。

你一定知道中國的不肖商人是怎麼對付黑熊的。他們把黑熊鎖在籠子裏，用一條管子硬生生插進黑熊的膽，直接汲取膽汁。黑熊的膽汁夜以繼日地滴進水管。年幼的黑熊，身上經年累月插著管子，就在籠子裡漸漸長大，而籠子不變，籠子的鐵條就深深「長」進肉裡去。

我本來就不食熊掌或喝什麼膽汁、用什麼中藥，所以也無法用行動來抵抗人類對黑熊的暴虐，只好到銀行裡去捐一筆錢，給保護黑熊的基金會。消極的道德碰到黑熊的例子，就往「積極」道德小小邁進了一步。（龍應台，〈兩種道德〉）[46]

改寫：

（龍應台認為）她的「道德」有「消極的道德」與「積極的道德」兩種。消極的道德，多數表現在生活起居中，例如隨手關燈、有陽光時不使用烘乾機、節制小心地使用冷暖氣、節約用水、不吃魚翅。但是因為「道德取捨」的事很個人，因此她認為有自覺、盡力去做即可，不必過度苛求。由於知道中國不肖商人對待黑熊的暴虐手段，因此她會捐錢給保護黑熊的基金會。這種以捐款方式支持特定團體的行動，就是由「消極的道德」邁向了「積極的道德」。

案例八

（二）來源不同的段落整併

原文：

　　米蘭‧昆德拉1929年出生於捷克中部大城布魯諾，18歲加入共產黨，兩年後退出，50年代初，他開始任職於布拉格國立音樂戲劇學院電影系，並成為捷克文化界鼓吹創作自由的旗手之一。他寫作生涯的初期以詩和劇本為主，代表作為曾在十四個國家演出的劇本《鑰匙的主人們》(1961)。50年代末期，昆德拉開始短篇小說的寫作，代表作有《可笑的愛》三卷（1963、1965、1968）。他的第一部長篇小說《玩笑》1967年在布拉格發行，68年1月捷共改革派所主導的「布拉格之春」當年8月21日為蘇聯及華沙公約國家的坦克群取消，昆德拉作為改革要角，他的職務也立即被新成立的傀儡政權取消，所有作品從全國各圖書館消失。《生活在他方》是他的第二部長篇作品，1973年在法國出版，並獲頒當年最佳外國文學作品「梅笛奇獎」。75年他流亡法國並定居下來，此後陸續發表《離別宴》（1976，獲當年義大利最佳外國文學獎）、《笑忘書》（1980）、《生命中不能承受之輕》（1984）、《不朽》（1990）。他並曾獲頒美國「國家文學獎」和以色列「耶路撒冷文學獎」，被譽為當代最有想像力和影響力的作家之一。[47]

◆

　　他（米蘭‧昆德拉）一九二九年出生於捷克的布爾諾，參加過捷共，當過工人，爵士音樂者，布拉格高級電影學院的教授，一九六八年蘇聯入侵捷克後，他的作品遭到禁止，遂於一九七五年移居法國。更重要的是在於，他的作品表現了直面真實人生的勇氣和良知，對歷史和現實的批判精神，以及對人的本性和處境的深刻思考。昆德拉的另外幾部小說《笑忘書》、《賦別曲》和《可笑的愛》、《不朽》以及《生命中不能承受之輕》，已經有中文譯本。《生活在他方》是他的又一重要作品，這部作品使他於一九七三年首次獲得一項重要的外國文學獎──法國梅迪西斯獎。[48]

改寫：

　　米蘭・昆德拉，一九二九年出生於捷克布魯諾城。十八歲時加入共產黨，兩年後退出，曾是工人、爵士音樂者，五〇年代初，開始任職於布拉格音樂戲劇學院，任職期間，大力提倡捷克新潮電影、主張創作自由。昆德拉早期的作品以詩和劇本為主，代表作為《鑰匙的主人們》；五〇年代後期開始創作短篇小說，作品有《可笑的愛》三卷；一九六七年在布拉格發表第一部長篇小說《玩笑》。一九六八年蘇聯入侵捷克，八月，新政權迫令捷共改革派刊物「布拉格之春」停刊，昆德拉隨即被解除職務，作品被查禁。一九七三年，他在法國出版第二部長篇小說《生活在他方》，獲頒法國「梅笛奇獎」；一九七五年移居法國，一九七六年發表《離別宴》（獲得該年義大利最佳外國文學獎）；一九七九年，出版《笑忘書》，捷克政府因此書之發行褫奪其捷克公民權；此後，他又陸續出版了《生命中不能承受之輕》與《不朽》，接連獲頒美國「國家文學獎」和以色列「耶路撒冷文學獎」。昆德拉小說中令人驚豔的想像力及思想深度，廣受文學界稱譽，除了屢獲各項國際文學獎之外，亦被轉譯成多國文字。因作品被查禁，以捷克文寫作的他，一九六八年以後的作品全以法文譯本問世。昆德拉的小說勇於批判歷史與現實人生，深刻剖析人們真實的存在處境，以及人性中的光明、扭曲與晦暗。中文譯本有《笑忘書》、《賦別曲》、《可笑的愛》、《不朽》以及《生命中不能承受之輕》。[1]【加上註腳】

1　參照米蘭・昆德拉著，嚴慧瑩譯，《緩慢》（台北：時報文化，1996年），封頁簡介。譚嘉，〈米蘭・昆德拉簡介〉，收入米蘭・昆德拉著，呂嘉行譯，《笑忘書》（台北：林白出版社，1988年），頁9。景凱旋，〈譯後記〉，收入米蘭・昆德拉著，景凱旋、景黎明譯，《生活在他方》（台北：時報文化，1992年），頁351、352。

＊　說明：改寫文中需標出【加上註腳】。由於參考資料的信息雷同，因此只需在改寫文文末插入一個「註腳」，在此一註腳內將參考資料逐一標示清楚即可。

案例九：信息雷同

原文：

　　法國著名的電影聲音理論家米謝・西昂（Michel Chion）對於聲音和影像的關係，提出過許多深具啟發性的論述與看法……。在其著作《聲音視域》一書中，米樹・西昂因應於傳統的「觀點」（point de vue）語彙，創造了一個新概念「聽點」論（point d'ecoute）。雖然西昂在他後來的聲音論述系統中曾修正、改述了一些看法，此處無法另闢枝節加以細述，但是「聽點」拋出了有力的新思維。「聽點」的主要問題意識在於：

・是誰在聽？

・觀眾是在什麼位置上聽見或理解聲音？（或者簡單的說，聲音的感知是直接為觀眾而設、或是為了敘事中的某個特定角色而設？）

・「聽點」與「觀點」是否合而為一？還是處於分裂狀態？

・聽點和觀點如果不相符合的話，最後創造出什麼樣的效應？[49]

……以《藍色情挑》來說，主旋律是女主角July（茱莉葉・畢諾許飾）的代言者，恰好她片中的身分，又是一個替車禍驟逝作曲家丈夫暗中捉刀的音樂家，因此音樂在全片占了舉足輕重的地位，主旋律出現的同時，必然伴隨著July時空的轉換；而不同樂器的變奏，則暗喻著女主角心境的遞移。最特別的地方，是音樂彷彿成為July的呼吸一般，與她一起生活、起伏激盪著。其中有一段神來之樂，就是July從醫院歸家、坐在椅上回憶的那個片段，整個畫面瞬間變白，在停格的霎那，音樂也停止了，觀眾因而意識到July腦中的空白，乃是巨大情感痛楚帶來的休克；「此時無聲勝有聲」，所謂音聲的呼吸感也就是這般地融入。而配樂能做到如此密接無縫，伏流暗起、遊走自如，當真要令人喟嘆了！[50]

改寫：

訊息一

法國著名的電影聲音理論家米謝．西昂（Michel Chion）在《聲音視域》一書中，創造了一個新概念：「聽點」論（point d'ècoute）。「聽點論」雖因應傳統的「觀點」（point de vue）論而興，但與「觀點」論不盡相同。「聽點」論的問題意識從「誰在聽」發端，接著詢問：觀眾該如何理解、感知電影中的聲音？應該站在自己還是電影中某個特定人物的位置上理解聲音的意義？而「聽點」與「觀點」應該合一嗎？[1]【加上註腳】

連接訊息一二的中介句

當我們以米謝．西昂（Michel Chion）所提出的問題意識作為理解基礎時，再看看劉婉俐在《影樂．樂影——電影配樂文錄》一書中對《藍色情挑》的詮釋，正可以得知劉婉俐乃是從人物角色的角度理解電影中的聲音，而非觀眾角度。

訊息二

例如劉婉俐解釋電影中的音樂：當主旋律出現時，必然與July時空場域的轉換緊密結合；不同樂器的變換乃示喻女主角心境的變化；當July從醫院返家，在椅子上休憩並回憶過往時，畫面與音樂同時瞬間消失，這種影像與音樂的雙重空白，象徵July腦中的空白，是「巨大情感痛楚帶來的休克」，這就是所謂的「音聲的呼吸感」—— 與人物心靈情感的呼吸諧和一致。[2]【加上註腳】

作者個人見解

顯然，劉婉俐認為《藍色情挑》中的聲音感知是女主角July的聲音感知，是導演為了電影敘事中的特定角色所設計，而非為觀眾所設。觀眾必須進入July的內心世界，與她一起呼吸感受，才能掌握人物的內心世界與音樂內蘊（「聽點」與「觀點」也才能合而為一）。

---

1 引自吳珮慈著，《在電影思考的時代》（台北：書林，2008年），頁52、53。

2 引自劉婉俐著，《影樂．樂影》（台北：揚智文化，2000年），頁11。

＊ 說明：改寫文中標出【加上註腳】之處是整併不同訊息的資料時必須特別留意的地方。當我們引用來源不同、內容訊息不同的參考資料，須逐一就不同的資料分別加註。除了能夠清楚標明資料來源之外，並藉此區隔不同的資料訊息與改寫者個人的見解。

案例十：信息不同

（三）「段落整併改寫」的原則及方法

1. 擇取我們所側重的話題與意義面向，刪略其他不需要，或關聯性不高的話題內容，接著，改易詞彙、變換句型，如案例八。

2. 信息雷同的參考資料，會大量重複某些信息，因此，先刪除重複的內容，再整併我們所需要的訊息，接著，精省文字內容，改易詞彙、變換句型，如案例九。

3. 欲結合信息不同的參考資料，必須留意不同資料之間意義的關聯性。至於該如何找到意義的關聯性，則有賴改寫者對於不同文獻的深入理解與轉化運用。因此，「如何找到兩段資料的意義關聯性」、「如何緊密連結兩段意義不同的資料」、「如何進一步表達對於資料意義的理解——能否進一步說明」將會是整併改寫的重點。通常，我們會有「中介句子」連結兩段資料，如案例十中間畫出底線的部分：「當我們以米謝‧西昂（Michel Chion）所提出的問題意識作為理解基礎時，再看看劉婉俐在《影樂‧樂影——電影配樂文錄》一書中對《藍色情挑》的詮釋，正可以得知劉婉俐乃是從人物角色的角度理解電影中的聲音，而非觀眾角度。」這一個長句，是串連兩段參考資料，並初步指出二者意義關聯的「中介句子」。而改寫文最後一個句子：「顯然，劉婉俐認為《藍色情挑》中的聲音感知是女主角July的聲音感知，是導演為了電影敘事中的特定角色所設計，而非為觀眾所設。觀眾必須進入July的內心世界，與她一起呼吸感受，才能掌握人物的內心世界與音樂內蘊（「聽點」與「觀點」也才能合而為一）。」則是改寫者在摘提、改寫第二段資料後（藉以示例、推衍論點），進一步闡釋兩段資料之間意義關聯性的句子。這種解釋既展示了改寫者對於參考資料的理解與掌握，也表達了改寫者個人的見解。

4. 改易後的詞彙、句型不宜與原文雷同，若要引用原文中的某個文字段落，仍需標示上下引號，以示區別。如案例十之「巨大情感痛楚帶來的休克」、「音聲的呼吸感」等文字段落，標明上、下引號後，讀者即能清楚區辨何者是參考資料中的原始用語，何者是改寫者改寫後的文字內容。

5. 一旦我們更易文字、語詞，以及句型，文字風格即會產生變異，因此，我們必須留意參考資料的文類屬性、用字修辭與語調口吻，適度地予以調整、轉換。除了改寫後的文字風格必須統一之外，還需留意行文的「語氣腔調」，盡量讓我們的文字符合「學院報告」應有之用語規範——語法結構完整、語意清晰準確、避免過度修辭，並且儘可能地保持客觀、清朗、流暢的文字風格。

全文摘寫

「全文摘寫」是指：以簡短的篇幅、清晰扼要的文字，依據主次、輕重之別，將一篇文章中的重點條理分明地摘錄出來。

例如，我們可以將龍應台〈兩種道德〉一文摘寫如下：

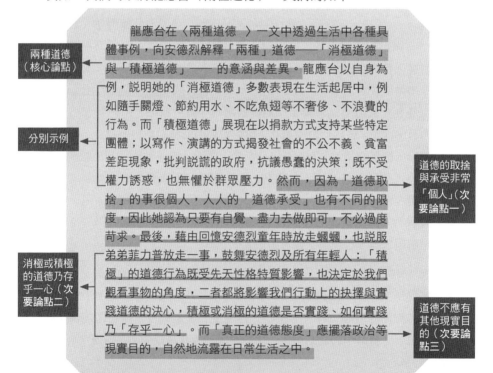

龍應台在〈兩種道德〉一文中透過生活中各種具體事例，向安德烈解釋「兩種」道德——「消極道德」與「積極道德」——的意涵與差異。龍應台以自身為例，說明她的「消極道德」多數表現在生活起居中，例如隨手關燈、節約用水、不吃魚翅等不奢侈、不浪費的行為。而「積極道德」展現在以捐款方式支持某些特定團體；以寫作、演講的方式揭發社會的不公不義、貧富差距現象，批判說謊的政府，抗議愚蠢的決策；既不受權力誘惑，也無懼於群眾壓力。然而，因為「道德取捨」的事很個人，人人的「道德承受」也有不同的限度，因此她認為只要有自覺、盡力去做即可，不必過度苛求。最後，藉由回憶安德烈童年時放走蟈蟈，也說服弟弟菲力普放走一事，鼓舞安德烈及所有年輕人：「積極」的道德行為既受先天性格特質影響，也決定於我們觀看事物的角度，二者都將影響我們行動上的抉擇與實踐道德的決心，積極或消極的道德是否實踐、如何實踐乃「存乎一心」。而「真正的道德態度」應擺落政治等現實目的，自然地流露在日常生活之中。

標示：
- 兩種道德（核心論點）
- 分別示例
- 消極或積極的道德乃存乎一心（次要論點二）
- 道德的取捨與承受非常「個人」（次要論點一）
- 道德不應有其他現實目的（次要論點三）

（一）摘寫原則及方法：

1. 先將摘寫文章的「核心論點」準確地摘提出來，接著耙梳、整理出文章中環繞著這一「核心論點」所開展出來的幾個相關面向，或是「次要論點」。接下來，逐一就各個論點摘寫重點，並思考「核心論點」與「次要論點」之間的呼應關係。

2. 例如龍應台此文的「核心論點」是「兩種道德」的內蘊與區隔。文中指出了「兩種道德」乃是「消極的道德」與「積極的道德」，並列舉各種事例解釋兩種道德的意涵與差異。文中亦提出了「道德的取捨與承受非常『個人』」，以及「積極或消極的道德實踐乃存乎一心」、「道德態度不應有其他現實目的」三個「次要論點」。此文即是藉由區分、闡明「兩種道德」的意涵，並提出三個次要論點統括這個論題涵蓋的面向。

3. 在論點與論點的摘寫、陳述之間，作適度的修飾與連結，例如，我們可以使用「接著」、「繼之」、「最後」、「而」、「然而」等連接詞作承接、遞進或是轉折之用。

4. 我們應盡量避免剪貼原文中的字句，尤其是屬於作者個人特殊風格的文字語詞。換言之，原文中屬於作者個人特殊的「瑰偉詞語」、「句型結構」、「修辭手法」，例如「它的貧富差距像一根刺，插在我看它的眼睛裏，令我難受」、「人們喜歡它悠悠的聲音，好像在歌詠一種天長地久的歲月」等應盡量避免，若必須援用，宜加上「上下引號」，如「存乎一心」、「真正的道德態度」。反之，我們所使用的文字，應盡量中性、準確，以貼近作者原意為最高原則，不宜「重鑄偉詞」，或者標新立異──使用過於特殊的語詞掌握作者原意，否則易有「偏離原文」，或是「過度詮釋」之弊。

5. 如果我們只就其中一個觀點進行摘寫，則注意這一個觀點與全文「核心論點」之間的相關性即可，不必述及其他觀點。但要注意的是：其他次要性的觀點固然可以略而不論，但絕不能忽略貫穿全文的核心論點，否則，易犯「斷章取義」之弊。

＊ 思考與練習 ＊

1. 請比較第一節「説明與議論句改寫」案例六的原文與改寫文，原文是：

> 　　屠宰方式未經人道致昏，即以利刃切割雞脖子放血，許多雞在尚未斷氣死
> 亡前，就被丟入燙毛池中；雞的糞尿、血水隨意排放，雞毛、雜碎等含有許多
> 微生物細菌的廢棄物也隨意丟棄，販賣現場隨時可見老鼠、蟑螂等「病媒」或
> 「病毒載體」四處穿梭。

「屠宰方式過於殘忍」與「販賣場地髒亂」兩個意義訊息，在原文中是並列
的關係，我們的改寫是：

> 　　以雞為例，攤商<u>不僅</u>以利刃直接割喉放血，<u>又將</u>未死的雞隻丟入滾燙的池水
> 中；<u>而</u>隨意排棄的糞血、雞毛雜碎<u>更</u>令販賣現場成為病毒滋生的場域。

以「不僅……又將……」、「而……更……」的遞進句予以改寫，恰當嗎？
是否改變了作者原意？

2. 請試著改寫下面這段文字，思考你如何理解文字意義並予以改造。更動了甚
麼？甚麼是未更動的？你會留心語意轉折的地方，還是因果聯繫之處？或
是其他？

> 　　人類面對「人畜共通疾病」，往往第一個想到的就是「撲殺動物」。動物
> 無言，歷史有知，在不同的情境裡動物常被「妖魔化」──當出現漢他病毒威
> 脅時，人們開始大量丟棄寵物，而環保局為了避免造成人們恐慌，也開始加強
> 捕捉流浪貓犬。但人們很少反觀自身，從「吃動物的肉，喝動物的血」這樣的
> 飲食習慣與文化裡，去反省人類自身製造了多少病菌的抗藥性，造成了多少病
> 毒滋生與傳播的溫床。（陳玉敏，〈飲食文化與世紀病毒〉）

3. 第一節「説明與議論句改寫」中的案例七，我們的改寫方法是：以「直述
句」改寫原來的「連續問句」。當我們以「直述句」改寫「連續問句」
時，語氣是不是改變了？語氣改變，會影響文意嗎？由於改寫文需盡量保
持「第三者」的客觀立場，因此這種改法與敘述文字的「主觀」、「客
觀」有無關係？會比較「客觀」嗎？可以幫助我們區隔「作者」與「改寫

者」嗎？我們不妨試著改寫下面這一段文字，並與案例七作一比較：

> 　　誰？誰還能怎樣？我，我自己。我常看那個輪椅上的人，和輪椅下他的影子，心說我怎麼會是他呢？怎麼會和他一塊坐在了這兒？我仔細看他，看他究竟有什麼倒楣的特點，或還將有什麼不幸的徵兆，想看看他終於怎樣去死，赴死之途莫非還有絕路？那日何日？我記得忽然我有了一種放棄的心情，彷彿我已經消失，已經不在，唯一縷輕魂在園中遊蕩，剎那間清風明月，如沐慈悲。於是乎我聽見了那恒久而遼闊的安靜。恒久，遼闊，但非死寂，那中間確有如林語堂所說的，一種「溫柔的聲音，同時也是強迫的聲音。」（史鐵生，〈想念地壇〉）

4. 在「段落整併」中，我們改寫了龍應台〈兩種道德〉一文中的幾個段落，「全文摘寫」亦以此篇文章作為摘寫之例。你覺得「段落改寫」與「全文摘寫」的寫作方式、寫作策略相同嗎？同異之處何在？其中「黑熊」這個事例，在「段落改寫」與「全文摘寫」中，比例大小一樣嗎？為甚麼？

5. 當我們進行「全文摘寫」時，每個論點之間，必須作適度的修飾與連結，連結的方式除了上文所述，還有哪些？請試著摘寫劉克襄〈天下第一驛〉與胡晴舫〈開放自己的城市〉二文，並思考各個論點之間修飾與連結的方式。此外，我們在正文中所提供之「全文摘寫」的「摘寫原則與方法」是否適用於摘寫這兩篇文章？為甚麼？

第九章

拼貼與抄襲 楊晉綺

依照襲用他人著作程度之輕重、顯見或隱晦與否，我們可以將抄襲的類型概分為：「拼貼抄襲」、「『重要術語』與『概念用詞』抄襲」，以及「意念抄襲」三種。前兩種抄襲涉及了知識觀念與語言形式上的雙重抄襲，後一種抄襲，雖然在「語言形式」上沒有襲用、拼貼的痕跡，但是觀念及知識見解皆非獨創。知識見解並非獨創，而未在文中加上註腳說明它的來源；或是已經標明參考資料的來源，然而整篇文章的問題意識、篇章架構，絕多數依然襲用自他人著作，此即屬「意念抄襲」。

在練習寫作的過程中，我們往往會因為對「抄襲」的了解不夠深入、全面，而犯了各式各樣的抄襲毛病，只要釐清一些觀念，態度正確，而後細心、耐心地加以修改及調整，即能有效地避開抄襲的問題。以下我們所列舉出來的

部份例子及篇章，是學生在練習報告寫作時，經常出現的問題，如果這些問題未曾修正、改進，便公開呈示、發表，即是侵犯了他人的智慧財產權。

拼貼抄襲

當我們將參考資料中的文字原封不動地，或僅僅只是更動一小部份文字（無論詞彙，還是句型，依然有高度的相似性），便援引為用，與自身的論述文字相互摻和、不作區別即屬「拼貼抄襲」。依抄襲程度的不同，我們又可將「拼貼抄襲」區分為兩種類型。

第一種類型是：直接剪貼某一參考資料，或拼合數篇參考資料中的原始文字，既不作格式上的轉換，也不加上註腳說明資料的出處、來源，一整個句段完全襲用自參考資料，例如案例一即屬於這種類型的抄襲。

讓我們先看看原來的文獻材料。「原文」之下的三段文字是介紹電影「藍色情挑」的網路文字，抄襲案例則是剪貼原文之後，拼合成報告內容的抄襲例子。

原文：

　　「藍色情挑」這部電影是奇士勞斯基享譽國際的「三色系列」中的一部，電影原名就叫做「Blue」，翻譯成「情挑」，顯然是為了國人對電影片名的習慣，其實並不恰當。其他兩色分別是「紅色」與「白色」。……奇士勞斯基的「三色系列」，白色談的是一對夫妻之間的愛恨情仇，紅色談的是一個溫馨女子與一個冷漠無情老法官認識的故事，但奇士勞斯說，這三部電影其實是在詮釋「自由」、「平等」、「博愛」。[51]

◆

　　繼十誡之後，奇士勞斯基又以其特有的方式，來詮釋代表法國大革命的三種精神：「自由」、「平等」與「博愛」—即「紅色」、「白色」、「藍色」三色電影系列。（不只法國，我國的國旗也是這三色，

同樣也是代表自由、平等、博愛三個精神。）首部「藍色」，中譯電影名為「藍色情挑」，講的主題是「自由」。自由，在目前已是普世之價值；而奇士勞斯基選擇了另一個自由的主題：心靈自由。[52]

◆

抄襲之例：

　　「藍色情挑」這部電影的音樂內涵極其豐富，我們在分析「音樂」這一元素在電影中所扮演的角色及重要性之前，先了解一下這部電影的創作背景。<u>繼十誡之後，奇士勞斯基又以其特有的方式，來詮釋代表法國大革命的三種精神：「自由」、「平等」與「博愛」—— 即「紅色」、「白色」、「藍色」三色電影系列。「三色系列」，白色談的是一對夫妻之間的愛恨情仇，紅色談的是一個溫馨女子與一個冷漠無情老法官認識的故事。「藍色情挑」這部電影原名就叫做「Blue」，翻譯成「情挑」，顯然是為了國人對電影片名的習慣，其實並不恰當。「藍色情挑」，講的主題是「自由」。自由，在目前已是普世之價值，而奇士勞斯基選擇了另一個自由的主題：心靈自由。藉由女主角迭宕至谷底的創傷，刻劃出自我囹圄的解放。由演技派女星茱麗葉畢諾許詮釋的絲絲入扣，在1993年威尼斯影展中大放異彩，奪得最佳影片金獅獎。</u>

案例一

　　案例一是拼貼網路文字後呈現出來的抄襲樣貌。由於網路文章的品質參差不齊，因此，在參考資料的選取上，寫作者已然不夠審慎；接下來，在稍加比對後，我們可以發現標出底線之處的文字皆剪貼、拼合自參考資料。這些拼貼文字較諸原文，雖然在內容上更為精省、扼要，也已經將剪裁後的參考資料重新加以組織，但是由於沒有再進一步將句子「改頭換面」—— 即更易字詞、重新寫句，呈現出來的文字與參考資料的用語、句型依然完全相同，因此，這種經過剪裁刪略，但卻不變換句型、更易語詞，也未轉換書寫格式，並加上註腳的援引方式，即屬「拼貼抄襲」。這種抄襲，是學生報告中最常見到的抄襲類型，我們常常能在草率、急就章的學期報告裡看到這種類型的抄襲。

　　此外，即使這段文字在文後加上註腳，說明參考資料的來源、出處，卻不作格式轉換——不遵循引文格式的相關規定，無法清楚地將參考資料與自身論述文字區隔開來，也依然是不恰當的。

　　第二種類型是：僅只是增刪、調整一小部份參考資料中的文字，便將之置入報告之中與自身的見解主張相互羼雜，援引為用。由於沒有重新摘提文意，加上文字形式上的調整幅度過於「微小」，因此不論是內容、語意脈絡，或是絕多數詞彙、句型依然與參考資料相去不遠，在這種情況下，即使加上註腳，說明了資料來源，依然是「拼貼抄襲」。我們試看案例二的兩段文字。第一段文字是藍祖蔚〈觸覺震撼的《愛神》〉[53]一文中的原始文字，第二段文字則是抄襲之例。

原文：

　　女人身上的香氣，往往就是身分地位的標記。春風得意時的鞏俐，旗袍緞面晶亮繽紛，一路走下坡後，鞏俐的服裝也不復昔日標緻，等到最後窩居皇宮旅館時，更是以墨綠線條應付了事，服裝如此，居所的氣息，身上的香味也就更加如此。鞏俐風光時，居住寬闊，即使在幽暗的小房間裡，依然給人空氣暢通的奢華感，但是最後的鐵床水漬地，你就可以依稀聞到空氣中那種絕對潮濕的黏膩感。清爽是富貴，滯黏則是困疲，甚至鞏俐身上的香氣恐怕也無可避免要為劣質衝鼻的庸俗化妝品取代了（我曾經以明星花露水形容，但是王家衛立刻更正說應該是雪花膏），從極盛到腐朽，張震都是最最貼近鞏俐的人，鞏俐身上的氣息，他最熟悉，氣息的改變，他最敏感，然而不管世事如何變化，他的愛，他的嚮往從來沒變。

抄襲之例：

　　女人身上的香味，常常是**身分地位的**表徵。**春風得意時的**華小姐，**旗袍緞面**閃亮奪目，不再風光之後，華小姐的**服裝也不復昔日**的華麗，**服裝如此**，住屋與**身上的氣味也**就**更加如此**。華小姐**風光時**，居所寬廣，**即使在幽暗的**香閨中，**依然予人空氣**流通、香氣繚繞氤氳的**奢華感，但是最後**一幕的**鐵床水漬地**，我們彷彿可以**聞到空氣中那種**終年潮

濕的濕黏沾膩之感。**清爽**代表了**富貴，滯黏**則顯示**困疲，甚至華小姐身**上的香氣，**恐怕也要被劣質衝鼻的庸俗化妝品取代了**（有人曾經認為那是**明星花露水，但是導演王家衛立刻更正說應該是雪花膏**）。**從極盛到腐朽，小張都是最靠近華小姐的人，**華小姐**身上的氣息，**他最為**熟稔，氣息**一旦**改變，他**也是**最敏感的人，**然而不管**世界如何改變，小張的愛，**對華小姐的嚮往**、戀慕始終如一。

案例二

　　抄襲案例中，劃出底線、文字加黑的部份是與原文疊似之處。這個案例雖然刪裁了一些參考資料的內容，更動了一些詞彙，也加上註腳說明出處、來源，然而，其間多數詞彙、句型、文意脈絡，以及解釋事件的方法（包括使用括號說明之處）皆與參考資料有著高度的相似性。因此，我們應當明白：僅僅只是更動、改易某些動詞、形容詞與名詞，或是刪減、增加部份內容，只要未曾重新摘提文意、詞彙用語高度疊似（指「非關鍵詞」而言）、句型相同，就依然還是「拼貼抄襲」。

「重要術語」與「概念用詞」抄襲

　　當我們在說明與討論的過程中，需要借用他人重要的術語或是特定概念，才能精確而深入地闡發我們的見解時，我們必須將這一個非自創的術語、概念加上上下引號，並且安插註腳說明出處、來源，否則，即是犯了「『重要術語』與『概念用詞』抄襲」的錯誤。此外，必要時，我們甚至得在內文或是註腳中進一步解釋這個術語及概念的正確意涵，才不會在既犯「『重要術語』與『概念用詞』抄襲」的錯誤之外，又犯了「誤讀術語」、「誤用術語」的毛病。

　　例如下面一段評析張愛玲小說〈傾城之戀〉的文字：

抄襲之例：

　　張愛玲的文字用語向來是特殊的，無論是勾繪人物形象，或是構設情節場境，總能淋漓盡致地將各色古雅迷離、虛冷怪異、或是猥瑣可笑復又悲涼的情景氛圍鋪染開來。例如，當女性觀看著女性時，在意的事物是什麼？〈傾城之戀〉中「孩子似的萌芽的乳」是女性的喜好與審美判斷，與〈色，戒〉中，那令男子垂涎，有如「南半球」般豐碩之乳的美感標準截然不同。此外，〈傾城之戀〉中不論是壓縮、扭變人物存在場域（陽臺上咿啞的胡琴聲與廟堂音樂的虛實變化），或是描寫人物，如「從前白得像磁，現在由磁變為玉──半透明的輕青的玉」、「嬌滴滴，滴滴嬌的清水眼」等，雖不外乎用了譬喻、頂針等慣見的修辭手法，但皆能通過巧妙的聯想寫出新意。從觀看到敘事，張愛玲不斷地尋找各種表現方式，試圖創造出屬於自己的詞彙語句、語言風格與敘事手段。於是，我們看見句與句、段落與段落之間的語義關係充滿了相互詮釋、彼此補足，並翻轉原意的可能性；在不斷轉換場景，並扭變場景之際，既含混了某些場域、物色的輪廓，又令某種人物性格、某些事物的本質與內涵變得極為鮮活與清晰。因此，我們可以說：張愛玲筆下的世界，是一個充滿了「**陰性句子**」的世界，是用「**陰性句子**」打造出來的奇幻王國。

案例三

　　這一段評論中，「陰性句子」（feminine sentence）是一個特殊的用語，為英國女作家維吉妮亞‧吳爾芙（Virginia Woolf 1882~1941）所提出。她認為女性必須創造自己的書寫風格，通過改造、調整一般通用或流行的句子，尋找自然有趣、適合自身表達的特殊句型與文學形式，如此，才能真實呈現女性的感知世界，展現新的藝術風貌。換言之，女性作家若能尋得屬於女性自身、展現女性特殊格調的句型與文學形式，將可以令女性不受拘限，全然自由地表現自我。[54]

　　如果，我們借用了「陰性句子」這個術語及其意涵來評論文學作品在語言文字與構作手法上的特色時，僅僅只是加了上下引號，用以表明這一個詞彙

具有特殊意涵，這依然還是不夠的。我們必須再安插註腳，說明原創者是誰，概念與術語的出處、來源為何，意義、內蘊是甚麼，甚至於必須交代概念術語的衍變過程（如果，這個概念的意義還在不斷地擴大、轉化與發展時），才能充分而妥善地區隔他人與自身的觀點，否則，即是「『重要術語』與『概念用詞』抄襲」。

再如第九章第二節「段落整併與改寫」中的例三，涉及了「觀點」與「聽點」兩個電影評論術語。當我們借用了這兩個術語分析、討論特定作品，卻不加上註腳說明術語的來源、出處，即犯了「『重要術語』與『概念用詞』抄襲」的弊端。

意念抄襲

我們皆可以在「拼貼抄襲」以及「『重要術語』與『概念用詞』抄襲」這兩種抄襲類型中，找到語言形式上抄襲的痕跡，但「意念抄襲」則不必然涉及語言形式的抄襲。依照襲用參考資料內容的多寡、是否涉及意脈、或是綱要架構的襲取，「意念抄襲」還可以進一步區分出「段落式意念抄襲」與「全文抄襲」兩種類型。

所謂「段落式意念抄襲」意指：報告寫作者雖然已經通過各種改寫方式改造了參考資料中的文字段落，報告中呈現出來之文字樣貌已與原文大不相同，就文字形式而言，似乎已無抄襲之虞。然而，由於這些知識內容依然是前人的研究成果與智慧結晶，因此，我們必須在改寫之後加上註腳，說明知識來源及出處，若未能註明資料來源，即是犯了「意念抄襲」的毛病。

例如，當我們想要寫作一篇關於「米蘭‧昆德拉及其文學創作」的學期報告，通常，在進入主要論題之前，我們會需要先對米蘭‧昆德拉其人及其文學創作歷程作一背景式的回顧與介紹。在參考、統整許多資料之後，我們雖然改寫了參考資料的詞彙與句型，卻未在文後標明資料的來源、出處，這樣的文字段落即屬「段落式意念抄襲」。例如第九章第二節「段落整併與改寫」中，我

們改寫了一些關於米蘭‧昆德拉的背景資料,改寫完之後,如果未能進一步安插註腳,將資料來源標示清楚,即使資料內容、文字形式已經經過合併整理、轉化改寫,與原始文獻並不相同,也仍然犯了「意念」或「知識」上侵權、抄襲之弊。同理,第九章中各種改寫的案例,無論是「句子改寫」、「段落整併改寫」,還是「全文摘寫」,若未在改寫文字之後註明資料來源,皆是犯了「段落式意念抄襲」的毛病。

第二種「全文抄襲」,即如我們在書後「附錄二」中附加之〈蒚菱考〉一例。此文改寫自蔡珠兒散文〈冷香飛上飯桌〉。改寫文雖然在整體形式、標題文字、材料組織方式與文字語調風格上皆與原作有所不同,但是全文意念、行文脈絡、內容材料卻全盤轉借自散文作品。如果我們未能交待改寫目的,並取得原作者同意授權,即擅自將不同類型的文字篇章改寫成學院報告的形式,作為學期報告繳交呈遞,甚或公開發表,這亦是侵犯了他人的智慧財產權。

我們必須同時建立我們對於引用參考資料的正確觀念與良好的寫作習慣,才能避開「意念抄襲」的弊端。如果我們援用了某些參考資料中的知識,卻因為它們的性質與功用僅是鋪陳背景、說明基本概念,與全篇報告的論旨、主張並不直接相關,因而將之視為「常識性知識」;或是在寫作上,我們一直未能養成細心標示資料來源的習慣,那麼,錯誤的認知以及輕忽、草率的寫作態度,將令我們觸犯「意念抄襲」的弊端而不自知。

如此看來,「抄襲」的問題突然一下子變得異常沈重,令人覺得窒息。我們究竟應該如何面對我們自身的報告寫作?或許,我們可以在這兒稍作停駐,在繼續了解「報告格式與文獻註記」的方式與相關規定之前,試著思考一個問題:如果全篇報告一直迴避不了上述各種類型的抄襲弊端時——不論是襲用單一文獻,或是拼貼多篇文獻,我們不妨試著自我提問:我的報告為甚麼總是無法避開抄襲的問題?是個人心態與寫作習慣的問題嗎?是能力的問題嗎?是閱讀的面向不夠寬廣嗎?是沒有時間好好蒐集並消化參考資料嗎?還是,我一直沒有想清楚我之所以寫作這篇報告的目的?這篇報告的「問題意識」究竟是甚麼?之所以迴避不了「抄襲」的問題,最根源的問題會不會是:我,沒有「問題意識」?也提不出自己的主張與見解?

✱ 思考與練習 ✱

1. 除了上述介紹的「抄襲」類型之外，我們還見過哪些型式的抄襲？我們最容易在哪些知識領域中，看到「抄襲」的案例？

2. 如果我們檢索最近與「抄襲」相關的社會案例，可以知道它們屬於哪一類型的「抄襲」嗎？為甚麼引發爭議？

3. 在學期報告最後定稿之前，試著與同學交換學期報告，彼此檢查是否有涉及各類型抄襲卻不自知的地方。

附錄一
架構修訂與資料引用

附錄一之一

報告架構再確認

楊晉綺 編輯小組

　　本書下編從「學院報告的文字特性」帶領大家進入學院報告，將寫作歷程拆解為「問題意識」、「題目與大綱」、「前言與內文標題」、「主張－支撐－推論」四個主要步驟。我們按照步驟撰寫報告，隨著說明與論證逐步地推進，反覆檢視自己最初的構想是否合理、周密，藉此不斷修正並強化我們的立場與主張。等到初稿完成之後，請再試著畫出全文架構圖，依序檢查下面三個項目：

1. 問題意識──這篇報告關注的問題是甚麼？

2. 問題呈現方式──這篇報告如何呈現問題？

3. 見解或主張──這篇報告提出的見解或主張有沒有緊扣住問題？

以下由「文本分析」和「議題」兩種習作實例，展示操作方式。

文本分析案例

　　文本分析的寫作原則是「深入理解文本要義，選取一個你關注的問題，聚焦在這個問題上，完整而清楚地說解問題內容，並發表個人看法」。你的文本分析報告初稿完成後，不妨試著畫出一個全文架構圖，看看自己思路是不是清晰？有沒有矛盾？有沒有需要補充或修訂的地方？根據架構圖修改報告，可以讓報告更嚴謹也更有說服力。以下展示三個案例。

「硬幣」的多重象徵意義[55]

一、前言

　　在《美國眾神》中「硬幣」一直不停重複地出現，第一章中影子在監獄裡把玩的硬幣戲法，一直到文末，影子把硬幣拋向空中，「硬幣」貫串著整本書。擁有「硬幣」不只是影子的特權，《美國眾神》中不管是人類、神甚至是死人都曾和「硬幣」有過接觸。但是每個人物擁有的「硬幣」似乎都有不同的意義。

　　「硬幣」看似不起眼，每次出現的篇幅也不長，但作者卻常常不經意地在各個章節提到硬幣。作者究竟想透過硬幣傳達甚麼訊息給讀者？我將藉由研究伴隨著硬幣出現的人物和事件，以及研究「硬幣」的特質探討作者在書中賦予「硬幣」的象徵意義。

二、決定命運（象徵「運氣」）

三、守護的力量（象徵「活著」）

四、生與死（象徵「自由」）

五、如同戰爭（象徵「戰爭的本質」）

六、主導一切

案例一

案例一的作者閱讀了《美國眾神》之後，針對「『硬幣』的象徵意義」來撰寫報告。他根據書中所述提出四個象徵意義：

（一）「硬幣」可以決定人的未來，象徵「運氣」；

（二）「硬幣」具有守護生命的力量，象徵「活著」；

（三）「硬幣」令人獲得心靈與肉體自由活動的力量，象徵「自由」；

（四）「硬幣」即是戲法，象徵「戰爭的本質」。

　　這四個方面的象徵意義是平行不相統屬的，全文就是以「硬幣」的象徵意義這個問題為起點而平行開展出四條說明的支脈。它的架構如下圖所示：

　　從架構圖來看，案例一關注的問題是「『硬幣』的象徵意義」，而呈現問題的方式則是分類與解釋。它的優點是作者把散見於書中不同篇目的相關現象加以整合，形成有系統的認識。

> ### 動盪的年代，寂寞的一群人[56]
>
> **一、前言**
>
> 　　章詒和所書寫的《往事並不如煙》，將身邊父執輩那些知識份子的往事一一道來。在文革浩劫之下，章詒和一家以及他們所結交的各個名震當時的人物，都一一遭受到前所未有的打擊。從點點滴滴的事件敘述中，那些人彷彿又活靈活現地在面前展開。他們各自富有智慧，才德兼具，一生的歷程甚至叫人拍案叫絕。
>
> 　　看著他們經歷輝煌與落魄、生與死，再回首作者章詒和的自敘：「這輩子沒甚麼意義和價值，經歷了天堂、地獄、人間三部曲，充其量不過是一場孤單的人生。」經歷了風雨

交錯的一生，最後徒留的只有寂寞，似乎也回應著這些知識份子在時代與變革之中，是披染著悲劇英雄的色彩，卻又各自呈現不同的寂寞身影。本文想以聶紺弩、張伯駒、康同璧為例，探討章詒和筆下的知識份子的寂寞是甚麼？為何寂寞？

二、為何寂寞（聶紺弩）

三、甚麼是君子之交（張伯駒）

四、身為亂世中清流的勇氣（康同璧）

五、曲高和寡

案例二

案例二的作者閱讀了《往事並不如煙》[57]之後，特別注意到文革受害者的孤寂身影。他選擇了「聶紺弩」、「張伯駒」、「康同璧」三人作為觀察對象，說明他們在文革中的際遇，分析他們落入孤寂的緣由，最後以「曲高和寡」作為三人共同命運的註腳。這篇報告的架構如下圖所示：

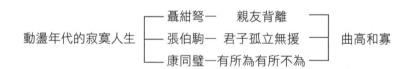

案例二的起點是「動盪年代裡寂寞的一群人」，這些人都是知識份子，他們在文革時期的遭遇不同，他們落入寂寞境地的原因也不同，不過作者認為他們受難的緣由相同，都是「曲高和寡」。顯然作者分析文本之後，對文革時期的知識份子有了更深刻的認識。

《甲骨文》裡看美、中矛盾[58]

一、前言

閱讀完《甲骨文》全書之後，對書中經常出現的美中關係問題感到矛盾。中國人在許許多多的事情上非常的仰賴美國，但是全國人民的共同意識以及國家對外的許多態度，都很明顯地不歡迎及不友善，到底是甚麼原因會造成一個如此反美的情緒？在這篇文本分析報告中我想要透過本書作者的觀點來尋求解釋。我想要了解這種矛盾情緒的起因。本文從全書一開始所寫的一些現實生活中發生的美中外交問題出發，紀錄分析中國人民和官方的態度及想法，接著回溯過去中國對美國的反應，思考分析幾個可能的原因後，再針對問題作出結論和反思。

二、中國對美國負面的立場和看法

（一）政府表面上對美國的態度和看法

（二）政府對人民的引導

（三）人民對美方的厭惡和不滿

三、中國對美國的依賴和親近

（一）過去中國對美國的態度和看法

（二）申請奧運的一切準備

四、矛盾情緒的起因

（一）歷史背景影響下的傳統觀念

（二）面子問題

（三）世界強權的爭霸

五、既是危機也是轉機

案例三

案例三的作者閱讀了《甲骨文——流離時空裡的新中國》之後，聚焦在中國對美國相反的兩種情緒上。他整理書中「親美」與「反美」事例，分析中國對美國既親近又敵視的原因，最後提出化解矛盾的辦法。全文架構如下圖所示：

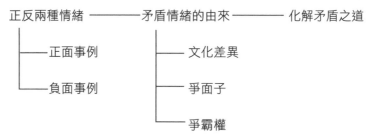

案例三的起點是關於中國對美國的矛盾情緒：甚麼原因造成兩種情緒並存？如何化解矛盾情緒？作者呈現問題的方式，第一步是舉證，具體提出正面與反面事例；其次是從三方面說明導致中國對美國產生負面情緒的原因；最後針對問題設想化解之道。

上面這個架構圖是根據報告的內容，把標題的層次略作調整所得。報告原本將「正面事例」與「反面事例」放在最高層，也就是

　　　　負面情緒——　正面情緒　——　矛盾情緒的由來　——化解矛盾之道

請你想想，哪一種配置方式能夠更清楚的反映出報告的條理呢？

議題分析案例

議題分析報告的起點是設定一個「等待被修正、增補或質疑」的題目，提出個人的主張或見解。議題分析習作常見的毛病是論旨不清。當你完成議題分析報告初稿之後，試著畫出全文架構圖，檢查論旨是否明確？內容有沒有扣緊題目？有沒有說服力？

在台灣天空下的新移民——論外籍配偶的真／假弱勢[59]

一、前言

　　近幾年來，我們不難發現台灣的社會已經越來越多元，而「新移民」這個詞更是充斥在我們生活週遭，舉凡新聞媒體、報章雜誌都可以看見這些字眼，但是很少有人對它真正的意涵有所了解。因此，我們想透過文獻的幫助來深入探討：究竟甚麼是新移民？是甚麼原因讓她們來到台灣，又在台灣面臨哪些困境？而這些困境是真的弱勢，還是經過台灣社會型塑下所產生的？最後則就目前所知的改善方法做一個簡單的介紹。

二、甚麼是新移民？

三、來台灣的緣由

　　(一)台灣人對婚姻觀念的改變

　　(二)外籍新娘家鄉的經濟弱勢

四、真弱勢為何產生？

　　(一)買賣心態

　　(二)刻板印象

　　(三)融入社會遇到的問題

五、假弱勢——文化優越感

六、現有的支援單位與改善辦法

案例四

　　案例四的議題是「台灣新移民是真弱勢還是假弱勢」。作者首先界定題旨「新移民」，指出移民的背景因素，然後進入析論，即「真弱勢或假弱勢」。

作者認為從好幾方面來說，新移民都是真弱勢，但台灣人有文化優越感，使得他們傾向相信新移民為弱勢，這是「假弱勢」。全文架構如下圖所示：

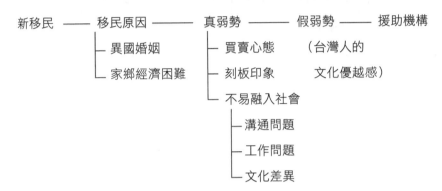

報告最後列舉現有的援助機構，以此作為結束，與論旨「真／假弱勢」並沒有直接關係，減損了議論的力道，這是美中不足的地方。在進行析論之後，作者有責任提出個人見解，而作者提出的結論取決於他關注的問題。

這篇報告針對當前社會中不利新移民的因素作了分析，同時指出台灣人的文化優越感也造成新移民成為社會上的「假弱勢」。如果他關注的問題是「新移民是不是真的弱勢」，結論應是「儘管有『假弱勢』因素夾雜其中，種種不利的客觀條件仍使得新移民為真弱勢」。要是他關注的問題在於「弱勢」本身，他要解釋新移民之所以為弱勢的緣由，那麼結論應是，除了一般人所熟知的種種不利於新移民的客觀因素之外，還有台灣人的文化優越感也造成「新移民的弱勢」。不管採取哪一種結論，都將改變報告的架構圖：

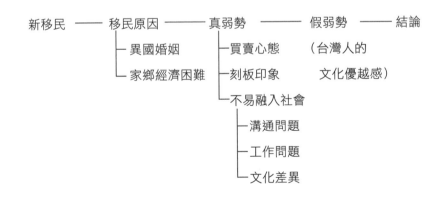

至於報告列舉的「援助機構」，仍可列為附錄，提供讀者參考。

線上遊戲的正面價值與意義

一、甚麼是「線上遊戲」？

　　（一）線上遊戲的內容與種類

　　（二）線上遊戲的操作方式與相關電腦知識

二、線上遊戲的魅力與特色

　　（一）臨場感帶來的娛樂性

　　（二）虛擬的個人身分與環境社群

　　（三）呈現個人特殊的生活習慣與價值觀

三、線上遊戲的正面意義

　　（一）學習經濟原理

　　　　　1. 角色投資　2. 供需法則　3. 市場經濟

　　（二）有助於邏輯思考

　　　　　1. 數字思考　2. 攻略技巧　3. 規劃未來

　　（三）參與不同類型的社交活動

　　　　　1. 陌生的朋友

　　　　　2. 在特殊場域中學習另類合作方式

四、學習保護自己

　　（一）網路世界是現實社會的縮影

　　（二）了解及預防網路犯罪

　　（三）如何保護自身權益

五、結論

案例五

案例五的議題是「為甚麼我們應該接納線上遊戲」。作者首先界定題旨「線上遊戲」，並指出它的魅力與特色，其次從三個方面論述它的益處，最後從防弊的角度提出自我保護的建議。全文架構如下圖所示：

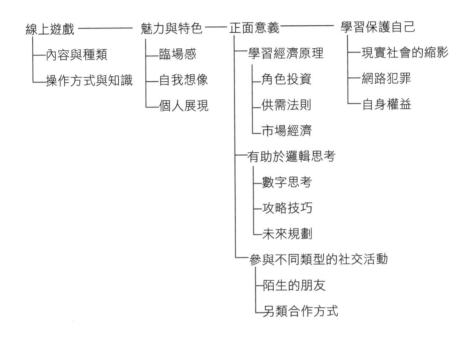

線上遊戲被許多家長視為對青少年有害的活動，不但妨礙知識的學習，更可能導致網路犯罪。案例五作者站在反面立場，特別在教育價值上著墨。他又把網路和真實世界聯繫起來，主張線上遊戲潛在的危險就和現實生活中可能發生的危險一樣，以此降低反對線上遊戲的正當性。從架構圖很容易看出，案例五是一份論述完整的議題分析報告。

結語

在撰寫報告的過程中，我們從各種參考資料發掘出相關證據，其中有些能夠支持我們最初的設想，也有些從反面逼使我們修正甚至徹底檢討立論觀點。

等到完成報告，再次回顧先前的問題意識，我們通常都可以看出自己的思考進境——比起那個基於鬆鬆的洞察力而提出的初始想像，我們已然形成更明確深入的見解與主張。

＊ 思考與練習 ＊

1. 請比較案例一到案例三，你認為哪一篇的結構完整穩妥？哪一篇有所不足？請想一想，「結論」在一篇報告裡的意義是甚麼？它是聊備一格的部份？還是再次確立主張，收束全文討論、展現思考深度的有利位置？回觀案例一，你認為結論若是具備哪些內容會更豐富完足？

2. 請看案例四的圖示，它的結構完整穩妥嗎？對照附錄四中的報告原文，你看得出作者是用甚麼樣的標準或視角來區分真、假弱勢？他的結論部份有問題嗎？結論如果應該回扣整篇報告的討論內容，那麼這篇報告的結論該如何修整？它應該照應哪些必要的討論，作再次的強調或最後的引伸？

3. 請看案例五。這是一篇訴求「說服」的報告，對象是握有管教權力，但對線上遊戲抱持負面意見的師長父母。你認為它的說服力如何？報告的結構是不是穩妥完整？第二、三節的正面宣示和第四節的反思，有沒有因為正反兩面的論述而展現出思考深度？是否能夠說服抱持反面意見的讀者？你認為還有甚麼可以添加的論點？或者你看到可以攻破的漏洞？請提出來討論。

資料分類與網路資料

沈婉霖

蒐集資料的基本認識

我們選定研究對象，要深入思考問題的時候，應該試著探詢：我想問的問題是不是有人關心過？或許大家所關心的面向或深度都不同，但是如果站在前人的基礎上，讓問題的討論更向前、更往細部推進，不僅是個人的突破，也延伸了整體學術的觸角。這就是為什麼我們需要蒐集參考資料。

蒐集參考資料，一方面讓我們將自己和他人的想法相互印證，也讓我們了解相關問題的研究現況，從中得知還有哪些疑點需要釐清，哪些主張或論述還不夠堅實周延。我們必須透過資料來掌握已經解決或者得到合理解釋的問題，以既有知識為起點，繼續前進，而不是擔心自己被資料影響，作出和其他研究者相同的判斷，或擔心面對不利於自己主張的證據，因而刻意迴避。

在既有知識充分的映照下，自己的「問題意識」將會更加明確。我們很有可能在蒐集資料的過程中推翻或修正當初憑著直觀作出的假設，但這也意味著對於問題的理解更為深入。如果與他人的說法不謀而合，非但是自己立論的支撐，更是後續發展的基礎，這意味我們不必從零開始。

你可以由校內圖書館的搜尋引擎，檢索「作者」、「書名」、「關鍵字」或電子期刊的「篇目」，查找「專書」、「學術期刊」、「學位論文」等相關資料。如果你覺得校內資訊不夠，國家圖書館、中央研究院的圖書館以及其他大專院校圖書館也都是可以善加利用的資源。

或者，你也可以先找到幾篇重要論文或一、兩本書籍，從它們的徵引書目中找到更多的參考資料。每份書目都可以擴展我們資料蒐集的版圖，所以不必擔心找不到資料，需要擔心的是能不能確切掌握資料的觀點，能不能妥善利用資料作為推論的依據。

資料的類型

正式的學院報告必須選擇較嚴謹的參考資料作為佐證或依據，通常是來自於具有公信力的出版機構所刊行的「專書」、「學術期刊」、「學位論文」。有時因為選擇的議題不同，需要其他來源的資料。例如從事當下的政治與社會研究，可能需要參考日報或週刊的「社論」、「報導」以及政府的「公文」、「法規」。若研究當代的風俗、文化，可能必須把「廣告」、「商標」、「標語」等都納入參考資料的範圍內。參考資料可能是文字，也可能是數據、表格、圖示等，只要有助於佐證觀點、支持主張，都應該儘可能的蒐羅研讀。

總括來說，資料的類型沒有一定的限制，不過判斷資料的可靠性，卻是不可輕忽的重要步驟。

通常「專書」、「學術期刊」、「學位論文」的行文方式要比「報章評論」、「網誌」等更嚴謹，舉證或分析也更周延、精確。但是這並不意味後者完全不具參考價值。廣泛閱讀相關的「評論」有助於吸取不同的「觀點」，有助於釐清自己與他人「問題意識」的異同。然而如果是要徵引來支撐自己的主

張，必須審慎考慮哪些才是可信的、有說服力的資料。

　　學術刊物也有評鑑與分級，例如在台灣，國科會就是評鑑學術刊物最重要的機構之一，國科會近年為許多學門的期刊作出了評鑑結果。徵引資料的品質將會左右你的學院報告的水準。徵引優質證據，才是你的報告的有力支撐；學習分辨刊物的品質，也是學術訓練重要環節。

　　最好徵引已經正式出版的文獻。然而我們有時候還是需要徵引未正式出版的資料，例如某一門課的講義、尚未定稿的會議論文等。如果必須引用，可以採取下列的徵引方法：（一）如果是講義，可以徵求授課老師的同意，並且在引用時加註聲明；（二）尚未定稿的會議論文通常會註明「請勿流通」、「請勿流傳」等字樣，如須引用，除了請求作者本人的同意，也要徵求會議主辦單位的同意，以避免誤觸法規及他人權利。

網路資料

　　網路資料的最大優點是「節省成本」、「排除時空距離的限制」，但是「資訊品質參差不齊」、「資訊內容雜蕪」等問題不容輕忽，因此使用網路資料前，必須留意網路資料的用途與限制。[60]

　　請注意！「知識」和「資訊」不是同一回事。資訊不都是知識性的，連一般泛泛的常識都可以說是資訊。

　　關涉時效性的問題，我們往往可以透過網路，取得最新、最快的資訊，比如我們想作2008北京奧運的棒球賽事分析，我們可以在網路上得到最新的「賽程安排表」。有些資料只在網路流通，如果我們想要分析「網路作家」的創作，就只能在「BLOG」上看到最新的創作上架。

　　若要利用網路媒介的知識，必須思考幾件事情。第一，同樣的資料內容是否已有書面的資料，如果網路資料來自書面資料，應該找出來源的書面資料。網路轉引的資料通常都沒有經過審訂，轉引是否正確，不從原文無從確定。不經查證就逕行徵引，將會影響你的報告的可信度。

第二，多數網路資料都不具穩定性，如果引用網路資料，當讀者要根據文獻註記再進一步查詢時，可能網站已經被刪除，或者資料已經被更動，因而無法作為有效憑據。

　　第三，網路資料和正式出版的書面資料不同。大多數的網路資料都沒有經過審查、校對等程序，在未經重重把關的情況下，很有可能夾雜了「偽知識」和「非知識」在內，因此作為「學術研究」的引用資料很難有真正的說服力。如果必須採用刊登在網路上的學術文獻，最好能同時提出其他正式出版的而有一致見解的文獻作為佐證，這樣才能避免讀者對資料可信度的質疑。

　　網路有種種便利，透過網路尋找資料已成為日常資料取得的途徑，不過網路資料潛藏的種種不確定性考驗著使用者的判斷力。在採用網路資料之前，最好是先從「可信性」、「精確性」、「合理性」、「支持性」，[61] 審慎評估採用網路資料的利弊得失。我們身為學院報告的作者，必須為資料引用的行為負責，千萬不可以訛傳訛；如果使用未經審查的網路資料，又不仔細地檢視、查驗，以致引起讀者對資料的懷疑，那麼連同報告的「主張」和「推論」也將一併受到質疑。

報告格式與文獻註記

羅漪文　施家雯　編輯小組

統一格式的目的

　　每篇學院報告都是一份學術的成果，學術的發展即是每一份成果逐漸積累的結果。不同的學術刊物通常會制定論文規範，通過同一種格式的書寫，可增加理解與交流的效率，以利學術的累積與發展。

　　格式訓練的目的不在壓抑思考的靈活性，而是期待格式規範能使讀者對作者的問題意識一目瞭然，透過一致的架構安排和一致的引文資料組織模式，讓讀者更易於檢視作者思維邏輯和辯證過程是否周延、穩妥。

　　專業學術期刊的格式要求雖大致相同，卻仍有細節上的差異。大學中文編輯群參照學術刊物的一般性規範，將較為細瑣的部分加以簡化，擬定課程要求

的報告格式。如果同學選用特定期刊的格式，只需在報告之後附上該期刊的格式說明即可。

大學中文報告格式規定

一、題目與各層級標題

題目與各層標題相當於一篇文章的眉、目，應能顯示出文章題旨和架構。

（一）題目直接書寫於首頁首行，題目置中，採用「標楷體14或16」字型，可用粗體。

（二）各層標題皆置左，採用「標楷體」或「新細明體」字型，字型大小「12或14」為佳，可用粗體。

（三）標題層次依一、（一）、1.、(1)……等順序標示之。

（四）標題和前後段內文，各間隔一行。

（五）文中舉例以(1)、(2)、(3)……等標序。

二、內文

（一）內文之中文字採用「細明體12」字型，不用粗體。英文字採半形，「Times New Roman」字型。數字採用半形，以阿拉伯數字123，或大寫數字一二三來標示，全篇報告統一標示即可。

（二）標點符號與括號，皆以全形標示。例：，。：；？（）、「」〈〉《》／

（三）每個段落首行縮排兩個字元。

（四）行距採「最小行高12」，前後段落行距0.5。

（五）段落須左右對齊。

（六）頁碼以阿拉伯數字標記，放在「頁尾」、「置中」。

三、引文

在報告中直接引用文本或二手研究資料的原文，稱為「直接引文」。直接引文可分作「長引文」和「短引文」，不管長短引文，都需要下一個註腳以說明引文的來源。

（一）「短引文」直接鑲嵌在內文的段落中，以引號「」區分引文和正文。

（二）「長引文」若長度不超過兩行，可直接鑲嵌在內文的段落中，以引號「」區分引文和正文。請見案例一（粗體字為短引文）：

> 小說描述著，只要是神，都會有屬於他自己的獨特獻祭方式，新神當然也不例外。對新神之一的電視機神來說，人們祭獻的**「大多是他們的時間，有的時候是獻祭彼此。」**[1]人們在享受這些科技產品所帶來的好處，同時，往往不知不覺的耗費了相當可觀的時間，甚至犧牲掉了許多與他人相處的機會，這些，都成了現代人給予科技神的獻祭；而近代人們過於頻繁的使用科技產品，更是產生了大量的獻祭。[62]
>
> ---
> 1 尼爾‧蓋曼（Neil Gaiman）著，陳瀅如、陳敬旻譯，《美國眾神》（台北縣：謬思，2008年），頁152。

案例一

（三）長引文為三行以上，就不適合鑲嵌在報告正文裡，須從正文換行書寫。當報告正文接續到直接引文時，要以「冒號」表示「接下來要引用別人的文字了」。

（四）長引文每一行須縮排三個字元，以「標楷體12」字型標示，與上下
　　　段落保持一個行距，引文不加引號。見案例二。

（五）引文之後的正文，須縮排兩個字元。見案例二。

> 「我們」意謂著什麼？唐諾在書末附錄〈仍然相信幸福
> 是可能的〉一文中這麼說著：
>
> > 「我們」這一個曖昧、重新改變疆界、充滿各種
> > 組合潛力、各種可能性呼之欲出如心跳的名字，
> > 就更像是說出來就闔不回去、一道展開不回頭的
> > 踽踽書寫之路了……。[1]
>
> 　筆者認為唐諾對「我們」下了很好的定義，「我們」這
> 個詞具有各種組合潛力，它也一直隨著時間不斷改變它的組
> 合。[63]
>
> ─────────────────
> 1　顧玉玲，《我們》（台北：印刻，2008年），頁341。
>
> **案例二**

四、註腳

　　註腳的主要功能有兩種，第一，註明參考文獻出處。第二，凡是「必須說
明，但不適合擺放在正文，以免造成枝蔓」的文字，也可以放進註腳中。

　　引用他人研究成果，無論是局部引用、段落引用，或是「改寫」、「摘
寫」引用，都必須在文中安插註腳以註明出處。以下提供參考文獻的註腳原
則：

（一）參考文獻「註腳」的具體內容包括：作者、書名、出版項（出版
　　　地、出版社、出版時間），以及頁碼。註腳內文採用「新細明體
　　　10」字型。

（二）註腳由Microsoft Word文件編輯軟體之「插入」→「參考資料」→「插入註腳」。（選取快速鍵「Ctrl」＋「Alt」＋「f」）。Word會以阿拉伯數字標示註腳，註腳會自動出現在頁尾。

（三）註腳插入在當句的「，」「、」「；」「？」「。」之後。

（四）第一次引用，必須在註腳中指出完整出處，若再次引用同筆資料，則為避免冗贅，僅標明「作者，《書名》，頁○。」即可，出版項可省略。

（五）引文出處須在註腳中說明，因資料類型不同，格式略有出入，試參考下例：

1. 中文書面資料的註腳

註明項目包括作者，書、篇名，出版項（出版地、出版社、出版年），若非引用初版書籍，則須指出第幾版。期刊論文還要增列卷期以及出版年、月。學位論文的出版項以校系學位取代，同樣需要註明出版年、月。

(1)書籍資料：

例1.1只標明書目資料。例1.2標明篇名和書名，例1.3是翻譯書的註腳寫法。

1.1 蔡珠兒，《南方絳雪》（台北：聯合文學，2002年）。

1.2 蔡珠兒，〈冷香飛上飯桌〉，《南方絳雪》（台北：聯合文學，2002年），頁○。

1.3 彼得‧海斯勒（Peter Hessler）著、盧秋瑩譯，《甲骨文──流離時空裡的新生中國》（台北：久周文化，2007年），頁○。

(2)期刊論文：

陳元朋，〈荔枝的歷史〉，《新史學》，第14卷，第2期，2003年6月，頁○。

(3)學位論文：

鄭媛元，《金瓶梅敘事藝術》，政大中文所碩士論文，2007年7月，頁○。

(4)古籍資料：

註明項目包括：時代、作者、書名或篇名、點校者或註釋者姓名、卷冊、頁碼等等。大學生較常接觸的古籍多是已經過當代出版社整理刊行，因此，除前述資料外，也和現代書籍一樣，得列出版項（出版地、出版社、出版年）。[64]

4.1〔唐〕杜牧，〈過華清宮絕句三首之一〉，陳允吉點校，《杜牧全集》（上海：上海古籍，1997年），第○冊，頁○。

4.2〔明〕笑笑生，《金瓶梅詞話》（台北：聯經，1978年，影印明萬曆丁巳刻本），卷○，頁○。

(5)影片資料：

洪智育編導，《1895‧乙未》（台灣：青睞影視製作有限公司，2008年）。

(6)雜誌、報紙資料：

胡晴舫，〈你也去遠方過年〉，《中國時報‧時論廣場》，2007年02月23日。

張漢宜，〈逃世代‧日本人才的黑洞〉，《天下雜誌》第374期，2007年6月，頁○。

2. 英文書面資料的註腳

相關註記方式請參照《MLA論文寫作手冊》。

3. 網路資料

網路資料註明網站名稱、網址即可，如下例所示。使用網路資料時請務必仔細判別資料的可靠性。請參照本書〈資料分類與網路資料〉一章。

(1)中央研究院漢籍全文資料庫http://www.sinica.edu.tw/~tdbproj/handy1/

(2)陳韻琳，〈記憶、愛與自由——藍色情挑的音樂蘊意〉，http://www.fhl.net/gp/2k0312.htm

(3)引用網路論壇或電子資料庫的資料，需加上〔 〕。

李歐梵，〈說《色戒》：細讀張愛玲〉，轉引自〔香港知青聯・知青論壇〕，http://www.zhiqing.hk/bbs/viewthread.php?tid=2780

五、引用文獻

（一）引用文獻應置於報告之後、附錄之前，以報告曾提及之資料為限。切勿浮泛羅列文獻。

（二）引用文獻的資料格式和註腳的資料格式大致上相同，但仍須注意一些小差異，例如，取消出版項的括弧標示，省略具體頁碼。單篇資料仍須指出它所在刊物或文集中的起迄頁碼。

（三）引用文獻應依一定次序排列，通常報告僅需依作者姓名筆劃順序排列（一般筆畫由少至多）即可。若資料繁多，建議先依「主題」劃分（例如：詩詞研究的專題，可依「詩」、「詞」先區分開），再依「資料類型」（分作專書、期刊論文、學位論文、報刊資料……等等），最後再依作者姓名的筆劃排列。

（四）英文文獻請參照 *MLA Handbook for Writers of Research Papers* 最新版本。

（五）文獻依資料類型不同，分類如下：

引用文獻

古籍

〔唐〕杜牧，〈過華清宮絕句三首〉，陳允吉點校，《杜牧全集》（上海：上海古籍，1997年）。

〔明〕笑笑生，《金瓶梅詞話》（台北：聯經，1978年，影印明萬曆丁巳刻本）。

現代中文

娜妲莉・高柏(Natalie Goldberg)著、詹美涓譯，《狂野寫作——進入書寫的心靈荒原》（台北：心靈工坊，2007年）。

蔡珠兒，《南方絳雪》（台北：聯合文學，2002年）。

陳元朋，〈荔枝的歷史〉，《新史學》，第十四卷二期，2003年6月，頁XX-YY。

鄭媛元，《金瓶梅敘事藝術》，政大碩士學位論文，2007年7月。

英文

Gibaldi, Joseph. 2003. *MLA Handbook for Writers of Research Papers (Sixth Edition)*. New York :Modern Language Association of America.

六、延伸閱讀建議

當我們需要撰寫某一專門學術領域的論文，有特定的投稿需求時，必須回到該學門領域中，參考該領域的專業期刊論文或是論文寫作指引書籍，瞭解相關的寫作規範與格式規定。在人文社會學科領域中，有幾本論文寫作引導的書籍值得同學參看，簡說如下。

1. 林慶彰著，《學術論文寫作指引——文科適用》（台北：三民書局，1996年）。

全書共分三編，上編介紹蒐集資料的方法，內容包括如何做好蒐集資料前的預備工作，如何利用圖書館、工具書，以及如何蒐集、摘記與整理資料；中編分從如何選擇論文研究方向、論文撰寫的進程與步驟、論文的附註與附件四個面向談論「論文寫作方法」；下編則為「附錄」，內容包括「各主要圖書分類法綱目表」、「學術論文舉例」、「研究計畫舉例」、「注音符號、國語羅馬字、威妥瑪氏和漢語拼音對照表」以及「大陸簡體字與正體字對照表」。這本參考書籍對於準備撰寫學位論文的文科同學會是很實用的一本書。

2. 威廉斯（Bronwyn T. Williams）、布萊登・米勒（Mary Brydon-Miller）著，李志成、凌其翔譯，《社會科學論文寫作指導》（台北：桂冠，1999年）。

由於這本書將「論文寫作」視為「寫作」活動中的一環，重視寫作前的引導、思考、討論與練習，因此雖然此書目的在於指導人們如何撰寫社會科學論文，但卻以非常輕鬆的「隨談」開始，用親切如家常的話語與平易近人的閒談口吻慢慢地帶引出論文寫作的相關知識、步驟與進程。我們可以將之視為一本散文作品，輕鬆地漫讀、品賞。

全書共分五章，第一章從破除「寫得好的人是天生具有魔力之人」這個神話開始，暢談「為什麼寫得好是件非常重要的事」；第二章「開始」（寫作）——從了解作業和觀眾、擬寫、建立限制觀點、解放思想作為論文寫作的「開始」；第三章引導讀者如何運用各種資源蒐集資料；第四章以「寫作是一種『創造性閱讀』」的新鮮觀點，介紹如何彙集和組織資料、如何引文、改寫和摘錄、如何避免抄襲，以及介紹兩種引文格式；第五章則是說明如何組織、重寫和修改草稿，並確立一種寫作風格。

3. Joseph Gibaldi著，《MLA論文寫作手冊》（台北：書林，2004年）。

從如何選定論文題目開始，逐一介紹蒐尋資料的方法、各種具體的寫作技巧、引用資料的方法原則、相關格式規定、註記方式，乃至詞彙縮略。各項分目甚為細密詳實，對於英文論文的書寫與習作有直接簡明的助益。

4. 畢恆達著，《教授為什麼沒告訴我——論文寫作的枕邊書》（台北：學富文化，2005年）。

即如這本書的副標題——「論文寫作的枕邊書」，它的書寫口吻與上述《社會科學論文寫作指導》一書相仿，輕鬆活潑而有趣。雖然主要內容不外乎是教導讀者如何「選擇研究主題」、「擬定論文題目」、「找資料」、「引用文獻」、確立「論文寫作風格」等，但是，較諸純粹介紹論文寫作知識，作者更為在意的恐怕是書寫者的心理狀態與「為什麼寫作」，能不能寫出有創意、有見解的作品。這本書嘗試以有趣的譬喻、日常生活周遭的事例說明論文寫作應該具備的正確態度與觀念，讓讀者在輕鬆無負擔的閱讀過程中，自然地吸收論文寫作的相關知識與規範，掃除論文寫作的各種心理障礙，提醒寫作者不要製造「無益也無用的論文」。

5. Keith Punch著、張可婷譯，《做出有效的研究論文與計劃》（台北：韋伯文化，2009年）。

這本書的主要目的在於介紹「研究計劃」的寫作方式與規範，導引寫作者如何逐步寫就一份研究計劃。這本書有三個主題。一是說明何謂研究計劃，閱讀研究計劃的讀者身分與期待為何，研究計劃的功能與目的是什麼。二是說明逐步構設一個研究計劃的方法，介紹一般性的寫作策略，例如：如何建立研究計劃的一般性架構、如何使用理論、如何蒐集資料並處理文獻、有哪些研究方法、如何解決寫作過程中常見的難題。三是一份研究計劃應該包含哪些內容、結構，段落可以如何安排，如何擬定標題，以及這些構設方式將令計劃呈現出何種風貌。附錄部分包括了「容易混淆的三個詞彙：『觀點』、『策略』、『設計』」與「引導研究計劃發展的各項問題」。當我們想要參加校內外學術活動而必須撰寫研究計劃時，可以參考這本書提供的各項寫作指引。

附錄二

散文作品與學院寫作之比較

附錄二之一

冷香飛上飯桌

蔡珠兒

> 蓆蓪的氣味幽微而秀美，
>
> 雖然撲捉不到，但卻飄忽左右，
>
> 徘徊盤桓如魅影，
>
> 不知道為什麼有一種淒美的意味。
>
> 　　　　　　　　　　　南方絳雪

　　蓆蓪的基調是一段清清冷冷的甜香，幽幽然施施然飄來，有種空渺的遠近感，不像蔥蒜之類迎面直搗黃龍，死掐著鼻孔不放。蓆蓪的氣味幽微而秀美，雖然撲捉不到，但卻飄忽左右，徘徊盤桓如魅影，不知道為什麼有一種淒美的意味。

冷香幽悠飄來

　　一般人就喊它香菜，以致常和九層塔混為一談，別名又叫香荽、胡菜、胡荽，我們慣常寫成的「芫荽」其實錯了一個字，應該是「薳」不是「芫」，李時珍在《本草綱目》中特別解釋，「薳」形容植物「莖葉布散」的樣子，「荽」則因其「莖柔葉細，而根多鬚，綏綏然也。」寥寥數句，精確捕捉了薳荽的神韻姿態。

　　在西方，薳荽除了coriander的本名之外，俗名又喚作「中國香菜」（Chinese parsley）或「中國生菜」（Chinese lettuce），儼然成為中國口味的特殊標誌，因而歐美的中菜食譜封面、超市「東方口味」的促銷廣告上，總少不了一抹青脆欲滴的薳荽，藉以昭告中國美食的氣味。至於中國人（廣義而言，指受中華飲食口味影響者）自己，更想當然耳認定這是民族本色。

中國香菜是外國貨

　　其實薳荽是不折不扣的洋玩意，古早古早的幾千年前，這種身染異香的野草，隨意生發在地中海沿岸的南歐及中東一帶，早就被埃及、希臘、羅馬等民族採用，一直要到兩千多年前漢武帝時代的張騫打通西域，終於才將薳荽引入中土，在中國人的飯桌上大放異彩，也從而產生迥異於歐洲的「薳荽文化」。

　　薳荽是人類社會最古老的植物之一，在文明史上處處留下雪泥鴻爪。建立於銅器時代晚期的希臘宮殿，遺址廢墟裡殘存了不少薳荽籽，意味著早在五、六千年前，它即已從野草馴化為農產。成書於公元前一千五百年的埃及《埃伯斯紙草文稿》（*Ebers Papyrus*），是目前所知最古老的醫學文獻，纂集了巫醫及民間處方七百種，其中薳荽也赫然在列，埃及人用它來做藥方、香水以及化妝品。《聖經》也提到薳荽，《舊約》〈出埃及記〉及〈民數記〉形容天降神糧嗎哪「樣子像薳荽籽，顏色是白的，滋味如同摻蜜的薄餅。」（〈出埃及記〉十六章）看來應該風味不惡。

除了嗎哪還有什麼

　　忍不住要岔開話題說說嗎哪。這個中英文音義俱美的字眼，向來是珍味美食的代稱，最能勾發舌尖的愉悅想像，尤其這天神炮製、瑩白如珍珠的小粒，總是在漫天鵪鶉與迷離夜色的掩護下，乘著剔透冰涼的露水飛落人間，意境雋美令人神往，但如果每天吃嗎哪過活呢？看看《舊約》〈民數記〉的描述：以色列人離開埃及尋找迦南的途中，雖有天賜神餚果腹維生，但日子一久不免煩膩，於是一把眼淚一把鼻涕向摩西訴苦：

> ……以色列人又哭號說，誰給我們肉吃呢？我們記得在埃及的時候，不花錢就吃魚，也記得有黃瓜、西瓜、韭菜、蔥、蒜。現在我們的心血枯竭了，除這嗎哪外，在我們眼前並沒有別的東西。（〈民數記〉十一章）

　　畢竟凡夫俗子配以人間煙炊糊口下肚，這段記載鮮活淋漓地勾勒出人類的食性，構成口腹飽足的要件並不是單一的無上美味，而是富於選擇變化的物類。人是無可救藥的雜食動物啊。

　　這也是為什麼蕪荽以及其他調味植物，很早就在人類生活史上發端肇微的原因。除了前述的《埃伯斯紙草文稿》、《聖經》之外，蕪荽也出現在古印度的梵文經、希臘「醫學之父」希波克拉底（hippocrates）的文集，以及源自波斯的《天方夜譚》故事中。而在上古時代，促使蕪荽由地中海岸逐次衍植傳播到歐洲各地、中亞、小亞細亞、非洲等地的民族，主要是阿拉伯及羅馬人。

自西徂東的芳香

　　位居歐亞輻輳點的阿拉伯，占了台語說的「三角窗」地利之便，自古就是溝通東西方的最佳仲介，阿拉伯人機敏靈光販有運無，個個都是優秀的商業兼文化掮客，蕪荽便由此向東流傳，對印度、中國的食物產生重大影響。在另一方面，以共和國與帝國威嚇一時的羅馬人，在歐洲東征西討北伐南進之餘，順便也渡了生活的器物文明，把蕪荽及其他香料傳入北歐、東歐，以及現在的奧地利、德國、英國等地。等到十六世紀航海文明時代，西班牙等歐洲人又把蕪

荽帶到美洲,改變了墨西歌、祕魯等民族的口味。

經歷數千年的分布流傳,澱積了鍋底和舌頭的豐富感受,蒝荽的氣味版圖早已涵蓋全世界,跨越年代與地域。諸多民族都有一套如數家珍的蒝荽拿手菜,除了中國之外,中東、北非、中南美、南洋等地都以用蒝荽知名。

而考諸古今中外對蒝荽的食用法,可以概略分為「蒝荽籽」及「蒝荽葉」兩大系統。

化身無數的蒝荽籽

北歐人做醃漬食物、德國人灌香腸、瑞士人烤麵包和蘋果派、保加利亞人烘蛋糕、英國人做泡菜及調製琴酒(Gin),蒝荽籽都是不可或缺的香料,其用法可能近乎中國人使用花椒或茴香,但蒝荽籽甜鹹皆宜,可以廣泛用於烘製糕餅甜食,靈活程度更大,在缺乏零嘴的從前,歐洲人還把它沾裹糖霜做成糖珠子,嘉年華會時從遊行花車上四處拋撒,惹得孩童瘋狂搶拾,後來糖珠子演變為五彩碎紙,是西方節慶婚俗的必備之物,而這五彩紙的英文Confetti及來自蒝荽的Coriander。

歐洲雖然是蒝荽的發源地,但綜觀其調味運用的方法,縱使甜鹹俱備,基本上還是萬變不離其宗的「蒝荽籽文化」,極少動用蒝荽的枝葉。

除了歐洲之外,印度也是「籽文化」的另一大系,著名的咖哩即含有大量的蒝荽籽粉末。一般人誤以為咖哩只是一種現成的黃色調味香料,其實咖哩千變萬化,北印度、南印度、孟加拉、東南亞等地,都有本土的配方特色,香辣濃淡各自不同,種類多達上千種,攪和使用的辛香植物則多達十幾廿幾樣,其中有幾樣是構成咖哩的基本配方:小荳蔻、歐蒔蘿、胡椒、乾辣椒,以及蒝荽籽。雖然印度菜也流行用蒝荽葉綴飾或切碎後燉煮,但為數有限,其意義與普遍性都無法與咖哩相比。

蒝荽籽的味道比莖菜來的溫和,所以形成的感覺也較為蘊藉含蓄,隱而不顯,令人難以察覺。相形之下,「蒝荽葉文化」就熱鬧多了,直截了當的香

味，翠綠醒目的顏色，爽脆中帶澀的口感；在在向感官提出主動的挑戰。

綠葉盛餐

中東菜、北非菜以及牙買加、古巴等地的加勒比海菜，都常用切碎的蒝荽枝葉涼拌蔬果或魚鮮，整株的則做湯或燉肉。祕魯和墨西哥人自從在五百多年前認識蒝荽之後，便對它一往情深每飯不忘，數不清的蘸醬作料都少不了它，尤其是有辣椒的菜，例如我酷愛的一道墨西哥家常小點Guacamole（中文或可譯作酪梨醬），把熟酪梨打成泥，擠入青檸檬汁、加入剁碎的洋蔥、番茄、辣椒、蒝荽葉等，攪拌均勻即成悅目的綠色濃醬，以玉米脆片或薄餅沾食，清香酸辣柔滑適口，真是迷人，據說祕魯某地有一個部落，男女老少都酷嗜蒝荽，久而久之眾人體膚竟發出蒝荽的香氣，不知道現在還能找到這「蒝荽族」嗎？

至於台灣比較熟悉的南洋風味，諸如印尼、馬來西亞、泰國、越南等地的烹調，以辛香濃膩、開脾醒胃見長，對蒝荽的倚重尤多，除了籽與葉之外，連根都不放過，例如泰國有一種紅咖哩醬，用來煮牛羊肉既香又辣，這醬是由紅蔥頭、大蒜、橘皮、香茅等十餘種材料煉製而成，其中既有磨碎的蒝荽籽，也用到切碎的蒝荽根，等到菜做好端上桌，少不得又要在上面撒一把蒝荽葉；真是把它用得淋漓盡致！

羅馬人的香菜譜

蒝荽的籽與葉這兩大系統，現在看來似乎涇渭分明，但我懷疑早期並非如此，遠古時代的希臘人、羅馬人、波斯人等歐亞民族，可能也像現在的東方人一樣喜歡蒝荽葉。

從零星殘存的食譜史料，可以窺測當年口味的一斑，其中有一本最古老的《論烹飪》（De Re Coquinaria，英文譯為On Cookery），相傳是公元一世紀時羅馬美食家阿比鳩斯（Apicius）所寫的食譜，是研究上古飲食的重要文獻。從此書看來，古羅馬帝國的烹調頗為接近現代義大利的南方菜，但使用的素材更健康，包括豐富多樣的蔬菜、取自地中海的蝦蟹海鮮，以及野禽和內臟雜碎

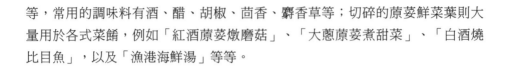

等，常用的調味料有酒、醋、胡椒、茴香、麝香草等；切碎的蒔蘿鮮菜葉則大量用於各式菜餚，例如「紅酒蒔蘿燉蘑菇」、「大蔥蒔蘿煮甜菜」、「白酒燒比目魚」，以及「漁港海鮮湯」等等。

香菜抓住丈夫的心

可惜這些做法在後代已然式微，由於某些我們無法考查的原因，中世紀之後的歐洲人逐漸冷落了新鮮蒔蘿，轉而取用蒔蘿籽，並因疏離陌生而認為這種香菜很有「異國風味」。倒是黎巴嫩、伊朗等昔日波斯古國，還多少留存了昔日食風，除了蒔蘿葉用得較多，吃飯時也會擺上一盆「什錦香菜」，滿置薄荷、蒔蘿、洋香菜、蝦夷蔥、蒔蘿……等各式芬芳綠葉，既可佐餐又能清口。波斯人還有個迷信，說是婦女吃完飯後，如果把這些香菜配著麵包和乳酪一起吃下，就能永遠抓住丈夫的心。現在聽來有趣，當年卻不知埋藏了多少黑面紗後的無助心情。

胡荽進了中國胃

說蒔蘿，當然不能不談中國。兩千多年前的西漢，歷盡千辛萬苦的張騫，終於走出一條貫穿歐亞的絲路，把蒔蘿和胡麻、西瓜、大蒜、葡萄等西域蔬果引入中原，所以蒔蘿古名「胡荽」，由於北朝的胡人皇帝石勒避名諱（胡、石、勒等都不許用），改稱香荽、蒔蘿，原名羅勒的九層塔也改叫蘭香或香菜。石勒不過是歷史上一閃而逝的名字，這兩種家常菜蔬竟跟他有關，你大概作夢都想不到吧？幸好玫瑰叫什麼都一樣香，蒔蘿也不因改朝換代而走了味道。

剛傳入時，一般人不知道如何下手入口，道家還把它列為「葷菜」，說它辛臭刺鼻，多吃會「昏神伐性」，但時間一久慢慢吃出味道，尤其東漢末年開始流行「胡食」，風味特殊的胡蒜（即大蒜）、胡芹、胡荽……等外國調味料，紛紛用於廚下，深深影響了中國菜的烹調風味。例如當時有一道風行的「胡羹」，以羊肉煮汁，用蔥頭、安石榴汁、蒔蘿等調味，香濃誘人。我們至今仍喜歡在羹湯上撒蒔蘿，說不定就是一千七百多年前「胡羹」的流風遺韻呢！

借來的味道

中國菜用蔗荽,一來取其清香以烘襯菜餚的氣味,二來借它沁人的翠色以平添生動食相,雖說兼顧了調味功能與菜色美感,但我覺得其心法只在一個「借」字,並不是認真要吃它。我見過因為買不到蔗荽而急得跳腳的印度朋友,也在墨西哥市場看到大綑大把買蔗荽的女人,卻從來沒有見過中國人因為缺了蔗荽而嗒然所失;反正只是借用幫襯,可有可無,和它的關係有種若即若離的疏遠客氣,上了桌也多半用於綴飾,不像其他民族剝而啖之,燉而煮之,對它戀執情深,非得餐餐在齒舌間廝磨纏綿不可。西方以為蔗荽是中國菜的專擅特長,說起來只能算是一項美麗的誤認(misrecognition)。

是壯陽還是補陰

東西方對蔗荽的吃法或有異,但對它的藥效卻一致賞識推崇。希臘的醫學先趨希波克拉底,很早就指出它有開胃、解毒、助消化的功能,所以西方民間慣以蔗荽籽煎汁來治療腹瀉或腸絞痛。印度人則認為它能紓解腸胃積滯、便秘、失眠等毛病,還有幫助女人分娩的效用。中國的《本草綱目》更洋洋灑灑臚列了數十種功效,除了消化健腸之外,蔗荽還能退燒、止頭痛、補筋脈、催奶水、治腸風、發痘疹、去黑斑、敷治蟲蛇咬傷、解除肉類中毒……,最神奇的是,連中蠱都能醫!

中世紀的歐洲人甚至相信,蔗荽有催情及壯陽的功能,是炮製春藥的原料之一。這點當然大謬,因為蔗荽除了能催乳、助產之外,根據現代人的研究,還能激發女性荷爾蒙促進排卵,明明是「壯陰」大補丸,怎麼會是壯陽藥呢?另一個出自中國的軼事則令人發噱,《南唐書》不知從哪裡擷拾來的傳聞,說是播種蔗荽的時候,如果嘴裡唸唸有辭滿口髒話,將來發出的蔗荽就會長得肥美茂盛,當時的讀書人因而把說髒話叫做「撒蔗荽」。可惜這個用法現已亡佚,否則我們就會聽到人家說:「你少在那裡撒蔗荽,有本事給我過來!」

為香菜除臭

最後，我要為芫荽抱屈鳴冤，這麼清逸優雅的香氣，卻還是蒙受了若干不明「臭」名。它的學名 Coriandrum sativum 源自於古希臘文 koris，原意是臭蟲，大概是命名人把床板縫的臭蟲摳死後，認為那氣味很像芫荽。與莎士比亞同時代的英國著名植物學家杰拉德（John Gerard）則形容它「是一種很臭的草」。至於中國道家更把它和韭、蒜、薤等並列為「五葷」，說是辛熏之物有損性靈，修行煉氣者必須戒食。

我想，這些人的嗅覺都缺了一竅，所以無法跨入芫荽的堂奧，進入那清冷的、幽渺的、秀美的但又忽遠忽近，似實還虛的世界。

選自 蔡珠兒《南方絳雪》（台北：聯合文學，2002年）。

附錄二之二

蒝荽考 [*]

羅漪文

一、前言

　　蒝荽，俗稱香菜，清香中略帶甜味，與蔥、薑同為中國菜餚經常使用的辛香調味料，也被當今西方人認定是中國口味的特殊標誌。然而，與大家認知相反，看似家常的香菜，卻源自西方。本文將梳理中、西方古文獻，探討蒝荽的來歷、流佈與其在不同飲食文化中的位置。

＊ 本文改寫自蔡珠兒散文〈冷香飛上飯桌〉，收於《南方絳雪》（台北：聯合文學，2002年）。書目註腳為改寫者所加。此篇用意在於展示一般學院報告之書寫方式，其資料呈獻佈局、行文風格、註腳格式等等皆與文學性散文殊異，學術報告仍須嚴謹遵守各種知識領域之相關規範。同時，我們已取得蔡珠兒女士同意作此改寫。

二、香菜的名字

香菜又稱薺菜，一般人常寫成「芫荽」，其實「芫」應該作「薺」才是。李時珍在《本草綱目》中記載，「薺」形容植物「莖菜布散」的樣子，「荽」則因其「莖柔葉細，而根多鬚，綏綏然也。」[1]寥寥數句，精確捕捉住薺菜的神韻姿態。

薺菜還有其他名字，如香荽、胡菜、胡荽等等，西方稱之coriander，又喚作「中國香菜」（Chinese parsley）或「中國生菜」（Chinese lettuce）。既冠上「中國」二字，薺菜儼然成為中國風味的特殊標誌；[2]而中國人長久以來也認為薺菜是民族本色，殊不知「胡荽」之「胡」已明示了香菜之來源。

薺菜學名Coriandrum sativum，這詞源自希臘文Koris，本意是指臭蟲。與莎士比亞同時代的英國植物學家杰拉德（John Gerard）形容薺菜「是一種很臭的草。」[3]的確，薺菜果實未成熟時，其氣味不受部分人歡迎，然而成熟之後，薺菜籽卻帶有某種類似柑橘的氣味，且新鮮薺菜的莖葉，散發著優雅清香，深受世界各地民族喜愛。

三、中國香菜原生於西方

薺菜最初不在中國生長，而是地中海沿岸一帶隨處可見的植物，幾千年前已被埃及、希臘、羅馬等民族採用。建立於青銅時代晚期的古希臘宮殿，遺址中殘存了不少薺菜籽，意味著五、六千年前薺菜已被馴化為農作物。埃及之《埃伯斯紙草文稿》（Ebers Papyrus），成書於公元前一千五百年，為當今現存最古老的醫學文獻，書中便記錄了薺菜的功能，可入藥，製成香水與化妝品。[4]

1　〔明〕李時珍著、張紹棠重訂，《本草綱目》（台北：台灣商務，1968年）。
2　歐美的中國菜食譜封面或超市「東方口味」的促銷廣告單上，往往出現一抹青翠欲滴的薺菜。
3　John Gerard , 1597. The Herbal or General History of Plants. 詳見Wageningen UR Library所提供之圖書掃瞄照片於網址【http://caliban.mpiz-koeln.de/gerarde/index.html】。
4　Paul Ghalioungui, 1987. The Ebers papyrus: A new English translation, commentaries and glossaries, Academy of Scientific Research and Technology（Cairo）.此書纂集了巫醫及民間處方七百種。

《舊約聖經》之〈出埃及記〉和〈民數記〉都曾提及蔬荽。文中記載天降神糧嗎哪「樣子像蔬荽籽，顏色是白的，滋味如同蜜的薄餅。」[5]「這嗎哪彷彿蔬荽子，又好像珍珠。」[6]

　　除此之外，古印度梵文經、希臘「醫學之父」西波克拉底（Hippocrates）文集、以及源自波斯的《天方夜譚》等文獻，皆出現與蔬荽有關的文字。蔬荽經由阿拉伯人、羅馬人的引介，從地中海逐漸傳播至全歐洲、中亞、小亞細亞、非洲等地。兩千多年前漢武帝時代，張騫才把蔬荽引進中土，[7]被中國菜餚吸收接納，從而產生與歐洲迥然不同的蔬荽文化。十六世紀航海大發現，西班牙等歐洲人又將蔬荽帶到美洲，改變了墨西哥、秘魯等地的口味。經歷數千年流佈，蔬荽版圖已經涵蓋全世界，許多民族都有一套應用蔬荽的拿手好菜，除了中國之外，中東、北非、中南美、南洋等地菜餚都因使用蔬荽而聞名。

　　考察古今中外的蔬荽食用方法，大略可分成「蔬荽籽」與「蔬荽葉」兩大系統，歐洲、印度菜屬前者，中東、北非與中南美屬後者，下文將詳細說明之。

四、蔬荽菜系

（一）蔬荽籽系

　　歐洲許多傳統菜餚，例如北歐醃漬物、德國香腸、瑞士麵包與蘋果派、東歐蛋糕、英國泡菜及琴酒等等，無論鹹甜，都添加了蔬荽籽，情況彷彿中國菜使用花椒或茴香，只是應用範圍更廣。缺乏零嘴的年代，人們將蔬荽籽裹糖霜做成糖珠子，嘉年華會時從遊行車上拋灑給孩子們，後來糖珠子轉由五彩碎紙替代，而這西方節慶婚俗必備的五彩紙，英文喚作Confetti，即來自蔬荽的Coriander。

5　《舊約聖經》〈出埃及記〉第十六，【聖經知識庫http://www.biblekm.com.tw/】
6　《舊約聖經》〈民數記〉第十一，【聖經知識庫http://www.biblekm.com.tw/】。《聖經》中的嗎哪是神賜予以色列人的糧食，總在夜晚從天而降，滋味美好。但吃的時間久了也會感到煩膩，因此以色列人又向摩西訴苦，希望有肉可以吃，他們更想念黃瓜、西瓜、韭菜、蔥、蒜的滋味。足見人類的食性，所能飽口腹者不是單一的無上美味，而是選擇多變的菜餚。這也是為甚麼蔬荽以及其他調味植物很早就出現在人類的生活史上。
7　《齊民要術》卷三〈種蒜第十九〉引佚文《博物志》曰：「張騫使西域，得大蒜、胡荽。」

印度著名的咖哩粉中，更含有大量蒔蘿籽粉末。咖哩是一種綜合香料，配方千變萬化，北印度、南印度、孟加拉、東南亞等地都擁有獨特的咖哩配方，但基本成分皆包含：小荳蔻、歐蒔蘿、胡椒、薑黃、乾辣椒以及蒔蘿籽。雖然，印度菜也有使用蒔蘿葉做食物點綴或直接切碎燉煮，但這仍無法與普遍的咖哩相比，因此印度菜仍算是「籽文化」系。

蒔蘿籽味道比較溫和，用來調味菜餚，風味較為含蓄；蒔蘿的莖葉則氣味強烈，色彩又青綠鮮明，口感爽脆略澀，入菜之後形成熱鬧的風格。

（二）蒔蘿莖葉菜系

中東、北非以及牙買加、古巴等加勒比海地區做涼拌食物時，經常使用切碎的蒔蘿枝葉，燉肉煮湯則使用整株。秘魯和墨西哥人更是熱愛蒔蘿，[8]蘸醬佐料都加入蒔蘿，尤其是有辣椒的菜。以墨西哥家常小菜Guacamole（或譯成酪梨醬）為例，作法是先將熟酪梨打成泥，拌入檸檬汁、碎洋蔥、蕃茄丁、辣椒末與蒔蘿末，形成綠色醬汁，以玉米脆片或薄餅沾食，滋味清香、酸辣、柔滑。

至於台灣較熟悉的南洋風味如印尼、馬來西亞、泰國、越南等地菜餚，也非常倚重蒔蘿。尤其是泰國紅咖哩，配方裡除了蒔蘿莖葉與籽之外，連根部也都用上，起鍋後還要灑上一把蒔蘿葉，可謂利用得淋漓盡致。

（三）兩種譜系之外

蒔蘿籽與蒔蘿葉兩大系統看似涇渭分明，但筆者懷疑，早期食法並非分得如此清楚，從一些零星殘存的食譜史料中即可窺見。古歐洲人也食用蒔蘿葉，不像今天一般只使用蒔蘿籽。相傳是公元一世紀羅馬美食家阿比鳩斯（Apicius）所寫的《論烹飪》（De Re Coquinaria，英文譯名On Cookery），書中記錄古羅馬時期的烹調方式，頗接近現代義大利的南方菜，但更為健康，食材囊括許多蔬菜、地中海鮮、野禽和內臟雜碎，其中幾道菜如「紅酒蒔蘿燉

8　傳說秘魯某地有個部落，男女老少酷嗜蒔蘿，久而久之，身體竟也發出蒔蘿的香氣。

蘑菇」、「大蔥蒔蔢煮甜菜」、「白酒燒比目魚」、「漁港海鮮湯」等等，都大量使用切碎的蒔蔢葉。[9]

　　然而，中世紀以後的歐洲人逐漸轉用蒔蔢籽，新鮮蒔蔢的氣味反被認為是富有「異國風味」。只有黎巴嫩、伊朗等波斯古國，仍保存少許古代遺風，使用蒔蔢葉較多，同時餐桌上還擺上一盆「什錦香菜」，有薄荷、蒔蘿、洋香菜、蝦夷蔥、蒔蔢等，芬芳綠葉，既佐餐又兼清口。[10]

五、中國菜只是「借」蒔蔢之色、味

　　中國飲食避不開蒔蔢。西漢時期，張騫從西域帶回胡麻、西瓜、大蒜、葡萄和蒔蔢等蔬果，所以，蒔蔢古名「胡荽」，到了北朝時期，皇帝石勒為胡人，為避諱其族名，才改稱香菜、蒔蔢。[11]

　　蒔蔢初入中土，人們不知如何食用，道家還把它列為「葷菜」，認為蒔蔢多吃會「昏神伐性」，日久之後，人們才終於吃出箇中滋味來。尤其是東漢末年，胡食漸次流行，許多西域香料如大蒜、胡芹、胡荽等紛紛入廚，從而塑造出中國菜餚新風味。當時的「胡羹」，以羊肉湯做底，用蔥頭、安石榴汁、蒔蔢等調味，風行一時，中國菜至今仍喜歡在羹湯上灑蒔蔢，說不定是一千七百多年前「胡羹」之遺韻。

　　然而，不像其他民族一樣把蒔蔢當作烹飪的重要材料，中國菜看待蒔蔢，無非是一種幫襯角色。蒔蔢味道清新香甜，適合烘托菜餚氣味，又顏色翠綠鮮明，點綴盤中之物非常出色。中國人「借」蒔蔢之色、味而已，不喜歡大量咀嚼，西方人以為蒔蔢是中國菜的專利，算是一種美麗的誤認（misrecognition）。

9　Christopher Grocock, Sally Grainger, Dan Shadrake, 2006. "Apicius, a Critical Edition With an Introduction And English Translation". Prospect Books（UK）.
10　波斯人曾相信，婦女用餐完了，把香菜配麵包和乳酪一起吃下，就能永遠抓住丈夫的心。這故事曲折道出黑面紗之後的無助女人心。
11　李時珍《本草綱目》胡荽條之釋文：「藏器曰石勒諱胡，故并汾人呼胡荽為香菜。」為了避諱，胡、石、勒等字皆不許用，除了蒔蔢之外，原叫羅勒的九層塔也改稱蘭香或香菜。

六、蒔蘿之藥性

東西方吃蒔蘿方法不同，卻同樣推崇蒔蘿的藥性，茲以表格羅列如下：

地域	醫療病症
古希臘與西方	開胃、助消化、解毒、腹瀉、腸絞痛。
印度	腸胃積滯、便秘、失眠、助分娩。
中國《本草綱目》	消化健腸、退燒、止頭痛、補筋脈、催奶水、治腸風、發痘疹、去黑班、蟲蛇咬傷、解肉類毒素等等。[12]

此外，中世紀歐洲人相信，蒔蘿有催情壯陽功能，但是，根據現代研究發現，蒔蘿能激發女性荷爾蒙促進排卵，是「滋陰」大補丸，非壯陽春藥。

七、結論

蒔蘿原生地在地中海區域，後逐漸擴散到世界各地，可分為「蒔蘿籽」與「蒔蘿葉」兩大系統，形成每個地方不同的蒔蘿飲食文化。在多數地方，蒔蘿被當作重要的烹調食材，中國卻不同，蒔蘿只是替食物增色提香，成為相當有特色的輔佐性材料，卻絕非主要食蔬。蒔蘿具有藥性，中西方皆用以醫治一些疾病。

---

12 《本草綱目》卷二十六，書中尚記載蒔蘿可醫治中蠱。

引用書目

李時珍著、張紹棠重訂，《本草綱目》（台北：台灣商務，1968年）。

《舊約聖經》〈出埃及記〉第十六，【聖經知識庫http://www.biblekm.com.
　tw/】

《舊約聖經》〈民數記〉第十一，【聖經知識庫http://www.biblekm.com.tw/】

賈思勰，《齊民要術》（台北：中華書局，1965年）。

Christopher Grocock, Sally Grainger, Dan Shadrake, 2006. *Apicius, a Critical Edition With an Introduction And English Translation*. Prospect Books (UK).

John Gerarde, 1597. *The Herball or Generall Historie of Plantes*.【http://caliban.
mpiz-koeln.mpg.de/gerarde/index.html】

Paul Ghalioungui, 1987. "The Ebers papyrus: A new English translation, commentaries and glossaries", Academy of Scientific Research and Technology (Cairo).

附錄三

精讀文本

貓爸爸

朱天心

貓爸爸讀音「卯霸吧」或「貓疤疤」或「貓把拔」，不這麼說明，文章無法進行。

緣此，大概可知道貓爸爸並非一般的泛稱，而是指特特定定的那麼一隻貓。這隻大公貓，如同我所結識的大部分城市流浪貓，生年不詳，卻比眾多生靈（包括人）要在我們的某段生活中留下深深的印痕。

有貓爸爸，那一定也有貓媽媽、貓小孩嘍，沒錯，事實上，整個家族中的貓爸爸是我們最晚認得的。

最早是貓媽媽（音卯罵馬或貓馬麻）。

每每以為整個山坡的貓口已被我們控制妥了（家中的、附近流浪的，皆被拐去結紮），就不知哪天坡底巷口出現一隻苗條的三花玳瑁美女貓，她常專注坐在愛釣魚的鄰長家門口看他們大門敞著院子裡殺活魚，不時分得一些魚肚腸，因此不怎麼熱中我們餵食她的貓餅乾。她照例（依她的花色）不怕人也不黏人，既獨立又聰明，因此稍一疏忽，見她什麼時候肥了身軀漲了奶幫子，結紮，已來不及了。

那個暑假才開始，貓媽媽一連不見幾日，猜想是生養去了。再出現的時候，在某戶滿鴨跖草的一樓雨棚上，過往鄰人都見得到，計有奶貓四隻，一隻是貓媽媽翻版的三花玳瑁，我們叫她貓妹妹，另是兄弟仨，黃虎斑二，黃背白腹一。海盟心裡排一排大小XY，推算奶貓爸爸是隻黃虎斑白腹，我們只奇怪著記憶中附近並沒見過這號公貓。

貓媽媽依其本能不斷搬家，不過搬來搬去無非這家二樓陽台到那家冷氣上，那家門台到另家的違建物頂上……，整巷子的人其實都盡看在眼底。

貓媽媽開始積極接受我們餵食，我們給她增加魚罐頭或高湯撈起的雞胸肉，知道仔貓光靠母奶不夠，已到需要媽媽嘔食的時候了。

一回路邊餵食貓媽媽，也不知哪裡傳來比烏鴉要囂張放肆的呱呱聲，細聽更像木柵動物園鳥園中的鸚鵡們所發的繁複腔口，尋聲找了半天，路邊停車車底一隻大頭瘦身、沒有顏色的大貓，正朝埋頭苦吃的貓媽媽發出告誡，說的是，「你這個女人啊只管吃，吃的是什麼毒死你嘞！」

啊，原來是傳說中的貓爸爸。

從此我們多準備一份食物給貓爸爸，貓爸爸半點不客氣的大方享用，我們偷偷猜，也許當初他警告貓媽媽的是「別只顧吃啊你這女人，留兩口給我吧。」

　　貓爸爸才吃一星期，再加上有暇有心情理毛，真的原來是隻黃虎斑白腹頸的俊美大公貓，他的頭臉真大，兩腮幫有著典型混種公貓會有的嗉囊，因此整個臉呈橫橢圓，他的眼睛是綠豆色，會上下打量人，而且，啊，而且他不畏人言的好撒嬌，竟然在馬路當央翻滾著，亮個肚皮邀我們搔搔摸摸，我們互望一眼忍住笑出聲，怕他發火，又且乾脆超過進度的一把將他抱起來（通常結識一隻城市流浪貓從定點定時餵食，到可以接近、可以觸摸，快則數週，慢常經年不可得），從沒被人抱過的貓爸爸，身子硬硬的，兩爪規矩的搭人肩上正襟危坐，害臊得任誰都看得出，臉紅了。

　　整個夏天，貓爸爸盡職的陪貓媽媽育兒，雖然在我們看來他能做的其實不多，比較多時是代貓家族謝謝前來餵食的鄰人們。小貓們卻被聰明機靈的貓媽媽教得太好了，難以接近，只每聽我們搖著裝貓餅乾的茶葉罐的喳啦喳啦彷彿求籤筒的聲響，便既興奮又害羞的跑出來，其中膽小的貓妹妹總遠遠在貓隊伍最末的坐在牆頭樹蔭裡，即便如此，也看得出她克麗奧佩特拉的絕世雙瞳。

　　貓媽媽仍搬家搬不停，除了安全感的原因外，我們漸已能接受那其實是在執行自然淘汰的一種篩選方式，這在缺乏穩定食物來源和安身之所的流浪貓尤其明顯，她勢必得將有限資源集中給那嚴選之後最強最有機會長大的那一、二隻，放棄那不經折騰的、那不能適應新環境的、那跟不緊媽媽腳蹤的、那先天病弱損傷的……。多年來，理性上我們可以接受，（連那造物的和做母親的都硬得起心腸！）忍住不插手不介入，但，真遇到了，路旁車底下的喵喵嗚咽聲，那與一隻老鼠差不多大，在夜市垃圾堆裡尋嗅覓食的身影，那打直著尾巴不顧一切放聲大哭叫喊媽媽的暗巷角落的剪影……，看到了就是看到了，無法袖手。

　　在我們能接觸並抓到貓小孩前，一場颱風加幾日的失聯狀態，貓媽媽再出現在巷子人家時，尾隨的竟只剩下最謹慎膽小的貓妹妹了。但我們的悲傷和注意力很快就褪去和被取代，一切只因為貓爸爸。貓爸爸這一陣子陪坐月子兼休生養息，頭臉四肢打架的傷疤落盡，黃虎斑竟呈亮橘色，隨著貓媽媽育兒責任減輕，夫妻倆常躺在巷口亂草隙地曬太陽，與貓共處多年（至今我仍說不出養貓二字），並不多見貓族清楚固定的一夫一妻制，但貓爸爸非常著迷貓媽媽，常常望之不盡，上前蹭蹭，貓媽媽一個巴掌搧開，不領情極了。

　　貓爸爸也非常愛我們，他這款的黃背白腹貓，話特多（我們的獸醫朋友吳醫師也說這毛色的貓很吵），他每每閒來無事送往迎來，邊走邊聊陪我們走到辛亥路邊的公車站牌，或相反陪我們回家。我有時告訴他：「貓爸爸，又熬過一天啦。」這類話，通常誰我都不說的。貓爸爸與我們說話的聲音與對貓族絕不同，他且知曉我們家貓多狗更多，快到門口便留步，站在路那一岸望著我取鑰匙開門，說聲，「那，告辭啦。」

　　臨進門，我偷偷回頭，看他緩步走下山坡巷道，都不像其他貓族走牆頭或車底，他昂首優閒走在路中央，瀟灑自在（抽著菸？），我一時想不出有哪個人族男性比他要風度翩翩。

　　於是我們又掉入了一個難局中，到底要不要把貓爸爸送去結紮？

　　因為這期間，我們發現貓爸爸仍不時去探訪他王國裡散居各處的後宮佳麗們，且他的領域驚人的廣，有次出門路上碰到正也要出發辦事的貓爸爸，匆匆寒暄互道一句「快去快回」，便各走各的。才健步走到捷運站旁的廢料行修車廠，當頭傳來一聲獰猛的公貓示威恫嚇聲，我懷疑的朝屋頂試叫：「貓爸爸？」他應聲探頭俯看我，也吃驚極了，立即換成我熟悉的溫和人語：「哎呀怎麼是你？」我明知不可能的好言勸他：「貓爸爸算了別打了，回去吧。」

　　海盟說，貓爸爸管的比我們興昌里里長的轄區還大。我們非常驚服他那精采極了的生涯，不忍殺其雄風（總是這樣，家居、馴良的公貓不需掙扎就送去結紮，開疆闢土四處撒種的反而煞費思量甚至逃過一劫），只好先料理貓媽媽和漸長成的貓妹妹。

　　若說貓爸爸是里長伯，貓媽媽就是鄰長了。貓媽媽也巷口巷尾送往迎來，聞風前來探訪母女的公貓包括我們家的，全被貓媽媽打跑淨空，但我們好高興有她可與妹妹作伴，膽小的妹妹，進步到可蹲踞牆頭接受我們的目光和叫喚而不逃跑，她的眼睛幼時美絕了，大些卻因未開化顯得閃神、少一竅。我們共同覺得她是馬奎斯《百年孤寂》裡那名絕世但秀斗的美女「美人兒」，早晚會抓著一張白被單乘風升天絕塵而去。

　　畢竟趕著貓媽媽發情前，我們把母女送去結紮，並要求讓她們多住兩天院，直到麻醉、傷口恢復無恙，擔心接回來原地放生會把妹妹嚇得不知逃哪兒

去。

接回來的結果大大出我們意料，妹妹出了貓籠直繞著我們腳畔不肯走，我們竟得以第一次摸她（她的毛皮好像兔毛哇！），貓媽媽大不同，一出籠就氣跑，跳到某家雨棚上專心理毛，理都不理我們。

貓媽媽的氣生好久，而且禍延妹妹，她開始會呵斥甚至掌摑前去撒嬌的妹妹，她且擅自畫出領域，一人半條巷子，不准妹妹越界。貓媽媽繼續對我們不理睬，我們定點餵食，她意興闌珊的並不如以往欣然立即前來享用，而且貓媽媽變得懶懶的、木木的，更常愣愣坐在馬路中央看那家人殺魚，她變得好胖，不再有當媽媽前，甚至哺乳期時都還有的苗條腰身矯捷身姿，我偶爾迎面遇到她，心虛（想想我們對她做了什麼？！）因此加倍熱情的喊她：「貓馬麻。」

我又照例後悔剝奪掉她那最強烈的生命原動力，這漫漫無大事可做的貓生，可要如何打發度過？

妹妹也一樣，整天亂草叢中抓抓蚱蜢、紋白蝶，晚上路燈下金龜子或蟑螂，要不牆頭呆坐，眼睛斜斜的，愈發傻了。

我打心底深深的抱歉。

這期間，貓爸爸時而失蹤十天半個月，出現的時候，往往大頭臉上傷痕累累，身子瘦一圈，毛色又失去顏色，就是他，貓爸爸，我和天文在野地上幫他清理傷口、餵營養的，邊異口同聲問他：「貓爸爸，這次是哪家的大美女，長什麼樣，說來聽聽吧。」我還真想知道他這不時的經歷，開疆闢土、王位保衛、尋求絕世美女、返鄉……彷彿一則一則的希臘神話，現實的人生中，我也一時找不出有我知道的什麼人活得那樣精采。

如此兩年。

這中間，侯孝賢導演替中國信託拍企業形象廣告，本打算拍一高階白領爸爸下班途中與小女兒餵流浪貓的故事，便擇某個好天氣到巷口拍了貓爸爸一家子，貓家三口大派得很，絲毫未被大隊人馬器材給嚇到，此構想後來雖未被客戶接受用上，但，至今他們都留在侯導的片庫中。這，太重要了。

因為這之後沒太久，貓媽媽再不見了。

通常母貓沒有理由離開自己的領域，我們默契極佳的假裝沒這回事，絕不冒失的自問問人：「奇怪這貓媽媽到底哪裡去了？」（這份長長的失蹤名單包括大Toro、花臉、破爛貓等等）絕不亂想，絕不問巷口鄰家或清掃巷道的清潔人員是否有毒死或車禍死的貓（這通常是城市流浪貓最常的下場）。

早就形同失去媽媽的貓妹妹愈發黏人，往往對我們的餵食看也不看，只要求人抱，我們誰有空就路邊蹲下抱她個十分鐘，她比家貓還撒嬌，打著呼嚕，不時從懷中仰臉仔細端詳人臉，忍不住時就上前輕咬人下巴。貓妹妹只要愛情不要麵包，但我們並不試圖收她進家，因為成貓，尤其謹慎膽小的母貓，是無法克服天性本能踏進一個有十條狗的人家的。

冬天時，某場戰役結束返鄉的貓爸爸，竟至我們家門口張望叫喚，他喚天文時特有一種溫柔的口氣嗓音，他說：「美人啊，又要麻煩你啦。」我一直覺得他根本把天文也看做他後宮佳麗中的一名，我們對站在門口老不走的貓爸爸說：「可是我們家有好多狗喔。」貓爸爸一反過往，打定主意要進我們家，他像個意志堅定到無恥的魔羯座，好整以暇花了數天時間先在我們牆頭門台蹲蹲（於是我們家的貓族包括貓王大白就都只好接受他為僭主），又在走廊廢紙箱上睡一兩夜（於是死對頭狗族們習慣了他的氣味未覺出他是外來者）。終至某個黃昏，一陣冷風盪開紗門，貓爸爸進得屋來，四下打量著（這是他第一次看到人族的居處），半點未露大驚小怪的神色，因此狗族不驚，貓兒們安睡，在客廳看書並目睹的一、二人族大氣不敢出一聲，貓爸爸施一禮（人族某如此堅持描述），熟門熟路選了一張沙發跳上去，呼呼展開一場時鐘轉了整整一圈的好睡，好像他生來就在這屋裡，一輩子都在這裡。

成了有家可歸的半家居貓，貓爸爸仍不時得聽任血液裡的召喚出巡。他偶爾坐在窗檯望空出神，一陣多訊息的風湧進，光看他的背影也知道他好難決定要不要出門，於是我們給中性的意見：「不然快去快回卯霸吧。」貓爸爸考慮著，幾次像《百年孤寂》雙胞胎中的奧里瑞亞諾‧席岡多一樣決定不了要不要去情婦家，他最後看看天色說：「等雨停吧。」

結果那場好雨一下就整整下了四年十一個月零兩天。

貓爸爸說，等天暖吧。

天暖的某冬夜，天空晴得很，貓族又大遊行去了。

這一直是我極好奇的，至今找不出頻率，也歸納不出是什麼樣的環境條件（例如天候或月亮盈缺）……，久久總有那樣的一夜，家裡的、外頭的、膽大膽小的、野性或馴良的、公的母的……，一陣風的全不見，徹夜不歸。我們暗自納罕著，猜測著，我堅持是貓神出遊或貓大王娶親，後山的野地裡，月光魔力如磁場，所有家貓流浪貓宛如星辰一般平等，沒有飢餓，沒有磨難，沒有存活人族世界中的卑辱……，那樣的夜裡，我多希望我也擁有無聲避震的肉掌墊、跳躍起來有如飛鼠的矯健身姿、不帶感情的夜視雙眼，以及我羨慕透頂不分公母貓皆有的精神獰猛的長鬍鬚，我將可以第一時間尾隨動作最慢的大胖貝斯，跟蹤至月光會場，證實我的猜測。

因為處女座較實際的天文說，那大多是氣壓低的夜晚，百蟲出洞，他們原先追獵一隻蟑螂、壁虎出窗，出陽台，越過擋土短牆走走到盡頭，或朝右跳上丁家的圍牆或左往徐家的違建屋頂，最後不是在社區警衛亭前隙地上蹲蹲，就是在陳媽媽家門柱上傻坐一夜。

早春天候又轉冷那日，貓爸爸縮短出遊時間提早好幾天返家，驚喜之餘，發現他未有外傷卻全身帕金森症似的抖晃不停，我們把貓爸爸送至吳醫師處，吳醫師建議先給支持性治療再慢慢觀察，我們也希望他藉此好好休養免得回家又去尋訪美女。

這一住，就半個月，接回家，是因為吳醫師說：「我看他需要的不是醫院，是養老院。」又說，貓爸爸當貓王的時日不長了。

醫院回來的貓爸爸，出了貓籠，認出是我們家，抬頭望望我和天文，眼裡的意思再清楚不過，因為我們都異口同聲回答：「沒問題，就在我們這兒養老吧，歡迎歡迎。」

貓爸爸的眼睛多了一層霧藍色，是我熟悉尊敬的兩名長者晚年時溫暖而複雜的眼睛。

那最後的幾日，我們幫他在沙發上安置了一個溫軟的鋪位，但他極講尊嚴的堅持下地大小便，尿的是血尿，吳醫師說貓爸爸的內臟器官從腎臟帶頭差不多都衰竭了，這我們不意外，有誰像他這樣一生當好幾世用。他時而昏睡時而清醒，看看周圍，人貓狗如常，我們就喚他貓爸爸，貓爸爸總拍打尾巴回應，眼睛笑笑的，不多說什麼。

最終的那日，二〇〇三年四月四日，全家除了天文正巧全不在，天文坐在他身旁看書，不時摸摸他喚喚他名字，於是他撐著坐起來，彷彿舒服的伸個大懶腰，長吁一口氣，就此結束了我們簡直想不出人族中哪一位有他精采豐富的一生。

所以，不准哭！

貓爸爸不在，彷彿角頭大哥入獄，小弟們紛紛冒出頭爭地盤，山坡巷子裡，幾場惡戰後，出現兩隻一看就是貓爸爸兒子們的分占山坡上下段，他們好似《百年孤寂》中老上校散落各地、額上有著火灰十字印記的兒子們，兩皆黃虎斑白腹、綠眼睛、大頭臉、太愛用講的以致打鬥技術不佳的時時傷痕累累，太像了，只好以外觀特徵為名，一隻叫（三）腳貓，一叫（短）尾黃。

我仍有空的話每天路邊抱抱貓妹妹，短暫的庇佑她，給她些些人族的愛情和溫暖，這是我唯一能為貓爸爸家族所做的了。

選自 朱天心，《獵人們》（台北：印刻出版社，2007年）。

爸爸的花兒落了

林海音

　　新建的大禮堂裡，坐滿了人；我們畢業生坐在前八排，我又是坐在最前一排的中間位子上。我的衣襟上有一朵粉紅色的夾竹桃，是臨來時媽媽從院子裡摘下來給我別上的。她說：「夾竹桃是你爸爸種的，戴著它，就像爸爸看見你上臺一樣！」

　　爸爸病倒了，他住在醫院裡不能來。

　　昨天我去看爸爸，他的喉嚨腫脹著，聲音是低啞的。我告訴爸，行畢業典禮的時候，我代表全體同學領畢業證書，並且致謝詞。我問爸，能不能起來，參加我的畢業典禮？六年前他參加了我們學校的那次歡送畢業同學同樂會時，曾經要我好好用功，六年後也代表同學領畢業證書和致謝詞。今天，「六年後」到了，老師真的選了我做這件事。

　　爸爸啞著嗓子，拉起我的手笑著說：「我怎麼能夠去？」

　　但是我說：「爸爸，你不去，我很害怕；你在臺底下，我上臺說話就不發慌了。」

　　爸爸說：「英子，不要怕，無論什麼困難的事，只要硬著頭皮去做，就闖過去了。」

　　「那麼，爸爸不也可以硬著頭皮從床上起來，到我們學校去嗎？」

　　爸爸看著我，搖搖頭，不說話了。他把臉轉向牆那邊，舉起他的手，看那上面的指甲。然後，他又轉過臉來叮囑我：

　　「明天要早起，收拾好就到學校去，這是你在小學的最後一天了，可不能遲到啊！」

　　「我知道，爸爸。」

「沒有爸爸，你更要自己管自己，並且管弟弟和妹妹，你已經大了，是不是，英子？」

「是。」我雖然這麼答應了，但是覺得爸爸講的話很使我不舒服，自從六年前的那一次，我何曾再遲到過？

當我上一年級的時候，就有早晨賴在床上不起床的毛病。每天早晨醒來，看到陽光照到玻璃窗上了，我的心裡就是一陣愁：已經這麼晚了，等起來，洗臉，紮辮子，換制服，再到學校去，準又是一進教室被罰站在門邊，同學們的眼光，會一個個向你投過來，我雖然很懶惰，可是也知道害羞呀！所以又愁又怕，每次都是懷著恐懼的心情，奔向學校去。最糟的是爸爸從不許小孩子上學坐車的，他不管你晚不晚。

有一天，下大雨，我醒來就知道不早了，因為爸爸已經在吃早點。我聽著，望著大雨，心裡愁得不得了。我上學不但要晚了，而且要被媽媽打扮得穿上肥大的夾襖（是在夏天！），和踢拖著不合腳的油鞋，舉著一把大油紙傘，走向學校去！想到這麼不舒服的上學，我竟有勇氣賴在床上不起來了。

等一下，媽媽進來了。她看見我還沒有起床，嚇了一跳，催促著我，但是我皺緊了眉頭，低聲向媽哀求說：「媽，今天晚了，我就不去上學了吧？」

媽媽就是做不了爸爸的主意，當她轉身出去，爸爸就進來了。他瘦瘦高高的，站在床前來，瞪著我：

「怎麼還不起來，快起！快起！」

「晚了！爸！」我硬著頭皮說。

「晚了也得去，怎麼可以逃學！起！」

一個字的命令最可怕。但是我怎麼啦？居然有勇氣不挪窩。

爸氣極了，一把把我從床上拖起來，我的眼淚就流出來了。爸左看右看，結果從桌上抄起雞毛撣子倒轉來拿，籐鞭子在空中一掄，就發出咻咻聲音；我挨打了！

爸爸把我從床頭打到床角，從床上打到床下，外面的雨聲混合著我的哭聲。我哭號，躲避，最後還是冒著大雨上學去了。我是一隻狼狼的小狗，被宋媽抱上了洋車——第一次花五大枚坐車去上學。

我坐在放下雨篷的洋車裡，一邊抽抽答答的哭著，一邊撩起褲腳來檢查我的傷痕。那一條條鼓起的鞭痕，是紅的，而且發著熱。我把褲腳向下拉了拉，遮蓋住最下面的一條傷痕。我怕同學恥笑我。

雖然遲到了，但是老師並沒有罰我站，這是因為下雨天可以原諒的緣故。

老師教我們先靜默再讀書。坐直身子，手背在身後，閉上眼睛，靜靜的想五分鐘。老師說：想想看，你是不是聽爸媽和老師的話？昨天的功課有沒有做好？今天的功課全帶來了嗎？早晨跟爸媽有禮貌的告別了嗎？……我聽到這兒，鼻子抽答了一大下，幸好我的眼睛是閉著的，淚水不至於流出來。

正在靜默的當中，我的肩頭被拍了一下，急忙的睜開了眼，原來是老師站在我的位子邊。他用眼勢告訴我，教我向教室的窗外看去，我猛一轉頭看，是爸爸那瘦高的影子！

我剛安靜下來的心又害怕起來了！爸為什麼追到學校來？爸爸點頭示意招我出去。我看看老師，徵求他的同意，老師也微笑的點點頭，表示答應我出去。

我走出了教室，站在爸面前。爸沒說什麼，打開了手中的包袱，拿出來的是我的花夾襖。他遞給我，看著我穿上，又拿出兩個銅子兒來給我。

後來怎麼樣了，我已經不記得，因為那是六年前的事了。只記得，從那以後，到今天，每天早晨我都是等待著校工開大鐵柵校門的學生之一。冬天的清晨站在校門前，戴著露出五個手指頭的那種手套，舉了一塊熱乎乎的烤白薯在吃著。夏天的早晨站在校門前，手裡舉著從花池裡摘下的玉簪花，送給親愛的韓老師，她教我唱歌跳舞。

啊！這樣的早晨，一年年都過去了，今天是我最後一天在這學校裡啦！

噹噹噹，鐘響了，畢業典禮就要開始。看外面的天，有點陰，我忽然想，爸爸會不會忽然從床上起來，給我送來花夾襖？我又想，爸爸的病幾時才能好？媽媽今早的眼睛為什麼紅腫著？院裡大盆的石榴樹和夾竹桃今年爸爸都沒有給上麻渣，他為了叔叔給日本人害死，急得吐血了，到了五月節，石榴花沒有開得那麼紅，那麼大。如果秋天來了，爸還要買那樣多的菊花，擺滿在我們的院子裡，廊簷下，客廳的花架上嗎？

爸是多麼喜歡花。

每天他下班回來，我們在門口等他。他把草帽推到頭後面抱起弟弟，經過自來水龍頭，拿起灌滿了水的噴水壺，唱著歌走到後院來。他回家來的第一件事就是澆花。那時太陽快要下去了，院子裡吹著涼爽的風，爸爸摘下一朵茉莉花插到瘦雞妹妹的頭髮上。陳家的伯伯對爸爸說：「老林，你這樣喜歡花，所以你太太生了一堆女兒！」我有四個妹妹，只有兩個弟弟。我才十二歲。……

我為什麼總想到這些呢？韓主任已經上台了，他很正經的說：「各位同學都畢業了，就要離開上了六年的小學到中學去讀書，做了中學生就不是小孩子了，當你們回到小學來看老師的時候，我一定高興看你們都長高了，長大了……」

於是我唱了五年的驪歌，現在輪到同學們唱給我們送別：

「長亭外，古道邊，芳草碧連天。……問君此去幾時來？來時莫徘徊！天之涯，地之角，知交半零落。人生難得是歡聚，唯有別離多……」

我哭了，我們畢業生都哭了。我們是多麼喜歡長高了變成大人，我們又是多麼怕呢！當我們回到小學來的時候，無論長得多麼高，多麼大！老師，你們要永遠拿我當個孩子呀！

做大人，常常有人要我做大人。

宋媽臨回她的老家的時候說：「英子，你大了，可不能跟弟弟再吵嘴！他還小。」

蘭姨娘跟著那個四眼狗上馬車的時候說：「英子，你大了，可不能招你媽媽生氣了！」

蹲在草地裡的那個人說：「等你小學畢業了，長大了，我們看海去。」

雖然，這些人都隨著我長大沒了影子了。是跟著我失去的童年也一塊兒失去了嗎？

爸爸也不拿我當孩子了。他說：「英子，去把這些錢寄給在日本讀書的陳叔叔。」

「爸爸！」

「不要怕，英子，你要學做許多事，將來好幫著你媽媽。你最大。」

於是他數了錢，告訴我怎樣到東交民巷的正金銀行去寄這筆錢──到最裡面的櫃子上去要一張寄款單，填上「金柒拾元也」，寫上日本橫濱的地址，交給櫃檯裡的小日本兒！

我雖然很害怕，但是也得硬著頭皮去。──這是爸爸說的，無論什麼困難的事，只要硬著頭皮去做，就闖過去了。

「闖練，闖練，英子。」我臨去時爸爸還這樣叮囑我。

我心情緊張的手裡捏緊一捲鈔票到銀行去。等到從最高臺階的正金銀行出來，看著東交民巷街道中的花圃種滿了蒲公英，我高興的想：闖過來了，快回家去，告訴爸爸，並且要他明天在花池裡也種滿了蒲公英。

快回家去！快回家去！拿著剛發下的小學畢業文憑──紅絲帶子繫著的白紙筒，催著自己。我好像怕趕不上什麼事情似的，為什麼呀？

進了家門，靜悄悄的，四個妹妹和兩個弟弟都坐在院子裡的小板凳上。他們在玩沙土，旁邊的夾竹桃不知什麼時候垂下了好幾枝子，散散落落的很不像樣，是因為爸爸今年沒有收拾它們──修剪、捆紮和施肥。

石榴樹大盆底下也有幾粒沒有長成的小石榴；我很生氣，問妹妹們：

「是誰把爸爸的石榴摘下來的？我要告訴爸爸去！」

妹妹們驚奇的睜大了眼，她們搖搖頭說：「是它們自己掉下來的。」

我撿起小青石榴。缺了一根手指頭的廚子老高從外面進來了，他說：「大小姐，別說什麼告訴你爸爸了，你媽媽剛從醫院來了電話，叫你趕快去，你爸爸已經……」

他為什麼不說下去了？我忽然著急起來，大聲喊著說：「你說什麼？老高！」

「大小姐，到了醫院，好好兒勸勸你媽，這裡就數你大了！就數你大了！」

瘦雞妹妹還在搶燕燕的小玩意兒，弟弟把沙土灌進玻璃瓶裡。是的，這裡就數我大了，我是小小的大人。我對老高說：「老高，我知道是什麼事了，我就去醫院。」我從來沒有過這樣的鎮定，這樣的安靜。

我把小學畢業文憑放進書桌的抽屜裡。再出來，老高已經替我雇好了到醫院的車子。走過院子，看那垂落的夾竹桃，我默唸著：

爸爸的花兒落了，

我也不再是小孩子。

選自　林海音，《城南舊事》（台北：爾雅出版社，1960年）。

兩種道德

龍應台

親愛的安德烈：

在給你寫信的此刻，南亞海嘯災難已經發生了一個星期。我到銀行去捐了一筆款子。飛力普的化學老師，海嘯時，正在泰國潛水。死了，留下一個兩歲的孩子。我對這位年輕的老師還有印象，是漢堡人，個子很高，眼睛很大。飛力普說他教學特別認真，花很多自己的時間帶學生做課外活動，說話又特別滑稽有趣，跟學生的溝通特別好，學生覺得他很「酷」，特別服他。我說，飛力普，給他的家人寫封信，就用你的話告訴他們他是個什麼樣的老師，好不好？

他面露難色，說，「我又不認識他們。」

「想想看，飛力普，那個兩歲的孩子會長大。再過五年他七歲，能認字了，讀到你的信，知道他父親曾經在香港德瑞學校教書，而他的香港學生很喜歡他，很服他——對這個沒有爸爸的孩子會不會是件很重要的事？」

飛力普點點頭。

安德烈，我相道德有兩種，一種是消極的，另一種是積極的。

我的消極道德大部分發生在生活的一點一滴裡：我知道地球資源匱乏，知道二〇％的富有國家用掉七五％的全球能源，所以我不浪費。從書房走到廚房去拿一杯牛奶，我一定隨手關掉書房的燈。離開廚房時，一定關掉廚房的燈。在家中房間與房間之間穿梭時，我一定不斷的開燈、不斷地關燈，不讓一盞燈沒有來由地亮著。你一定記得我老跟在你和弟弟的後頭關燈吧——還一面罵你們沒有「良心」？窗外若是有陽光，我會將洗好的濕衣服拿到陽台或院子裡去晾，絕不用烘乾機。若是有自然的清風，我絕不用冷氣。室內若開了暖氣，我進出時會隨手將門關緊。澆花的水，是院子裡接下的雨水。你和飛力普小的時候，我常讓你們倆用同一缸水洗澡，記得嗎？

我曾經喜歡吃魚翅，但是有一天知道了魚翅是怎麼來的。他們從鯊魚身上

割下魚鰭,然後就放手讓鯊魚自生自滅。鯊魚沒了「翅膀」,無法游走,巨大的身體沈到海底,就在海底活活餓死。我從此不再吃魚翅。

飛力普說,唉呀媽媽,那你雞也不要吃了,你知道他們是怎麼大量養雞的嗎?他們讓雞在籠子裡活活被啄成一堆爛肉,你說人道嗎?

我說,我又不是聖人,我只管我記得的、做得到的。道德取捨是個人的事,不一定由邏輯來管轄。

你一定知道中國的不肖商人是怎麼對付黑熊的。他們把黑熊鎖在籠子裡,用一條管子硬生生插進黑熊的膽,直接汲取膽汁。黑熊的膽汁夜以繼日地滴進水管。年幼的黑熊,身上經年累月插著管子,就在籠子裡漸漸長大,而籠子不變,籠子的鐵條就深深「長」進肉裡去。

我本來就不食熊掌或喝什麼膽汁、用什麼中藥,所以也無法用行動來抵抗人類對黑熊的暴虐,只好到銀行裡去捐一筆錢,給保護黑熊的基金會。消極的道德,碰到黑熊的例子,就往「積極」道德小小邁進了一步。

你和飛力普都會穿著名牌衣服,你們也都知道我對昂貴的名牌服飾毫無興趣,你想過為什麼嗎?

去年夏天我去爬黃山。山很陡,全是石階,遠望像天梯,直直通進雲層裡。我們走得氣都喘不過來,但是一路上絡繹不絕有那駝著重物的挑夫,一根扁擔,挑著山頂飯站所需要的糧食和飲料。一個皮膚黝黑、眼睛晶亮的少年,放下扁擔休息時,我問他挑的什麼?一邊是水泥,一邊是食品,旅客要消費的咖啡可樂等等。他早晨四點出門,騎一小時車趕到入山口,開始他一天苦力的腳程。一路往上,路太陡,所以每走十步就要停下喘息。翻過一重又一重的高山,黃昏時爬到山頂,放下扁擔,快步往回走,回到家已是夜深。第二天四時起床。如果感冒一下或者滑了一跤,他一天的工資就沒著落了。

他的肩膀被扁擔壓出兩道深溝。

「挑的東西有多重?」

「九十公斤。」他笑笑。

「一天掙多少錢？」

「三十塊。」

安德烈，你知道三十塊錢是三歐元都不到的，可能不夠你買三球冰淇淋。

到了山頂旅館，我發現，一杯咖啡是二十元。

我不太敢喝那咖啡。但是不喝，那個大眼的少年是不是更困難呢？

這些思慮、這些人在我心中，安德烈，使我對於享受和物質，總帶著幾分懷疑的距離。

那天和飛力普到九龍吃飯，在街角突然聽見飛力普說，「快看！」他指的是這樣一個鏡頭：一個衣衫襤褸的老婦人彎身在一個大垃圾桶裡找東西，她的整個上半身埋在垃圾桶裡；剛好一輛Rolls Royce開過來，成為背景。飛力普來不及取出相機，豪華車就開走了，老婦人抬起頭來，她有一隻眼是瞎的。

香港是全世界先進社會中貧富不均第一名的地方，每四個孩子之中就有一個生活在貧窮中。我很喜歡香港，但是它的貧富差距像一根刺，插在我看它的眼睛裡，令我難受。但是，我能做什麼呢？我不能給那個瞎了一隻眼的老媽媽任何東西，因為那不是解決問題的方法，那麼我能做什麼呢？

我寫文章，希望人們認識到這是一個不合理的社會結構。我演講，鼓勵年輕人把追求公平正義做為改造社會的首要任務。我在自己的生活裡拒絕奢華，崇尚簡單，以便於「對得起」那千千萬萬被迫處於貧窮的人。但是我不會加入什麼扶貧機構，或者為此而去競選市長或總統，因為，我的「道德承受」也有一定的限度。我也很懦弱、很自私。

在你的信中，安德烈，我感覺你的不安，你其實在為自己的舒適而不安。我很高興你能看見自己的處境，也歡喜你有一份道德的不安。我記得你七歲時，我們在北京過夏天。蟋蟀被放進小小的竹籠裡出售，人們喜歡它悠悠的聲音，好像在歌詠一種天長地久的歲月。我給你和飛力普一人買了一個，掛在脖

子裡，然後三個人騎車在滿城的蟬鳴聲中逛北京的胡同。到了一片草坪，你卻突然下車，要把竹籠裡的蟈蟈放走，同時堅持飛力普的也要釋放。三歲的飛力普緊抱著蟈蟈怎麼也不肯放手，你在一旁求他：放吧，放吧，蟈蟈是喜歡自由的，不要把它關起來，太可憐……。

我想是在那個時候，我認識到你的性格特質。不是所有的孩子都這樣的，也有七歲的孩子會把蜻蜓撕成兩半或者把貓的尾巴打死結。你主動把蟈蟈放走，而且試著說服弟弟也放，就一個七歲的孩子來說，已經是一個積極的道德行為。

所以，能不能說，道德的行使消極或積極存乎一心呢？我在生活層面進行消極的道德──不浪費、不奢侈，但是有些事情，我選擇積極。譬如對於一個說謊的政府的批判，對於一個愚蠢的決策的抗議，對於權力誘惑的不妥協，對於群眾壓力的不退讓，對於一個專制暴政的長期抵抗……都是道德的積極行使。是不是真有效，當然是另一回事。

事實上，在民主體制裡，這種決定人們時時在做，只是你沒用這個角度去看它。譬如說，你思考投票給哪一個黨派時，對於貧窮的道德判斷就浮現了。哪一個黨的經濟政策比較關注窮人的處境，哪一個黨在捍衛有錢階級的利益？你投下的票，同時是一種你對於貧富不均的態度的呈現。你有沒有想過，為什麼社會福利佔了歐陸國家GDP的四五％而美國卻只有三○％？這和他們對貧窮的價值認知有關。六○％的歐洲人認為貧窮是環境所迫的，卻只有二九％的美國人這樣看。只有二四％的歐洲人同意貧窮是個人懶惰所造成的，卻有六○％的美國人認同這種觀點。比較多的人認為貧窮是咎有應得，或者比較多的人認為貧窮是社會責任，就決定了這個群體的制度。

海嘯的悲慘震動了世界，國家在比賽誰的捐款多，背後還藏著不同的政治目的。真正的道德態度，其實流露在平常時。我看見二○○三年各國外援的排名（以外援金額佔該國GNP比例計算）：

1　挪威　0.92
2　丹麥　0.84
3　荷蘭　0.81
4　盧森堡　0.8

5　瑞典　0.7

6　比利時　0.61

7　愛爾蘭　0.41

8　法國　0.41

9　瑞士　0.38

10　英國　0.34

11　芬蘭　0.34

12　德國　0.28

13　加拿大　0.26

14　西班牙　0.25

15　澳洲　0.25

16　紐西蘭　0.23

17　葡萄牙　0.21

18　希臘　0.21

19　日本　0.2

20　奧地利　0.2

21　義大利　0.16

22　美國　0.16

單位：百分比

　　你看，二十二個對外援助最多的國家裡，十七個是歐洲國家。前十二名全部是歐洲國家。為什麼？難道不就因為，這些國家裡頭的人，對於社會公義，對於「人飢已飢」的責任，對於道德，有一個共同的認識？這些國家裡的人民，准許，或說要求，他們的政府把大量的錢，花在離他們很遙遠但是貧病交迫的人們身上。他們不一定直接去捐款或把一個孤兒帶到家中來撫養，就憑一個政治制度和選票已經在進行一種消極的道德行為了。你說不是嗎？

　　所以我不認為你是個「混蛋」，安德烈，只是你還沒有找到你可以具體著力的點。但你才十九歲，那個時間會來到，當你必須決定自己行不行動，如何行動，那個時刻會來到。而且我相信，那個時候，你會很清楚地知道自己要做什麼，不做什麼，做不到什麼。

選自　龍應台、安德烈，《親愛的安德烈》（台北：遠流出版社，2007年）。

從大題目中逃脫的《珈琲時光》

侯季然

真正好的故事，像生活一樣，令人無從說起。真正好的電影，也像生活一樣，是沒有題目的。

侯孝賢的《珈琲時光》，還沒開拍就先定了一個大題目：「小津安二郎百歲誕辰紀念電影」。這真是好大一個題目，在影片的宣傳文宣裡，侯孝賢曾說他是背負著先天障礙來拍這部電影，這裡的障礙是指非日本人卻要拍日本片，怕說服力不夠。但是，站在影片之外來看，《珈琲時光》的先天障礙恐怕還包括了「紀念小津」這個大標題與伴隨而來的創作限制。

從1989年《悲情城市》以降，「大題目」就一直纏繞著侯孝賢。二二八、白色恐怖、張愛玲的海上花……連把鏡頭對準當下台灣的《南國，再見南國》、《千禧曼波》，都標誌著要「為當下年輕人造像」的野心。這一連串的「大題目電影」，把侯孝賢鏡頭裡向來厚重的歷史感發揮到極致，長長的鏡頭，捕捉到的不管是搖頭店還是夜市小吃攤，在銀幕上看起來，都像是隔了千百年光陰重現的歷史場景，遙遠得像神的視野。

可是在《珈琲時光》中，我們很驚奇（驚喜？）地發現，大題目不見了。《珈琲時光》選擇了與小津電影類似的日常家庭題材：離家獨居的女兒與住在鄉下的父母。女兒懷孕了，打算獨立扶養小孩，不想結婚，父母因此甚感憂慮；另一方面，女兒的朋友，一位舊書店老闆，經常帶著耳機和錄音機，在東京蛛網般的電車線裡，蒐集各種聲響。這兩人在電車內外來來去去，流徙中偶然錯身，暫時相遇，在熙來攘往中共享一小段時光。

已經很淡的劇情，在電影裡更是連「未婚生子」這樣的衝突點，都幾乎要隱去不講。我們只見女主角在不經意間透露了訊息，而她的父母與朋友，雖然驚訝，卻也不知道要說些什麼，大家只是照常過日子，所有的情緒皆隱藏在寒暄、吃飯與漫長午後時光的靜默中，只剩下電車偶爾經過時的規律聲音。

對侯孝賢的影迷來說，當然不會去期望有戲劇化的衝突場面，那些在侯孝賢電影最動人的片段，都是在情節話語未到達處。譬如《風櫃來的人》裡無所事事的少年，被騙到工地高樓上看見的一片空景、《戀戀風塵》裡，戀情消逝後祖孫二人無言看著的九份天空、以及《童年往事》裡，祖母小小的身影徘徊在黃沙地綠樹蔭下，遠遠框出一幅台灣鄉間的永恆圖畫。因為鏡頭停得夠久、畫面拉得夠大夠遠，觀眾才得以穿透情節本身，看到質地豐厚的影像裡許許多多的層次與細節，看到畫面之外的，無以名之卻真實存在的情感。《珈琲時光》裡也是如此，那一幕幕的尋常人家、居酒屋、電車站、舊書攤、咖啡店，被保留下來的，都是生活中不能被命題的時刻：父母欲言又止的、朋友隨意扯淡的、書店裡的小狗、車站裡的老貓、低頭看書的側臉、車窗反射太陽掃進小書店裡的亮光……各種想得到的、想不到的、沒想到的，全數保留，最後才在大段落的生活實況裡，淡淡放進幾縷歷史（台灣留日音樂界江文也的故事）寓言與夢境（嬰兒被偷換的歐洲童話）的線索，然而這也只是點到為止，僅供提味。

對題目與意義的節制，便是《珈琲時光》最難得處。我們似乎又回到《悲情城市》之前，那個唐諾曾形容為「最好的時光」的時期。沒有預設的偉大題目，只有長鏡頭靜心捕捉的，平凡人民的平凡生活，用足夠的敏銳捕捉到的生活原相，無須戲劇與對白，便足以說明一切。那些生命裡最不能被定義的片段，往往最能映現歷史浩蕩的流動。《珈琲時光》裡有意的以電車為主要場景，匆匆來去的電車，既是城市生活的主要場景，也隱喻著生命中不可抗力的行進循環。片中好幾個呈現電車與人之間短暫交錯的絕妙場面調度，調度的不只是演員，更是人口千萬的一整個東京都。那是需要多少的守候與理解，才能拍到電車與電車、乘客與乘客之間如此自然又充滿寓意的多重變奏。這也讓我們想到，沒錯，小津安二郎，一向計算精準的編排和寓哲學於影像的鏡位設計，只為成就一份人生裡不能言說的蒼涼。

《珈琲時光》融合了侯孝賢最好的寫意筆觸與小津安二郎最精細的美學鍛鍊，彷彿是接續著《東京物語》結尾那部遠去的電車，開進了世紀初的東京。混跡在每日吞吐上百萬人的高架上、隧道裡，人與人之間短暫相遇的緣份，錯過了，便是不可挽回的歷史，相遇了，也只是並肩站著，一起看車窗外千門萬

戶的城市風景。電車搖晃的節奏裡，我們得以從塵世的喧囂中沈澱下來，感官因此變的清晰。而這一刻屬於陌生人和我之間美好的沈默，這僅僅一杯咖啡的短暫時光，卻是任何偉大的題目也無法包括的。

選自　台灣電影筆記　http://movie.cca.gov.tw/files/16-1000-1739.php

天下第一驛

劉克襄

　　從來沒有鳥種像牠們一樣，有一股魔力迫使我終年鎮日去旅行觀察，最後還決定一生以探究鳥類為職志。牠們是典型的過客，每年固定拜訪兩次，一次從北極出發，另一次從赤道回來。我生長的地方是牠們的驛站。牠們叫風鳥。

　　風鳥（Wind bird），這是西方鳥類學家對鴴、鷸科水鳥頌讚時的別號。它的起因與習性有關，因為在鳥類遙遠、漫長又極具危險性的遷徙過程中，鴴、鷸科水鳥始終展現出神祕的飛行與奇特的鳴叫。這種隨風來去的詭異行為，一直引發西方人對自然產生無限的遐思與冥想。

　　風鳥是冬候鳥的主要族群之一，廣泛分佈全球各地。牠們像英語的使用，是共通性的鳥種。全世界的賞鳥人或許都熟稔自己家鄉的鳥種，然而，在異地與其他國家的賞鳥人相遇時，風鳥便成為兩個不同國度的鳥人最基本溝通的條件。

　　比起其他鳥種的好動性格，風鳥彷若是善於沉思的動物。牠們在開闊大地上單腳佇足，寂然不動的形容，也是最教賞鳥人著迷的一幕。風鳥的羽色以灰褐為主。這種色彩總讓人聯想起流浪、冒險、漂泊等字眼。它也包含層層無法形容的果敢與毅力的象徵。沒有一種鳥科能如此普遍地給人這種感動，也沒有其他鳥科具有這樣世界性的分佈，而成為全球的自然環境指標。

　　相對地，一些對現今自然環境感到無力、絕望的人，風鳥的習性可能會帶來另一極端的聯想。牠們的羽色彷若是從世界各地垃圾場製造出來的動物，是未來碩果僅存的進化鳥種。風鳥的長相猶如魔鬼先派來人間的小無常。那怪異的鳴聲與飛行，正是在向人類提出嚴重的警告，對地球做最後的嘶喊。

　　不管在亞北極圈的凍土帶家鄉，或是在驛站、避冬區，風鳥泰半以海陸交界的地方尋找食物為生。牠們的旅行路線也以南北延伸的海岸線為主要的幹道。然而在返鄉或離家的遷徙中，風鳥無法只憑海岸線去認路，當海岸線中斷或偏向時，牠們就必須深入海上。每年至少有一半的風鳥便在茫茫大海中遭遇

不幸。有些鳥類學家甚至估計為百分之八十。是以，海，顯然是風鳥的戈壁沙漠，而牠們是不帶食物與水的旅人，要一口氣地越過。牠們辦得到嗎？現在已經知道除了少數風鳥如黑胸鴴外，都必須靠中途驛站的憩息與調養來支撐。這驛站就是大海中的島嶼。而每年經由台灣南下北上或滯留的風鳥大約有五十種，佔世界風鳥種類的四分之一強，這使台灣成為一個相當重要的驛站。

在鳥類學家的眼裡，地球是沒有國家、國界的。他們眼中的世界只是六個區域的組合。分別是：古北區（歐亞大陸為主）、新北區（北美洲）、新熱帶區（拉丁美洲）、衣索比亞區（撒哈拉沙漠以南的非洲世界）、東方區（南亞、印度半島各國為主）與澳大利亞區。台灣的位置十分特殊，它屬於東方區，卻緊臨古北區，又正好是二區的邊陲地帶，同時集結了兩區的鳥種。加上，它位於太平洋西岸邊緣系列島嶼的中心，大陸型氣候與海洋氣候又在附近交會，地形運動也使它形成高山層層聳峙的容貌，於是構成了一個特殊的島嶼環境。當美國全境只有六百多種鳥類時，彈丸之地的台灣，竟擁有近五百種，地理位置的得天獨厚自然是絕對的因素。

有些生態學者以此稱台灣為一個X點，主要即根據這種鳥類的遷徙路線為論點，但若放諸自然界各種植物的演變進化，或人類社會的交通，仍不失為準確的形容。當風鳥或其他候鳥開始春秋二季的大規模遷徙時。台灣，正像人體中進食時的一個主要消化器官。這個器官的健康就值得去注意與重視。它的健康包括自然與人文環境的搭配情形，尤其最近人類社會發展對地理環境的影響。

以此，我們必須將焦點放在台灣南北端與西海岸，風鳥過境最集中的區域。這些區域有構成X點的岬角、河口、沼澤、沙岸、旱田、水田和潮汐區等地理，它們是風鳥常棲息的所在。

這些驛站的形成有一段比人類歷史長遠的故事。大致的故事如下：

當那些終年在雲層上端的高山開始冰雪融化或落雨時，便挾帶著溪澗的山泉汩汩流出，然後匯聚成小溪。無數的小溪又在山裡迴游、切湍，再會合成幾條大溪，奔騰出來。它們運送著大量的污泥、沙石一路快速的沖擊而下。不管它們如何轉、迴旋，最後總是朝著海的方向流去。海拔愈低時速度愈緩，拖拉推展出來的兩岸也愈開闊。在這種經年累月的地理運動下，三角洲、平原、沼澤、湖泊等環境也紛紛舖陳開來。這便是曾文溪、淡水河、大肚溪等地常見的景觀。

　　隨溪而下的沙石中，也有不少是抵達河口附近才淤沉、擱淺的。有的又隨春秋的海潮南北散開，形成西海岸寬長達四、五公里的沼澤潮間帶，或是各地河口的沙岸。同時潮水也從海底盆地攜捲起大量的砂石，隨著潮汐起落，在各地與陸上來的砂石交會。有的更隨浪潮上溯河口後才停止旅行，形成各種沼澤。而百萬年前的地形運動，更使不少珊瑚礁山陵冒出海面，形成台灣南北兩端鮮明的岩岸地帶。

　　這些環境地理的變遷所形成的三角洲、河床、沼澤、沙岸與岩岸，是無脊椎動物最易生存的所在。由台灣北部一路下來的海岸線，各個河口附近都擁有這些區域。風鳥以無脊椎動物為主食，台灣是X點，又有良好的覓食場，這一道海岸線便成為風鳥絡繹於途的黃金航道。於是野柳的岬角、蘭陽溪的河口、關渡的沼澤、大肚溪的潮間帶與車城的沙岸等地便有風鳥群集過境或滯留的大場面。

　　這些風鳥的棲息區也都位於人類以都市生活為重心的外圍。在工商業為主導的台灣社會下，百分之九十以上的當地居民以務農或打漁為業。不管在物質利益或精神知識方面的提供，他們皆在邊陲、低下階層的生活領域中體驗，所有的精力都專注在為食衣勞碌。風鳥在這種環境下棲息或往來，對當地百姓而言幾乎是不存在的。風鳥的生死滅絕也與他們的生活全然無關。相對於風鳥卻利弊皆有。以利來說，當地居民無法構成為風鳥的主要天敵。在弊方面，他們不懂得珍視。就現實利益來說，他們連利用風鳥成為觀光資源的眼光也沒有。當然當地環境的改革或更動，更不會考慮到風鳥的棲息生態。

　　風鳥大多屬於「本能的候鳥」，早來晚走的原因，受本能體內的刺激為重，而較不受氣候的影響。除了風以外，其他天候的因素也無顯著引導。牠們也不像其他鳥類因食物的銳減才啟程出發。雖然亞北極圈的凍土帶只提供短短兩個多月的覓食期，有的風鳥在食物尚未短缺時便離開了。遷徙使風鳥永遠生活在春夏秋三季中，從未遇過冬天。

　　每年最先南下抵達台灣的風鳥多半是磯鷸。八月初，牠已在北部各地的河口、河岸單獨出現。然後才漸漸深入內陸或南移。緊接著小環頸鴴、黑胸鴴、雲雀鷸、鷹斑鷸與黃足鷸也陸續飛臨。這段遷徙潮大約有兩個月。大部份風鳥是過境者，十月後又陸續南下。只剩幾種留下來渡冬。隔年的三月初，紅領瓣足鷸、鷹斑鷸等是北返的尖兵，牠們率先領陣，又是一批批飛來，再造成一次

遷徙熱潮。六月初，幾乎所有風鳥都回到北方的寒帶溼地、凍土草原繁殖時，沼澤才空蕩無聲，潮間帶也如荒漠。只有少數鴴科會留下來在沙岸和廢棄的鹽田築巢，台灣已是牠們繁殖的最南限了。從六月起到八月初，這段沒有風鳥的季節，正好使無脊椎動物獲得喘息，重新有復甦的機會。

　　遷徙是風鳥每年必須面對的冒險事業。不少風鳥死於遷徙途中，顯然也是自然界宿命論的必然性，而倖存的風鳥正是經過千錘百鍊，最適於繁殖後代的優秀品種。

　　風鳥前往台灣的路線大致有二條主道。一條係沿堪察加半島、日本列島一路南下的海線，另一條是從西伯利亞，掠過中國，橫越台灣海峽的陸路。每年風鳥從亞北極圈向各方出發，沿著太平洋與大西洋兩側南下。台灣是太平洋西側的大驛站。不少風鳥的海路與陸路先在此交會後，經過一段調適期，又分批飛越巴士海峽，散入南太平洋各個群島，或橫跨赤道抵達澳洲、紐西蘭。北返時則相反。

　　風鳥能旅行多遠、平均速度有多快呢？各種風鳥因環境的差異各有不同的棲息狀況。以風鳥繁殖區的地點來論，在整個冬候鳥的返鄉區來說，已屬最北的所在，意即牠們須花費更多的體力在遷徙上。這使風鳥擁有比其他鳥種更適於長途跋涉的羽翼，與快速的飛行速度。以台灣常見的過境風鳥黑胸鴴為例，有些從西伯利亞北方的海岸啟程，橫跨赤道，遷徙到澳大利亞去，至少須飛行七、八千里。這是風鳥最典型的長途跋涉之一，平均飛行三個星期才抵達，亦即每天要趕四百里始能如願。然而並非所有黑胸鴴都要前往澳洲，同一時候，也有不少黑胸鴴就在台灣北海岸渡冬，牠們的旅程只有自己兄弟的一半。

　　大部份小型的冬候鳥習於夜間遷徙，譬如伯勞、鶺鴒等科，而大型的鳥種如鷺鷥或鷹隼科多半選擇白天。但這不是定理，風鳥則晝夜都有遷徙的能力。夜間時，鳥類多採高空飛行，有時甚至在雲層上端，藉助廣闊的氣流減輕體能消耗。同時仰賴星光位置、緯度的改變而辨別前去的方向。白天時，風鳥便降低飛行高度，尤其是在海岸線時，更貼著海面飛行，辨識顯著的岬角、島嶼與河口等地形，做為認路的指標。這些指標周圍的環境也最易於形成休憩的場所。

　　秋天時，多數風鳥是藉助東北季風南下，春天時則由西南季風推送北返。

台灣在多數風鳥滯留的秋冬春三季，剛好是變化無常時的季風區。尤其春秋遷徙期，每一道冷鋒前後，各地的風鳥棲息場總有不同的風貌。原先棲息的會隨風離去，但不少新的鳥種也隨風到來。

風鳥的體內可能有某種遷徙的能力，適合牠們勝任遠航。但和其他冬候鳥一樣，牠們未必具備預測天氣的本能。當牠們選擇適當的良好天氣啟程時，並不能確切知道前方的路途或休憩的驛站將會有什麼變化。冷鋒、風暴、大霧等天然環境的更迭或油污、獵捕等人為因素，都有可能使牠們改變路線，導致大量的迷失與死亡。所以每年春天時，鵝鑾鼻或蘭嶼的燈塔附近，皆有候鳥大量迷失或自己撞死的記錄，西海岸的潮間帶也有風鳥集體死亡的報導。而後者，風鳥棲息地的破壞與威脅，更使風鳥有滅絕之虞。

風鳥在中國人心中是沒有什麼地位的，許多人迄今可能還不知道有這種鳥類。這原因與中國人的社會發展與變遷也頗有關聯。明代以前，中國人並不重視海洋的開發，視海為世界的邊緣。而自然科學到晚清民初時才稍為進入起步階段。由於跟海的隔閡，相對於風鳥的棲息生態，中國人也一無所知。這也難怪在傳統的花鳥畫中，除了常見的陸地留鳥與候鳥外，幾不見風鳥的影子。

近十幾年來，情況稍有起色，不少的鳥類學家與賞鳥人正不斷地呼籲建立「水鳥保育區」。不過海峽兩岸的百姓或官方對風鳥的認知仍是皮毛。他們或許知道食物網的定理，了解物物相剋的法則，卻無法單從表面的觀念進去，考慮風鳥到底有多少利益價值。他們會認為那不過是一群在荒地啄食的鳥類，跟麻雀無啥差別。他們忽視以物的角度去看自然，仍然以人的價值利益去評估自然。於是，就出現海岸濕地嚴重破壞的問題。這種認知也是造成環境保育措施擬定時，潛在意識中最不利的負面條件。

比起其他鳥種，風鳥棲息的環境是最貧瘠、荒涼的地方。這些地區是留鳥最不愛滯留的所在。留鳥盤據了台灣多數的山區與郊野，餘下這些「糟糕」的環境給遠方過客。所幸風鳥的習性早已發展成熟，不需在異地與當地的留鳥直接面對，造成強烈競爭食物的地步。如果中國早年有文藝創作者，讓風鳥的這類生活意義進入文學、藝術的殿堂。相信喜愛老莊、道家哲學的人會欣賞牠們的習性，甚於一切鳥種。同時在保護自然的措施上，將有推波助瀾的功能。

幾千年來，風鳥一直未受到人類的嚴重傷害，牠們面對的威脅主要來自

自然一切既有的天敵。這種情形的改變是近八十年才發生的。由於工業時代的出現，人類變成最危險而可怕的殺手。他製造了油污與棲息地破壞。風鳥的棲地泰半以海岸與沼澤為主。在亞北極圈時，風鳥繁殖的地區杳無人煙。在避冬區與過境的驛站，卻是人類交通最忙碌的所在。這些地區海岸線長期遭受的油污情形舉世皆知。不僅風鳥，其他海鳥及各種海岸生物都遭到致命的威脅。一艘油輪的漏油，往往導致附近海岸的生態系統全部瓦解，風鳥與魚蝦的屍體遍佈海岸，自然環境久久無法恢復原先的運轉。沼澤地更糟，建築物、排水工程與廢土填充，已使各地沼澤區正在快速縮減中。在台灣，布拉哥油輪曾使野柳三、四年間成為死海岸。十多年來，因了油污與溪流廢水的交集，西海岸的海岸生物也日益減少或遭到嚴重的污染，風鳥聚集的情況更大不如前。而最好的沼澤區關渡已被排水工程、廢土填倒佔去其二分之一，風鳥群集北返的景觀早成歷史。根據鳥類學者的研究，風鳥也無法像其他鳥種，可因地形環境的變遷，仍有局部能力改變自己的習性去適應。牠們時常被迫前往原先的地方，啄食已經遭受污染的食物，等候自己的逐漸死亡與族群的大量消減。

現在顯然是需要繫鈴者自己解鈴時，我們必須遏阻自己的盲目衝動，開始思慮自我面對自然環境的道德責任。兩種並進的自然保育法目前在開發國家中十分盛行。台灣當局顯然也在著手研究，但仍不夠徹底，展現的成果也令人氣餒。其中之一是宣導教育國民，告知自然生態的觀念與公有地的利益價值。另一種是執行單位劃為一統，來實行保育濕地的方案。這二個較落實的原則尚未具體實施前，遑論其他的宣傳保育溼地的方法。

天下第一驛，係根據風鳥的遷徙習性與台灣獨特的地理位置所聯想的有趣稱呼。當許多靠海國家開始積極進行海岸、沼澤的保育措施時，台灣若依舊是一片自然保育的廢墟，風鳥在整個地球的遷徙路線上，猶如在中間斷折了。長此以往，風鳥便是在這裡飛向天國之驛，不是飛往家鄉或避冬區的路上。我的故鄉就是這樣的難關。

一九八五年六月

選自 劉克襄，《新世紀散文家：劉克襄選輯》（台北：九歌出版社，2003年）。

因我是不潔的異己

李明璁

　　是我太過敏感嗎？應該不是。在這個「文明」的大英帝國，已不是第一次感覺被羞辱。儘管，我總是異常地謙卑有禮，有些人卻總能找到機會，給你一種帶著禮貌形式的歧視。一切只因為，我來自「那種」國家——那些有色人種且尚未「開發」的國家？！

　　「台灣」是屬於他們所認定的「那種」國家嗎？我無法確知。但至少可以肯定的是：護照上斗大的「Republic of China」（「Taiwan」在哪裡？）卻總是讓他們有意無意地理解成「中國」（再次感嘆「中華民國」護照到底何年何月才能正名回台灣）。問題是，就算我來自中國大陸，那又如何。一個擁有合法簽證、正當理由的友善訪客，為什麼還得在海關受到各種奇怪的「特別待遇」。

　　幾天前，我第九次入境英國，帶著部份完成的論文回劍橋，倫敦機場海關竟然要我先到一旁醫檢室「驗身」（body examination）。我問她為何得作此檢查（五年來從未遇過此事），海關回答我：「基於防疫理由的例行程序」。

　　拿著填寫「需額外體檢」的表格，我無奈地等著，旁邊兩位從泰國來的女學生，難掩不安卻又只能恭敬應對各種不懷善意的質問。雖然持有合法的入境簽證，她們還是被要求驗血驗尿。我感覺得到，她們正被海關以一種「潛在的賣春嫌疑者」對待。因此她們不只得被確定是「淨身」的，還得再交代一次未來的計畫（很奇怪，不就已經核發「學生」簽證了嗎）。如果說，只因為她們來自經常被污名化成「愛滋病大本營」的泰國，就得接受如此待遇；那麼，英國海關是否也該對每年數十萬計前往東南亞買春的本國白人觀光客，施以同樣的入境體檢（別忘了，早期絕大多數的愛滋病例，還是由白人「引進」泰國的啊）。

　　由此可見，這一套入關體檢的「例行程序」，絕不是基於什麼公共衛生的客觀需求，更不是什麼價值中立的專業判斷；而是這個帝國百年來所型塑之一整座「制度性國族歧視」冰山的一角。

　　我看著牆上貼著以各種東南亞、中東、非洲等文字書寫的告示,清晰地彰顯著一種對立性的意象:第三世界／他者／污穢 vs. 先進英國／自我／潔淨。然而,弔詭的是,這間醫檢室如此昏暗而老舊,其簡陋的程度與機場任一地方的明亮「先進」,實有天壤之別。是什麼樣一種區隔與歧視的心態,造就如此差異化的空間安排。的確,大概永遠都不會有白種人、日本人等被要求來到這個房間吧,所以當然不需要有這些國家的文字標示,也更用不著花心思整修設備。

　　在無聊的等待與重覆的答問之後,醫檢人員命令我去作胸腔X光照射。接著,她們命令我脫掉所有上衣、命令我別穿只給女士用的白袍、命令我裸露著通過冰冷的走廊、命令我胸膛緊貼著冰冷的X光機。命令!命令!是的,這一切都是沒有商量餘地的,命令。

　　請別怪我敏感,對我來說這一切都是羞辱,都是包裝在文明需求(檢疫、公共衛生?!)裡的,極度不文明的歧視待遇。

　　經過一番莫名所以的折騰,我終於能通過海關。他們交給我一張明信片,要我抵達劍橋確定住處後立刻回信告知。在距離這些官僚五公尺處的垃圾桶,我迅速丟了它。但很無奈,我卻怎麼也丟不掉這些強加於我身上的區隔烙印。

　　儘管,這已是我來英國的第五年;儘管,不久後,我就將在他們深以為傲的最高學府中取得最高學位。但在這傲慢的帝國裡,我和許許多多來自第三世界的朋友們一樣,始終都只是一個「異己」,一個持續被區隔、監控、貶抑的「他者」。

　　而這也讓我想起了那年在北醫教書,看到醫院在偏僻的停車場旁搭起一間簡陋的鐵皮屋,專門用來體檢由人力仲介公司帶來的外勞。他們在烈日下或寒風中排著隊,忐忑地等候未知如何的「驗身」。那種帶著無奈、不得不順服的眼神,我至今難忘。在這樣的場景中,我們這些自詡逐漸「邁向已開發」的台灣人,不也傲慢地學起帝國嘴臉,如此粗暴地區隔、監控、貶抑他們的身體。

　　革自己的心,有時比革敵人的命更為重要。當我們被白人歧視時,除了團結行動展開對抗,也當捫心自問,在我們心裡,是否也存在著「歐美人比我們

文明高尚，而東南亞或非洲人比我們落後低等」的視差。

　　體檢我／他，因為我／他是不潔的「異己」？那麼，誰來給這些充滿偏見者的內心，照張X光片呢？

選自《中國時報・論壇》，2003年3月6日。

開放自己的城市

胡晴舫

為了主辦WTO，香港政府準備了港幣兩億五千六百萬預算，另外還從民間募款港幣五千五百萬，結果幾天會議下來，整體營收卻不過一億港幣。

會議進行期間，擔心反對WTO的群眾示威抗議，香港政府派出九千警力進紮會議中心所在的灣仔，二十四小時管制交通人流，使得金融機構匯集地的中環幾成死城，連帶著商家地價比巴黎香榭大道更貴的銅鑼灣商業區都沒得生意可做，零售業績下滑百分之三十至五十，同時旅館住房率仍維持百分之八十五，跟去年同時期差不多，旅客人數並沒有因為會議而增加。然，由於會議，大量倚靠旅遊消費的香港，今年，卻被迫可憐地錯過了聖誕商機。

花了納稅人錢的香港政府卻說，錢，不是問題。重點是告知天下，香港乃是一處自由安全的國際金融中心。言下之意，這些鉅額赤字不過是城市的廣告費。問題是，香港為自由貿易港已是一百年的歷史，需要重申這個簡單的事實嗎？

在旅遊貿易興盛的全球化年代，城市宣傳成了一門嚴肅的生意。這筆賬算得艱辛而複雜。為了將自己的位置在地圖上標的出來，渴望做個所謂世界級城市，吸引世人前來旅遊、消費、投資、貿易，每個城市無所不用其極：要不積極爭取主辦國際活動，如奧運、世界經濟論壇等；要不舉辦大型文化活動，艾維農藝術節、威尼斯藝術雙年展、法蘭克福書展為例；要不發揚舊有傳統，好比西班牙奔牛節、巴西里約的嘉年華。巧立名目，渾身解數，散盡千金，就為了替自己城市打造個金碧輝煌的名聲，能在世界黑夜裡散發奪目的光燦。

這個方法看似有效，譬如，要不是因為電影獎，沒有人能指出法國小城南特究竟在地球表面的哪個東西南北。也難怪，名聲早已是錦上添花的巴黎與倫敦還要為了奧運主辦權，爭得面紅耳赤；而英國愛丁堡拿到全歐文學城的榮銜時，其他歐洲城市即變臉成了荷爾蒙失調的忌妒情婦，尖酸刻薄地諷刺無端受寵的愛丁堡到底出過幾個正經的文學大師。

但是，這種花大錢搞活動畢竟只能爭得一時名聲，並不能永久保證城市生命的持續力。希臘雅典辦完了奧運之後，奧林匹亞的子孫仍舊一臉憔悴回到文明夕陽的陰影下，還新落得一身債。上海大肆搞了藝術雙年展，卻有點不知所終。

在台灣，台北市最樂於經營城市文化，成立文化局，積極搞小型電影節、作家駐村、藝術特區等等，但始終突破不了廟會大拜拜的格局。因為官方對藝術文化有既定想像，所以他們對受眾也有既定想像，這就決定了他們的邀請對象、活動內容、預算分配及宣傳管道。由政府主導文化品味，向來都是災難。

一個城市真正的生命力終究必須來自它本身的開放多元。城市唯一的功能在於提供舞台，創造機會，給各路人馬發揮才幹，實踐自我。二十世紀初的巴黎為何至今令人嚮往，即因它包容了來自各國最不羈最落魄最狂野最聰明的人才，它不判斷、不篩選、不評論，它只是讓他們留下來，作他們想作的事情，於是巴黎有了美國爵士樂、達達運動、畢卡索油畫、艾略特的詩、香奈兒時裝和嬌蘭香水。巴黎給了他們機會，他們於是以他們瑰麗的作品回報了巴黎。

台北其實需要做到的不過是開放自己的城市。官員忘記自己對文化的定義，文化圈子放棄自己的保護主義，讓全世界的人都來台北生活創作。管他東京人孟買人莫斯科人上海人還紐約人。你要跟我談中國威脅論嗎？當你擁有文化自信心的那一天，你還需要怕嗎？

選自《中國時報・人間副刊》，2005年12月21日。

附錄四

學生習作

論SBL與台灣籃球

汪海瀚（工工系）

　　我想我就先從最近的閻家驊教練踢裁判這件事講起好了，事發當時，裕隆與台啤分數差三分，此時陳信安切入，上籃之前遭到何守正拉人犯規，此時裁判響哨，而陳信安繼續上籃，吳岱豪躍起企圖封蓋，陳信安閃過吳岱豪，拉竿做了個車輪左手擦板球進，此時底線裁判再響哨，判進算加罰，全場裕隆球迷驚呼，閻教練則是怒火難耐，對裁判嗆聲。陳信安加罰進，閻教練被吹技術犯規，陳志忠2罰1中，最終台啤以4分之差不敵裕隆，賽後閻教練還變本加厲地去踹裁判，最終遭籃協判

罰禁賽10場與罰款10萬。閻教練一度放話問籃協要怎麼罰他？憑甚麼罰他？（閻教練身為SBL委員會主席，他以為SBL委員會與籃協為平行單位）最終在8日，閻教練表示為了顧全大局，願意接受處罰。<u>這事件凸顯了甚麼？SBL裁判是需要再提升水準沒有錯，但是你閻教練身為球隊的教練，連你都在那邊向裁判嗆來嗆去還動手動腳，這真是教練該有的樣子嗎？球員會不會有樣學樣呢？事後還一度拒絕處罰，非要把事情搞大條了才甘願？再來就是陳建州，竟然質問裁判是不是收了裕隆隊的錢，你是把台啤隊行銷得很好沒錯，但你竟然說出這種話，豈不是有失身分？事後再寫道歉信有甚麼用？</u>

現在台灣籃壇充斥著暴力，開季前還傳出有球員吸毒，不管是場內還是場外都風波不斷，13日凌晨，在台北市市民大道旁的一家知名夜店，爆發流血衝突，SBL三名球員疑似因為爭風吃醋而教唆砍人，當日晚上的比賽在場內也差點爆發全武行。台銀與米迪亞之戰，終場前八分十二秒，程恩傑架了鄭人維一記大拐子，鄭人維倒地後隨即起身追打程恩傑，所幸及時被阻攔未擴大衝突。<u>這兩個事件又告訴了我們甚麼？SBL管理球員的制度有問題，怎麼讓球員溜去聲色場所還闖出這麼大的禍，疑似教唆砍人的三名球員：吳俊雄、周資華、王傳鑑等人當中周資華脾氣是出了名的火爆，曾經拿球怒砸裁判，要人相信他們甚麼都沒做實在很難，這也顯示出對球員的教育出現問題，而鄭人維追打程恩傑的事件，我想雙方都不對，但是程恩傑是罪魁禍首，出那種拐任誰都會覺得你是在挑釁，這也顯示出球員的球品教育與情緒管理出現了嚴重問題。（去年也發生過簡嘉宏追打張智峰的案例過）球員似乎只要不爽就不管三七二十一先打了再說，這種籃球，觀眾還想看嗎？</u>他們污辱了這項神聖的運動！台灣籃協應該盡快仿效國外建立起良好的球隊和球員管理制度，落實對年輕球員的教育，才能減少類似事件的發生。

接下來談談國內籃球員素質與球風。國內籃球員的身材普遍偏瘦，身體素質低落，我想這應該可以改善，只是台灣需要有良好的專業訓練員來協助球員做重量訓練，和身體各部位的肌耐力訓練等等。由於缺乏訓練員，球員訓練較容易受傷，可能也間接導致球員的身體素質較差，但有些也取決於球員的心態。<u>有些球員認為在國內不需要練得那麼壯就可以打得很好就不練，所以每當國際賽對上西方球隊，身材常常就被對方吃得死死的。我還聽過傳聞說某位達欣隊的知名球員說：「練壯會變醜耶～」這真的是球員該講的話嗎？</u>雖然東方人先天上有劣勢，但這不代表說可以不努力訓練自己的身體，更正確的來講，所以更應該要努力鍛鍊身體才對，用後

天的努力來彌補先天上的劣勢。

　至於國內近年來的球風，講到這我就不免要先嘆氣幾聲，唉～。國內近年來的球風顯然是以小球風為主，主要是打快攻和以製造外圍空檔做三分球的投射為主，鮮少以中距離或禁區得分。而SBL的球風也影響了HBL的球風以致於讓小球風根深蒂固地深植台灣。每次轉台轉到SBL，都感覺打得很精彩，球員們都跑來跑去的，但認真看看，其實打得很亂。一搶到籃板就想快攻，球剛傳出去，又被截走，來來回回地發生失誤。再來就是，球員現在對出手的時機普遍地掌握得很差，而且一味地投三分球，導致命中率常常很難看甚至是不能看，我想這是和球員平常練球的時數也有關，不勤於練球，命中率怎麼會好看。有幾位知名球員還常常上報紙娛樂版，兼職當起藝人了。這樣的球員，真的是中華隊的國手嗎？這樣能為國爭光嗎？說起這些國手，投三分球的習慣也是他們帶頭的，以下統計近五場林志傑三分球出手數據：

	三分球出手	總出手次數
01/05vs 達欣	2	3
01/12vs 裕隆	16	18
01/11vs 台銀	3	4
01/11vs 台銀	7	12
01/13vs 台灣大	17	18
	45	55

　由此統計知他近五場有超過八成的出手都是三分球！！（感謝PTT版友的統計），這凸顯出台灣籃壇的病態，虧他還是上季SBL的雙料冠軍，而且他所打的位置是前鋒並不是後衛，就算他有傷在身，這麼多的三分球出手是不合理的！俗話說的好：越靠近籃框越容易得分；小球帶來觀眾，防守帶來冠軍。就拿NBA的太陽隊來看，太陽隊是以跑轟戰術出了名的，看太陽隊的比賽真的很賞心悅目，但是近兩次在季後賽遭遇馬刺隊，都被馬刺隊解決了(撇開裁判問題與禁賽風波)。所以雖然馬刺隊的比賽很難看，但是紮實的防守的確讓他們九年內拿了四座冠軍金盃。再回來看看SBL，SBL選擇效仿小球風，但是常常看到的三分球都是奪框而出，有些甚至是連框邊都沒沾上的大麵包，只有這種準度也敢來投三分，為何不投較有把握的中距離或者是直接到禁區取分呢？每次防守者都貼的死死的還是硬要出手投三分，林志傑距離三分線兩大步的距離還是硬要出手他所謂的大號三分，田壘擁有在禁區輕易取分的優異條件而跑到三分線上去湊熱鬧，陳信安棄飛人的名號於不顧而在三

分線上逞威？記憶猶新的是在去年某場比賽咱們的台灣飛人得了三十三分，我看了看數據，甚麼！都是三分球，一個兩分球都沒有，我到底是該高興還是難過呢？台灣籃壇真的生病了。這也難怪每當到了國際賽只有被別人打爆的份，又或者是贏了人家的二軍、大學隊就沾沾自喜。內線不夠硬，而且每次外線都只能靠天吃飯，防守又不紮實，這樣打當然輸多贏少。去年杜哈亞運我們靠著所謂"中華隊史上最強陣容F4"打出了在亞運的史上最爛成績，問題的嚴重性可見一斑。中華隊在歷經了風風雨雨的換血期之後，換來的是大家的絕望，讓原本在亞洲雄霸一方的中華隊的地位一落千丈。原本阿龍阿三時期的中華隊，在戰術上，沒有現在多樣，靠的是球員紮實的基本動作，以及簡單的擋切與穩健的中距離。換血過後，中華隊面臨了經驗上以及整個戰術思維的斷層，從原本的陣地戰，變成了快速球風，變成了靠著天賦而戰。而最令球迷心痛的，是年輕球員的心態，那種只懂得自誇不懂得反省的心態，他們似乎不懂得一旦被選入中華隊，就背負著一個極為重大的使命。那已經不再是快樂籃球了，而是為了榮譽、為了傳統而戰。很可惜的是，我們現在的中華男籃，在心態上，可以說是近十年來最不知進取的中華隊了。

看來台灣籃球要能重回以前的地位，會有一段很長的路要走，籃協、球隊、教練、球員要一起共同努力，希望以後在國際賽能再大殺四方，我們身為球迷的也只能耐心地等待了。

Kitsch字義之位移——

我讀《親愛的安德烈》[1]

林益民(材料系)

一、前言

　　讀《親愛的安德烈》一書時,我對其中經常出現的一個德文詞彙感到好奇,那就是「Kitsch」。龍應台與安德烈無論是在討論穿衣、品味、藝術或音樂,這個詞彙總會出現,安德烈對「Kitsch」一字表現出極度不屑的態度,兩人也對「Kitsch」的字義進行爭辯。究竟「Kitsch」的起源為何?安德烈與龍應台對「Kitsch」的詮釋有何不同?在安德烈這新興世代的眼中何謂「Kitsch」?我將從查詢「Kitsch」的起源與字典中「Kitsch」的字義開始,接著討論龍應台與安德烈對「Kitsch」的看法,探討安德烈這一代人的眼中,上一代的哪些文化為「Kitsch」?以及當代的哪些流行或藝術為「Kitsch」?最後觀察「Kitsch」的字義從最初到現代是否產生了「位移」的現象。

二、「Kitsch」的起源與字典解釋

　　「Kitsch」一字起源於德國,為德文辭彙,在捷克作家米蘭昆德拉《生命中不能承受之輕》一書中出現後開始廣為人知,傳遍全世界。後來在英文中出現,成為英文新詞彙。中文的翻譯則有「媚俗」、「畸趣」等,其中以「媚俗」最為常見。

(一)起源——米蘭昆德拉

　　捷克裔法國籍作家米蘭昆德拉為「Kitsch」一詞下的定義是:

1　龍應台、安德烈合著,《親愛的安德烈:兩代共讀的36封家書》(台北市:天下雜誌,2007年)。

它描述不擇手段去討好大多數人的心態和做法。既然想要討好，當然得確認大家喜歡聽甚麼。然後再把自己放到這個既定的模式思潮之中。Kitsch就是把這種有既定模式的愚昧，用美麗的語言和感情把它喬裝打扮。甚至連自己都會為這種平庸的思想和感情灑淚。[2]

由米蘭昆德拉的解釋來看，「Kitsch」是一種虛偽的感情、假的感覺，為了迎合大眾的口味，使自己也擁有與大部分人相同的想法，投入主流思潮，並用華麗的包裝裝飾，可能是語言，可能是感情，甚至自己也被這種「裝出來」的感情感動，這就是米蘭昆德拉眼中的「Kitsch」。而「Kitsch」的現象之所以會出現，可能源自於十九世紀歐洲盛行的浪漫主義，發展至後期產生一種濫情的文化，而流於矯揉造作、無病呻吟，「Kitsch」即在此時出現。[3]

（二）劍橋字典的解釋

「Kitsch」在劍橋線上字典（Cambridge Dictionary Online）裡的解釋為：

> Art, decorative objects or design considered by many people to be ugly, lacking in style, or false but enjoyed by other people, often because they are funny. [4]

中文的翻譯即為：被很多人認為難看、不時髦，或失敗的藝術作品、裝飾品或設計，經常因為它們很有趣而被另外一群人所喜愛。

由此可知，劍橋字典對「Kitsch」的解釋是被認為缺乏質感或毫無品味的某些作品或裝飾品，但吸引了一些人。字面上它的解釋看似與米蘭昆德拉下的定義已毫無關聯，但我們仔細推敲後就可推測出其中的關係：早期「Kitsch」是主流文化，討好大眾與濫情的現象盛行。後來人們發現「Kitsch」的本質是十分空泛的，裡面並不是真的情感，只是一種虛假的感覺，漸漸的「Kitsch」成為次文化，那樣的東西已不被大部分人接受，只讓人覺得庸俗，但仍然被某一群人接受。

---

2 刀子，〈米蘭昆德拉是誰？〉，引自〔新華網·江南時報〕，2003.03.26，
  http://big5.xinhuanet.com/gate/big5/news.xinhuanet.com/book/2003-03/26/content_798854.htm
3 南方朔，〈葛林史班、媚俗、火星文〉，《中國時報》，2006.01.24。
4 劍橋線上字典kitsch的解釋 http://dictionary.cambridge.org/define.asp?key=43846&dict=CALD

此外我上網尋找其他資料以做為參考，雅虎字典對「Kitsch」的解釋為庸俗作品。[5]維基百科的解釋：

> Art that is considered an inferior, tasteless copy of an existing style. The term is also used more loosely in referring to any art that is pretentious to the point of being in bad taste, and also commercially produced items that are considered trite or crass. [6]

也將「Kitsch」解釋為品味很差的、矯飾的藝術作品或平庸粗糙的商業化產品，可以印證劍橋字典的解釋。由此可見「Kitsch」的字義似乎已產生了位移。

三、親子世代間的看法衝突

在《親愛的安德烈》中，龍應台與安德烈對「Kitsch」有過多次的討論與看法的衝突，不管是父親喜愛的天使木雕、「Sound of Music」音樂劇，甚至是龍應台的母愛，安德烈皆將它們視為「Kitsch」，龍應台也因此決定跟安德烈討論「Kitsch」的定義。究竟在他們兩代人的心中甚麼是「Kitsch」呢？我將從他們各自的解釋開始，並舉書中的例子來印證他們的想法。

（一）從龍應台的角度看「Kitsch」

在《親愛的安德烈》裡，當討論到穿衣、音樂和品味等等，安德烈便會批評龍應台的喜好為「Kitsch」，因此龍應台決定與安德烈來討論究竟在他心中何謂「Kitsch」，她先提出自己對「Kitsch」的看法。

龍應台對「Kitsch」的解釋可由她引用米蘭昆德拉在《生命中不能承受之輕》書中的一段話來探討：

5　YAHOO奇摩字典kitsch的解釋　http://tw.dictionary.yahoo.com/search?ei=UTF-8&p=kitsch
6　WIKIPEDIA的資料雖是浮動的，未經過審查等步驟，缺乏學術正當性。但我想要觀察kitsch字義的位移，因此在這裡我想利用WIKIPEDIA即時的特性，觀察kitsch最新的字義，作為參考。WIKIPEDIA對kitsch的解釋http://en.wikipedia.org/wiki/Kitsch

Kitsch讓兩顆眼淚快速出場。第一顆眼淚說：孩子在草地上跑，太感動了！第二顆眼淚說，孩子在草地上跑，被感動的感覺實在太棒了，跟全人類一起被感動，尤其棒！

使Kitsch成為Kitsch的，是那第二顆眼淚。[7]

乍看之下，這兩句話的意思似乎差不多，兩顆眼淚都感到很棒，但重點是他們為何感動。第一顆眼淚感動的原因是看到孩子在草地上跑，為甚麼這樣會感動呢？或許是天真無邪、自由嬉鬧的小孩讓人勾起了童年的回憶，嚮往回到那毫無心機的世界；或是像龍應台的情況，為人母親看到自己的孩子在草地上奔跑遊戲，看著他們健康快樂長大，心裡便湧起一股感動，[8]那是母愛偉大的表現，第一顆眼淚的感動是發自內心的、真誠的感動。

至於第二顆眼淚呢？同樣看到孩子在草地上跑，同樣被感動，但它喜歡的是那種被感動的感覺，為感動而感動的感覺，甚至希望全世界可以一起感動；它喜歡那種群體感，而非看到孩子在奔跑而感動，那種情感雖同樣是感動，但可以看得出來已非龍應台那種母愛表現的感動，只是強說愁的感情抒發。就像是法蘭克福學派的阿多諾說的，「Kitsch」是抓牢一種假的感覺，淡化掉真的感覺。[9]原先應讓人感動的本質已不在，只剩膚淺的外在情感。

由此可知，龍應台的看法應較接近米蘭昆德拉的定義，她引用米蘭昆德拉的解釋，說明「Kitsch」是一種假的感覺。然而在本書中，龍應台並沒有直接說出她認為哪些事物是「Kitsch」；我推測是因為「Kitsch」這個詞會被加入主觀意識，事物究竟是在討好大眾，還是流露真誠情感，並不是這麼容易界定，因此她保持中庸客觀，不隨便用武斷的詞彙來形容事物；安德烈則不一樣，屬於新興世代的青少年，他覺得是「Kitsch」的事物，便直接率性的表達出來。

（二）從安德烈的角度看「Kitsch」

與龍應台不一樣，安德烈是一個大學生，他不會使用文謅謅的詞條，更不會引用米蘭昆德拉或阿多諾等學者的言論，他只是將自己的想法講出來。安德烈承認

7　龍應台、安德烈合著，《親愛的安德烈：兩代共讀的36封家書》，頁243。
8　龍應台、安德烈合著，《親愛的安德烈：兩代共讀的36封家書》，頁244。
9　龍應台、安德烈合著，《親愛的安德烈：兩代共讀的36封家書》，頁243。

「Kitsch」並不是那麼好下定義，所以他並沒直接說出他的解釋，而是將自己心中的前十大「Kitsch」條列出來。我們先從安德烈的清單觀察他的看法為何，再推論他對「Kitsch」的解釋。

清單項目有很多，例如：

「The Sound of Music」音樂劇：我此生絕不再看此劇。[10]

「The Sound of Music」在香港翻譯為「仙樂飄飄處處聞」，台灣則翻譯為「真善美」，原是一部以奧地利為背景的電影，在三十年前風靡了全亞洲，「Do-Re-Mi」大家琅琅上口，[11]也是許多父母年輕的回憶。三十年後，龍應台帶著自己的小孩安德烈、飛力普去看「The Sound of Music」的音樂劇，原本心裡藏著一些期盼，希望他們可以藉此多了解上一代的文化，接觸父母年輕時的電影，讓兩代間多一些交集。但他們完全不領情，看完上半場後便決定提前離開，安德烈更毫不客氣地將這部爸媽的回憶列為「Kitsch」的第一名，絲毫不接受這樣的表演。

接著清單裡還有：

磁器小雕像：尤其是帶翅膀的天使。[12]

我想這指的是安德烈父親的嗜好：宗教藝術。安德烈的爸爸十分喜歡宗教藝術，曾經帶著安德烈去參觀宗教藝術的雕刻展，他的家裡客廳還掛著一個木雕天使，玄關掛著兩幅畫：一幅畫描繪天使與地獄，另一幅為瑪麗亞抱著聖嬰的油畫，皆是宗教藝術。父親的這些行為都讓安德烈覺得十分「Kitsch」，更直截了當地說爸爸就是與自己的品味不同，無法接受。[13]

從以上兩個例子可以看出，安德烈與父母之間對「Kitsch」的看法有很大的不同，他甚至直接表示這兩項皆是Kitsch，無聊至極，因此造成衝突。安德烈有這樣的態度出現，我推測是因為他對「Kitsch」的解釋與父母不同。依照龍應台的解釋，「Kitsch」是一種假的情感，膚淺的感覺，假如安德烈與龍應台的看法相

10　龍應台、安德烈合著，《親愛的安德烈：兩代共讀的36封家書》，頁248。
11　龍應台、安德烈合著，《親愛的安德烈：兩代共讀的36封家書》，頁240。
12　龍應台、安德烈合著，《親愛的安德烈：兩代共讀的36封家書》，頁248。
13　龍應台、安德烈合著，《親愛的安德烈：兩代共讀的36封家書》，頁200。

同,那麼他就不會說「The Sound of Music」和木雕天使是「Kitsch」,因為「The Sound of Music」是龍應台少女時期的回憶,她是真心為「The Sound of Music」電影所感動,尤其在三十年後可以再次重溫過去,心中的悸動可想而知,這種情感應不只是虛偽的感動,由此可知安德烈對「Kitsch」的解釋與龍應台並不同。還有一個例子可以證明這個觀點,在安德烈的清單中,最後一項為:

> 你對我和飛力普的愛:母愛絕對是Kitsch……唉[14]

父母對小孩的愛絕對不會是虛假的,每位父母都願意照顧自己的小孩,期待孩子快樂長大,但安德烈對龍應台的關心卻嗤之以鼻,說明安德烈對「Kitsch」有他自己的定義。他雖然沒有直接說出他對「Kitsch」的解釋,但可以初步判斷安德烈的想法應較接近劍橋字典的說明:失敗、不時髦的藝術作品。他覺得「The Sound of Music」和天使雕像皆是缺乏品味的藝術創作,只有少數人擁護,甚至母愛都是俗氣的。我們可以發現,世代間對「Kitsch」的看法有著滿大的衝突。

四、新興世代間的認知差異

在《親愛的安德烈》中,除了與龍應台看法衝突外,我們還讀到安德烈似乎和新興世代對「Kitsch」的認知也有些差異。我們將繼續從「Kitsch」清單以及流行音樂著手,探討同樣屬於新興世代,安德烈與其他人之間的認知差異,進一步討論他對「Kitsch」的解釋。

我們繼續來看「Kitsch」清單,第六名:

> 受不了的「搞笑」袖衫:「Smile if you are horny, Fill beer in here.」、「我很煩,群眾總是蠢的」……。如果還要我看見一個人穿著警察的袖衫而他其實不是一個警察,我就想逃跑。[15]

現在的時代比較開放,青少年開始穿著較有特色或新奇的服裝,如此可以凸顯一個人的個性與創意,吸引他人注意。但可以看的出來安德烈並不能忍受這種衣服

---

14 龍應台、安德烈合著,《親愛的安德烈:兩代共讀的36封家書》,頁249。
15 龍應台、安德烈合著,《親愛的安德烈:兩代共讀的36封家書》,頁249。

與想法，儘管很多人都這樣做。同樣的現象出現在第八名：

> 電視裡頭的肥皂劇，還有電視外面真實的人，可是他以為自己的人生是電
> 視裡頭的肥皂劇：包括譬如你一定沒聽過的「OC←」。這是全世界最流行
> 的青少年肥皂劇之一，演一群有錢到不知道自己流油的加州少男少女。[16]

　　即使是全球最受歡迎的青少年肥皂劇，安德烈依舊視為「Kitsch」，根據這個
現象可以進一步推論安德烈對「Kitsch」下的定義應是不時髦的、無品味的俗氣事
物，不限於藝術作品，因為他也將母愛與肥皂劇視為「Kitsch」。安德烈是一個頗
具品味的人，或應該換句話說，他是一個擁有自己風格與品味的人，有自己的想
法，因此他並不隨他人起舞，不隨波逐流，只跟著自己的風格與想法走，而其他大
眾喜歡的事物對他來說只是沒有質感、平庸俗氣的「Kitsch」。

　　除了穿衣的哲學，我們從他喜愛的音樂也可以看出這一點。安德烈十分喜歡音
樂，音樂幾乎已經成為他生活的一部份。但他所聽的歌曲也是精挑細選，他不聽那
些熱門、人人皆知的流行歌曲，而是去尋覓不為大眾熟悉的冷門曲子。如果找到共
鳴的音樂，便如獲至寶。[17]在他耳裡，那些人人能哼的熱門歌曲，聽太多次就變成
「Kitsch」。從安德烈與其他青少年的認知差異中，我們可以進一步推斷安德烈對
「Kitsch」的解釋即是缺乏品味的俗氣事物。

五、「Kitsch」字義之位移

　　從米蘭昆德拉為「Kitsch」下的定義可知最初的「Kitsch」指的是偽裝出來
的情感，只是為了討好大眾。但查詢了劍橋線上字典之後，現在「Kitsch」的解
釋已經變成失敗、不時髦但仍被另一群人所喜愛的藝術品或設計。可見現代的
解釋似乎與過去不同，接著分析龍應台與安德烈對「Kitsch」看法的衝突，龍應
台以引用《生命中不能承受之輕》中兩顆眼淚為例子，說明為感動而感動才是
「Kitsch」，所以龍應台的解釋比較偏向最初的字義；至於安德烈並沒有直接說出
他對「Kitsch」的解釋，他選擇列出前十大「Kitsch」清單，與他父母看法衝突的項
目有「The Sound of Music」、天使雕像和母愛，與相同世代認知差異的有搞笑衣

16　龍應台、安德烈合著，《親愛的安德烈：兩代共讀的36封家書》，頁249。
17　龍應台、安德烈合著，《親愛的安德烈：兩代共讀的36封家書》，頁120。

服、肥皂劇和流行音樂。分析過這個清單，我判斷安德烈對「Kitsch」的解釋應是缺乏品味的俗氣事物，接近劍橋字典的定義。比較龍應台與安德烈的解釋後，「Kitsch」的字義在世代間已產生位移的現象，印證我們最初的想法。然而，「Kitsch」字義的演變似乎尚未停止，安德烈的解釋與劍橋字典的並未完全相同，而與維基百科的定義有相似之處，說明了「Kitsch」的字義仍在持續流動中，並未完全定位下來。

六、結論

《親愛的安德烈》可以說是一本記錄母子間互相溝通過程的書，龍應台發現兒子安德烈進入十八歲後，便與自己漸行漸遠，她開始不了解自己的孩子在想甚麼，加上兩人距離遙遠，他們之間除了世代還有空間上的隔閡。於是龍應台決定邀請安德烈通信共同寫專欄，他們以e-mail聯繫，討論各項議題，藉此拉近兩代間的距離，讓彼此了解對方的文化與想法。期間當然發生不少看法衝突，但他們都承認在經過這樣的溝通後，他們對彼此都有更多的了解及諒解。

我們在閱讀這本書時，可以看到母子兩人從最初的摩擦、尷尬到後來的體諒、坦誠，他們討論的議題有很多也值得我們深思反省。其中他們對「Kitsch」的討論引起我的興趣，再經過分析探討後，可以看到「Kitsch」的字義已經產生了位移的現象，也因此造成龍應台與安德烈在書中的看法衝突。閱讀《親愛的安德烈》，不只能看到兩代親子間溝通的過程，也可以發現某些詞彙的字義其實已經在世代間位移。

參考資料

1. 刀子，〈米蘭昆德拉是誰？〉，引自〔新華網·江南時報〕，2003.03.26，http://big5.xinhuanet.com/gate/big5/news.xinhuanet.com/book/2003-03/26/content_798854.htm

2. 劍橋線上辭典 http://dictionary.cambridge.org/

3. World of Kitsch http://www.worldofkitsch.com/

4. 南方朔，〈葛林史班、媚俗、火星文〉，《中國時報》，2006.01.24

5. YAHOO奇摩字典 http://tw.dictionary.yahoo.com/

6. WIKIPEDIA http://www.wikipedia.org/

是母親、是教授、是人生導師？ ——《親愛的安德烈》文本分析

蘇芃聿（中文系）

「說教」是教授的「職業」，自然也是龍應台的「職業」。習慣了站在講台上，「說教」的口吻便容易帶入生活，出現在與安德烈的對話當中。沒有一個孩子希望父母親成為自己的教師，教師代表著監督、評價和距離——課桌與講桌之間，永遠存在的距離。安德烈想要拒絕龍應台的「說教」，卻無法否認父母親為孩子的人生導師的事實，雙方的關係便在抗爭與妥協之間不斷的游移。同時，面對高社會地位、高名望的母親，安德烈處於自傲與自卑的夾縫當中，這種矛盾也出現在安德烈的語氣、思想當中。

一、她在說教

書中三十六封一來一往的家書，是母子的溝通。而身為一個教授、一個母親，作為學生的榜樣、孩子的人生導師，龍應台在信中不時的「說教」，而這種無意識的「說教」，引發了安德烈強烈的反彈。

（一）「你」

很多時候，龍應台喜歡用「你」當作代名詞，代指的不是「與自己對話的人」，而是「任何人」。例如：

> ……漁村沒有垃圾處理廠，人們把垃圾堆到空曠的海灘去。風颳起來了，「噗」一下，一張骯髒的塑膠袋貼到你臉上。[1]

這裡的「你」，可以是龍應台，可以是安德烈，可以是任何人，但若是使用「你」來代替「所有人」，會給予接受訊息者一種身歷其境、彷彿「就是我」的感覺，有加強語氣、尋求認同、提高說服力等作用。這段文字其實是在描述龍應台的

---

1 龍應台、安德烈合著，《親愛的安德烈：兩代共讀的36封家書》（台北：天下文化，2008年），頁18。

童年環境，但不只是單純的、客觀的陳述，而是龍應台在說服安德烈，要求安德烈同意她的所言所述。同樣的句子，若是改寫成「風颳起來了，『噗』一下，一張骯髒的塑膠袋貼到臉上來。」那種強烈說服的感覺就消失了。

再看以下例子：

> 安德烈，一半的人在讚美我的同時，總有另外一半的人在批判我。我有充分機會學習如何「寵辱不驚」。至於人們的「期待」，那是一種你自己必須學會去「抵禦」的東西，因為那個東西是最容易把你綁死的圈套……[2]

這是龍應台回覆給安德烈的「人生詰問」，[3]雖然是在敘述自己的想法，其實表達的意思和「人們的『期待』，那是一種人們必須學會去『抵禦』的東西」其實並無不同，但使用「你」來當代名詞，性質就轉變為「說教」，要求接收訊息者「接受」敘述者的說法，一般不會使用在與上司、長輩或受尊敬的同儕的對話之中，這是上對下特有的語氣，是權威者的表現。

（二）激問

> 累積、沉澱、寧靜的觀照，哪一樣可以在忙碌中產生呢？[4]

這是龍應台給安德烈的回信，針對安德烈信中「香港沒文化」的說法提出意見。「激問」是為「激發本意而問」，問而不答，因為答案就在問題的反面，不言而喻，具有加強語氣、表現激情、激起波瀾的作用。[5]龍應台並沒有詢問安德烈的意見，她在「告訴」安德烈：累積、沉澱、寧靜的觀照，在忙碌的香港都不會產生。安德烈敘述了他的所見，而習慣於教授知識的龍應台，本能的提出解答，如同在講桌上回答學生的疑問。然而，安德烈並沒有提出「為甚麼香港沒文化」這樣的問句，在沒有提出疑問的情況下得到解答，感受相當近似於被說教。

龍應台除了提出解答之外，也對安德烈所感受到的香港提出質疑：

2　龍應台、安德烈合著，《親愛的安德烈：兩代共讀的36封家書》，頁281。
3　龍應台、安德烈合著，《親愛的安德烈：兩代共讀的36封家書》，頁275。
4　龍應台、安德烈合著，《親愛的安德烈：兩代共讀的36封家書》，頁177。
5　沈謙，《修辭學》（台北：國立空中大學，1994年）。

> 你要筋疲力盡的香港人到咖啡館裡逗留，閒散的聊天、激發思想、靈感和想像？[6]

龍應台反駁安德烈提出的「香港沒文化」的看法，而且是強烈的反駁——不只是在告訴安德烈「我不同意」，而是強烈的指責安德烈「你的看法是錯誤的」，那樣的斬釘截鐵，以權威者、上位者的姿態。

有時候，「激問」也含有先入為主的概念，如：

> 你沒發現，經過納粹歷史的德國人就比一向和平的瑞士人深沉一點嗎？[7]

這樣的話語，或許言者無心，但是卻有不容許否定答案的意味存在——彷彿注意到兩者之間的不同，是理所當然的事，而若是「沒發現」，就是一種過失。

（三）「判」我的語氣和態度

「評斷」是教授的專業，教授所接受的「高等教育」賦予他們把世界解剖、分析、最後下結論的能力，這樣的「解剖、分析、評斷」若使用在安德烈身上，無論出自有意識還是無意識，就轉變為安德烈強烈反彈的「判我」：

> ……你們熟悉每一種時尚品牌和汽車款式，你們很小就聽過莫札特的「魔笛」、看過莎士比亞的「李爾王」、去過紐約的百老匯、欣賞過台北的「水月」也瀏覽過大英博物館和梵蒂岡教堂。你們生活的城市裡，有自己的音樂廳、圖書館、美術館、畫廊、報紙、游泳池，自己的藝術節、音樂節、電影節……[8]

這是一整段對安德烈成長環境的描述，但是在安德烈眼中未必中肯，的確，年輕一代取得以上資源是較為容易的，但大多數的資源還是握在社會地位、水平較高的家庭中，而且這一段「判我」中還使用了「每一種」這樣誇張的、不精確的詞語。龍應台想要了解安德烈，因此會「分析」安德烈，分析之後緊接而來的就是「結論」，這種「結論」，會讓安德烈感受到被「評斷」。

6　龍應台、安德烈合著，《親愛的安德烈：兩代共讀的36封家書》，頁177。
7　龍應台、安德烈合著，《親愛的安德烈：兩代共讀的36封家書》，頁20。
8　龍應台、安德烈合著，《親愛的安德烈：兩代共讀的36封家書》，頁22。

除了分析、評斷之外,「判」我的語氣還會給人先入為主的感受:

> 演藝中心擠滿了人。你一定不會注意到我所注意到的:很多人和我一樣——
> 中年的父母們帶著他們的少年兒女來看這個劇。[9]

或許安德烈注意到了,或許沒有。不論如何,龍應台先入為主的認為「安德烈是不會注意到的」。這種判斷,很可能來自日常生活中,龍應台對安德烈的「觀察」,長期的觀察、分析之後,龍應台斷定,安德烈是不會注意到她所注意到的:中年父母們攜帶兒女去看「真善美」的事實。然而,這樣的判斷並不一定是正確的。就算平時安德烈不會去多加注意周遭環境,但是那畢竟不是絕對,在這裡使用「一定」這個詞,就是有失中肯的「判我」。

二、她是教授

龍應台教授的身分還會影響安德烈的心理,高社會地位、高薪、高名望的母親對子女而言是一種無形的壓力。

(一)自傲與自卑

在龍應台面前,安德烈永遠是年紀較輕、歷練較少、見識較淺薄,因此安德烈所有的見解、所有的煩惱在龍應台面前都顯得微不足道,這種相形見絀會產生下列想法的出現:

> 我這些「傾訴」,會不會讓你覺得,像是好萊塢的巨星們在抱怨錢太多、太有名所以生活很「慘」?[10]

龍應台遇過的煩惱,無論是數量或是深度,都遠遠超過安德烈,他的煩惱在龍應台的歷練面前都是班門弄斧。安德烈也預感到他的「傾訴」,得到的回應會是「說教」,因此他防備,在龍應台說他「無病呻吟」之前搶先告訴龍應台:他知道這是「無病呻吟」,迅速的防堵可能來臨的說教。因為自卑,所以預感到會被批

9　龍應台、安德烈合著,《親愛的安德烈:兩代共讀的36封家書》,頁241。
10　龍應台、安德烈合著,《親愛的安德烈:兩代共讀的36封家書》,頁92。

判；因為預感到即將來臨的批判，所以迅速的防守。這種防守背後充滿了安德烈的不安與自卑。

面對這樣的壓力來源，安德烈也渴望龍應台的認同，因此會出現以下對話：

> 「我幾乎可以確定我不太可能有爸爸的成就，更不可能有你的成就。我可能會變成一個很普通的人，有很普通的學歷，很普通的職業，不太有錢，也不太有名。一個最最平庸的人。」

> 你捻熄了菸，在那無星無月只有海浪聲的陽台上，突然安靜下來。

> 然後你說，「你會失望嗎？」[11]

對安德烈的評量水平比一般人還要高：一般家庭的子女出人頭地，是非常了不起的事，而對安德烈而言，出人頭地僅僅只是「不負眾望」；大多數的人擁有平庸的生活，但對安德烈而言，平庸就是「退步」，就是讓在他身上聚焦的視線失望。高學歷、高社會地位的父母造成安德烈提高自我要求，相對的，就更加容易自卑。

下面是安德烈寫給龍應台的「十項人生志願」：[12]

十、成為《ＧＱ》雜誌的特約作者（美女、美酒、流行時尚）

九、專業足球員（美女、足球、身懷鉅款）

八、國際級時裝男模（美女、美酒、美食）

七、電影演員（美女、美酒、尖叫粉絲）

六、流浪漢（缺美女、美酒、美食、粉絲，但是，全世界都在你眼前大大展開）

五、你的兒子（缺美女、美酒、美食、粉絲，而且，超級無聊）

四、蝙蝠俠（美女、壞人、神奇萬變腰帶）

三、007（美女、美酒、美食、超酷）

11 龍應台、安德烈合著，《親愛的安德烈：兩代共讀的36封家書》，頁229～230。
12 龍應台、安德烈合著，《親愛的安德烈：兩代共讀的36封家書》，頁218～219。

二、牛仔（斷背山那一種，缺美女，但是夠多美酒，還有，全世界都在你
　　眼前大大敞開）
一、太空牛仔（想像吧）

　　面對安德烈的一串志願，龍應台覺得他「胡謅一通」，[13]安德烈也的確是「胡
謅一通」，但是他的胡謅裡充滿了不安的訊息。為甚麼胡謅？志願是用來「達成」
的，告訴別人自己的志願，等於是告訴別人自己「想要達成某種目標」，但是失敗
的可能性是存在的。隱瞞志願是自我保護的最佳方法，因為甚麼都不想要，所以不
會失敗。面對一個已經達成目標、高社會地位的母親，安德烈無法提出高遠的目
標，因為那在龍應台面前顯得不自量力，也無法提出一個容易的目標，因為那會在
龍應台的成就面前顯的卑微渺小。

　　這十項志願當中有一項格外的有趣：「你的兒子」。這一個沒有美女、沒有美
酒、沒有美食、沒有粉絲，而且超級無聊的「職位」，列在安德烈的人生十項志願
當中。乍看之下，安德烈似乎在藉機諷刺龍應台，但是換個角度，這麼一個「爛工
作」，卻被安德烈擺在十大志願當中。這個志願，是安德烈覺得可以放在一個「既
是教授、又是作家，在華人圈裡擁有高度名望」的長輩面前，不會相形見絀，也
不會好高騖遠的志願，那是他已經做到，而且值得驕傲的成就——儘管是個沒有美
女、沒有美酒、沒有美食、沒有粉絲，而且超級無聊的成就。

（二）形象塑造

　　龍應台希望安德烈是用面對「母親」的態度，而非「教授」的態度面對自己，
因此，龍應台在安德烈面前，努力擦去教授的形象，以母親的姿態呈現在安德烈面
前：

　　怎麼被讀者記得？不在乎。

　　怎麼被國人記得？不在乎。

　　怎麼被你，和飛利浦，記得？

13　龍應台、安德烈合著，《親愛的安德烈：兩代共讀的36封家書》，頁224。

安德烈，想像一場冰雪中的登高跋涉，你和飛利浦到了一個小屋裡，屋裡
突然生起熊熊柴火，照亮了整個室內，溫暖了你們的胸膛……柴火本身，
又何嘗在乎你們怎麼記得它呢？[14]

龍應台不在乎如何被世人記得，她斬釘截鐵的告訴安德烈，她不在乎如何被
視她為「教授」、「作家」的人記得。但是對於「如何被安德烈記得」，她寫下了
一長串比喻，雖然同樣是引領至「不在乎」的結果，但是那是一種不求回報的不在
乎，那是一個母親不求回報的不在乎。龍應台在告訴安德烈，在他的面前，她是一
個母親，不是作家、不是教授、不是站在社會頂端遙不可及的形象，而單純的是一
個母親，和世界上所有的母親並無不同。

龍應台也在告訴安德烈，她不想要評斷他，而是想要了解他：

……我不會「判」你，安德烈，我在學習「問」你，「瞭」你。成年人鎖
在自己的慣性思維裡，又掌握訂定遊戲規則的權力，所以他太容易自以為
是了。「問」和「瞭」都需要全新的學習，你也要對MM有點兒耐性。鼓
勵鼓勵我吧。[15]

龍應台在努力塑造「開明父母」的形象，希望安德烈在她面前放開心胸，她壓
低姿態，跟安德烈敘述成年人的盲點，希望安德烈注意到，在這麼多「自以為是」
的成人之中，她──龍應台，正在試著去了解他。

除了了解之外，安德烈還要求龍應台的「尊重」。安德烈要求的「尊重」帶有
「獨立」的成分，希望龍應台對待他，如同世界上其他的成年人。這，也是龍應台
在努力學習的：

……MM請記住，你面前坐著一個成人，你就得對他像對待全天下的成人
一樣。你不會把你朋友或一個陌生人嘴裡的菸拔走，你就不能把安德烈嘴
裡的菸拔走……[16]

這裡，龍應台退到和安德烈平等的位置，提醒安德烈「我尊重你」、「我相信

14 龍應台、安德烈合著，《親愛的安德烈：兩代共讀的36封家書》，頁279。
15 龍應台、安德烈合著，《親愛的安德烈：兩代共讀的36封家書》，頁64。
16 龍應台、安德烈合著，《親愛的安德烈：兩代共讀的36封家書》，頁229。

你是獨立個體」、「我承認你我之間的平等」，渴望安德烈也能以對等的立場和她溝通，和她接近。整本書當中，龍應台一次又一次去修改教授、作家等等身分加之於她的刻板權威，不斷的替自己塑造新的形象——就是一個母親，正在學習放手。

三、他的反動

面對龍應台習慣性的「說教」，無意間的「判我」，努力的「形象塑造」，安德烈給予種種或激烈、或柔和的反動。

（一）口氣模仿

或許是受母親的影響，或許是故意要反抗，也可能是因為安德烈的英文信件都經過龍應台之手，以中文重新寫成，安德烈的信當中也出現許多「說教」口氣，是平時對長輩說話不會出現的用語，而且出現的頻率不會低於龍應台：

……你難免覺得，這個社會不知為甚麼對過去充滿懷念，對未來又充滿幻滅……

……你想想，有甚麼大事能讓我們去衝撞，甚麼重要的議題讓我們去反叛呢？[17]

……當我們的心思都在如何保障自己的未來安全的時候，我們哪裡有時間去想一些比較根本的問題。[18]

……你買衣服是隨興所至的，走在路上你看見哪一件喜歡就買下來，買回家以後很可能永遠不穿它……你穿衣服，哈！有時候我覺得，你就是披上一個裝馬鈴薯的麻布袋或者蓋上一條地毯，那美學效果也差不多！[19]

……你為甚麼不試著進入我的現代、我的網路、我的世界呢……難道你已

17　龍應台、安德烈合著，《親愛的安德烈：兩代共讀的36封家書》，頁55～56。
18　龍應台、安德烈合著，《親愛的安德烈：兩代共讀的36封家書》，頁156。
19　龍應台、安德烈合著，《親愛的安德烈：兩代共讀的36封家書》，頁202。

經老到不能再接受新的東西？還是說，<u>你已經定型，而更糟的是，你自己</u><u>都不知道你已經定型的不能動彈？</u>[20]

安德烈強烈反彈龍應台的「說教」、龍應台的「判我」，但是這些東西也處處出現在安德烈的文章之中；用「你」來頤指氣使，用「激問」去理直氣壯，用「說教」的語氣告訴龍應台他的世代，用自己的角度去「判」龍應台，最後斷定龍應台「不了解」他，也「不願意去了解」他。在安德烈強烈反彈的同時，卻也犯下非客觀評斷的失誤。

（二）他不想說的

龍應台努力要和安德烈有所連結，而這樣的努力，還有努力之後的成果，安德烈也能感受得到，並且在序言中寫下：

> 寫了三年之後，你的目的還是和開始時完全一樣——為了了解你的成人兒子，但是我，隨著時間，卻變了。我是逐漸、逐漸才明白你為甚麼要和我寫這些信的，而且，寫了一段時間之後，我發現自己還滿樂在其中的，雖然我絕對不動聲色。[21]

或許因為自尊心，或許因為男性必須獨立的刻板印象，或許因為和父母深度溝通是很「不酷」的一件事，亦或者三者摻雜，總之，如同安德烈說的，三十六封家書中，沒有一封談起他對這親子溝通管道的感受。然而，他卻在序言裡把這樣的感受寫出來。

想必安德烈是了解，感情放在心裡不形於色，是沒有意義的。但是，他也不想「很沒男子氣概」的把親子情誼放在嘴邊，所以他找了一個他覺得不起眼的小角落，把它寫出來，而那個角落，就是序言。

序言是最容易被讀者忽略的地方，經常被草草翻過，甚至直接跳過。但是安德烈確定，龍應台一定不會放過這本書裡的任何一個字，就在那種地方，安德烈簡短的告訴龍應台，這些一來一往的家書對他的意義非比尋常。

20　龍應台、安德烈合著，《親愛的安德烈：兩代共讀的36封家書》，頁204。
21　龍應台、安德烈合著，《親愛的安德烈：兩代共讀的36封家書》，頁8。

　　此外，最後一封替全書收尾的家書中，安德烈也對龍應台努力的放手做出鼓勵：

　　別失落啦。晚上一起出去晚餐如何？下面是美國有名的音樂製作人描寫他
　　跟鮑布・迪倫和迪倫的媽一起晚餐的鏡頭：

　　跟迪倫和他媽坐在一起，我嚇一跳：詩人變成一個小乖。

　　「你不再吃，小鮑比，」他媽說。

　　「拜託，媽，你讓我很尷尬。」

　　「我看你午飯就沒吃，你瘦得皮包骨了。」

　　「我在吃啊，媽，我在吃。」

　　「你還沒謝謝製作人請我們吃晚餐。」

　　「謝謝。」

　　「嘴裡有東西怎麼講話，他根本聽不懂你在說甚麼。」

　　「他聽懂啦，」迪倫有點帶刺地回答。

　　「別不乖，小鮑比。」

　　MM，你覺得好過點了吧？[22]

　　即使安德烈提出許多對龍應台的不滿，但是他也知道和大多數的母親比起來，
龍應台相對的開放：對於安德烈的生活、安德烈的世代，龍應台都努力去了解，而
且克制自己去干預，這是極少數父母親能辦到的。然而對於一個大男孩而言，說出
對母親的感恩或欣賞的話，是難為情的，因此，他轉了個彎，點出一個難以放手的
母親的例子，用反襯的方式，烘托出對龍應台的讚美。

22　龍應台、安德烈合著，《親愛的安德烈：兩代共讀的36封家書》，頁314。

四、結論

龍應台用「說教」的語氣去「教導」安德烈,安德烈也用「說教」的語氣去反抗龍應台,雙方隔著世代、文化和性別的溝渠在打攻防戰,一開始火藥味十足,衝突無所不在,如同安德烈所說的:

> ……這些信,雖說是為了要處理你的焦慮的,一旦開始,也就好像「猛虎出閘」,我們之間的異議和情緒,也都被釋放出來,浮上了表面。[23]

但是隨著一來一往的攻防,龍應台和安德烈都漸漸開始了解對方——不只從自我的角度,用做學問般的眼光去分析,還要從對方的角度去了解彼此。「說教」會使人想要反駁,反駁會需要站得住腳的論點,而論點就要從彼此的身上去挖掘。那些異議產生的說教、情緒產生的批判都是溝通的開端,引發雙方去思考、去揣摩彼此的心態以及思想。雖說「說教」的口氣令人不甚愉快,但是卻是最真實、最直接的心態呈現。

身為學者的兒子,安德烈要面對的不只是龍應台的「說教」,還有龍應台高社會地位所帶來的壓力。面對前方難以達到的目標,安德烈的所有成就都會相形見絀,一旦安德烈的能力無法符合社會給安德烈、或者安德烈給自己的期待,自卑就會隨之產生。安德烈缺乏自信的口吻出現在文字之中,透露出他倍受壓力的心理狀態,還有他的自卑。

這種「上一代的陰影」,是所有名人的子女都面臨的困境。面對龍應台的高度名望,安德烈選擇叛逆;面對司馬談的高度成就,司馬遷選擇繼承並且超越;面對社稷對家族的期望,無法達成自我期許的屈原投入汨羅江水。社會往往將刻板印象和期許套用在名人的子女身上,因此,嘗試走出上一代的陰影,便成為名人子女必經的過程,但如何跨出陰影,是出自於個人的選擇——安德烈,選擇透過一來一往的家書,認識教授身分背後的龍應台,也讓龍應台認識安德烈,甚至讓社會知道安德烈——不只是龍應台之子的身分,還有他的思想、他的世代、他的「性、藥、搖滾樂」。[24]

23　龍應台、安德烈合著,《親愛的安德烈:兩代共讀的36封家書》,頁7~8。
24　龍應台、安德烈合著,《親愛的安德烈:兩代共讀的36封家書》,頁40。

《甲骨文》裡看美、中矛盾

楊岱峰（工學院）

一、前言

閱讀完《甲骨文》全書之後，對書中經常出現的美中關係問題感到矛盾，中國人在許許多多的事情上非常的仰賴美國，但是全國人民的共同意識以及國家對外的許多態度，都很明顯的不歡迎及不友善，到底是甚麼原因會造成一個如此反美的情緒？在這篇文本分析報告中我想要透過本書作者的觀點來尋求解釋。我想要了解這種矛盾情緒的起因。本文從全書一開始所寫的一些現實生活中發生的美中外交問題出發，記錄分析中國人民和官方的態度及想法，接著回溯過去中國對美國的反應，思考分析幾個可能的原因後，再針對問題作出結論和反思。

二、中國對美國的負面立場和看法

在書裡，作者記載了許許多多跟美、中有關係的事件。除了描寫中國政府針對這些事件所發佈的一些對外聲明之外，同時也記錄了報章雜誌上的標題和些許內容，最重要的連人民的反應也鉅細靡遺地描繪出來。透過貝爾格勒事件、美中戰機相撞墜毀以及美國遭911恐怖攻擊事件後這三件事情，其實不難發現到，政府的反應和人民的情緒存在一種蠻微妙的關係。

（一）政府表面上對美國的態度和看法

在貝爾格勒事件發生後，[1]當時的副總理胡錦濤簡短地發表談話，書中並沒有記載到底中國對這件事情有怎樣的看法，但是在美中戰機相撞後，[2]敘述就相當地豐富且有趣，美國總統布希說到：「中國政府不能及時答覆我們的請求，不符一般外

1　1995年5月，一架美國轟炸機在貝爾格勒的中國領事館上投下多枚炸彈。造成三名記者死亡。
2　2001月4月，兩部軍機在南中國海的國際領空相撞，一架為美國籍，另一架則是中國籍。

交慣例，也和兩個國家表達出想要有更好關係的渴望不一致。」[3]總理江澤民隔了兩天後發表的聲明是：「美國應該做些有利於中美關係發展的事，而不是發表顛倒是非、不利於中美關係的言論。」[4]外交部長也表示：「美方必須向中國致歉，防止類似事情再度發生。」[5]中國政府一再地要求美方的道歉，而在兩邊發表共同聲明後，美國大使館在翻譯上寫了「非常抱歉」和「非常惋惜」兩句，而在中國外交部的版本中，「非常抱歉」變成了「深表歉意」，[6]美方當然針對這件事表達了不滿，但是中國官方照樣發佈，媒體記者自然也照樣刊登。

911事件過後，美國遭受前所未有的恐慌和折磨，但是相當奇怪地，有別於兩國戰機相撞後長達一星期的沉默，中國政府馬上就有了回應：

> 攻擊事件之後。中國政府的反應比平常更快。幾個小時內，總理江澤民即致電布希表示慰問，到了九月十二日，美國北京大使館附近的中國軍警增多了。同一天，外交部一位發言人表示：「中國政府反對任何形式的恐怖活動。」很清楚地表達支持美國，也微妙地暗示了中國自己對新疆的態度。這一回，中國和美國政府似乎找到共通處，事情開始的那幾天，國營媒體從未提美國是自作自受。[7]

從以上的三個事件，在作者的筆中，中國對美國的態度主要還是敵意大於友善。不管是兩個直接衝突的貝爾格勒事件或是戰機衝撞，還是美國遭受恐怖攻擊，當整個國家正陷於一個極度恐慌的時候，中國政府會極度堅持自己的立場和優勢，只要跟自己國家有關係的事情，都是以「錯在他人」為出發點，不斷地要求對方道歉。相對地，跟自己國家沒有甚麼關係的事情時，中國政府會表達表面上的關心，但在關心的背後，會暗示自己國家內部的事情，比方說警告新疆或是邊陲的西藏地區，一切，都是以自我為出發點。

當然，在現實生活中也是如此，中國對外界發表的所有聲明，從奧運的申辦、西藏事件的爆發、甚至到最近發生的四川大地震，中國政府一定要在確定自我的利益不會遭受損害後，才會對外界溝通接觸。美國和中國並列為現在世界上最強大的

3　彼得・海斯勒著，盧秋瑩譯，《甲骨文──流離時空中的新生中國》（台北市：久周文化，2007年），頁320。
4　彼得・海斯勒著，《甲骨文》，頁320。
5　彼得・海斯勒著，《甲骨文》，頁321。
6　彼得・海斯勒著，《甲骨文》，頁321。
7　彼得・海斯勒著，《甲骨文》，頁323。

兩個國家，利益上的衝突無可避免，而中國對外的反應其實非常簡單，對自己有利的事情，連黑的都可說成白的。

（二）政府對人民的引導

政府和人民的溝通主要是靠媒體，尤其像中國這樣一個共產專制體制，人民要了解政府和其他國家的關係，除了閱讀報章雜誌外別無他法。因此如果媒體所發放的消息被政府刻意掌控的話，人民的情緒和想法自然而然地會被引導到政府所希望的方向。在書中，由於作者身為特派記者，自然記載了中國媒體對這三個事件的不同描述與標題。在貝爾格勒事件中，有著以下聳動的標題：

人民為轟炸罪行所苦

霸權注定失敗

問卷調查顯示：使館轟炸是故意的 [8]

標題非常簡單，也非常的扣人心弦，短短的幾行字便引起人民激盪的情緒，使他們極度排外，從書中後面的一些描述我們可以清楚地知道，這部份將於下一段分析，此處暫不討論。

在兩邊的戰機發生擦撞後，《北京青年報》的頭版標題是：〈霸道的證據〉，[9]而另一邊的《紐約時報》則是刊載：〈北京就撞機事件和美國展開舌戰〉[10]不同的國家媒體，對於一件事情有著兩種不同的看法和陳述，作者在書裡是這麼寫的：

兩邊的媒體繼續以完全不同的說法描述撞機事件……整個事件期間，由於雙方政府說的內容不多，兩邊媒體只好用數字來填充他們的故事。雙方各有所長：美國作民意調查，中國蒐集數據……第二天，《北京早報》頭版頭條寫著：美國終於道歉。[11]

8　彼得・海斯勒著，《甲骨文》，頁20。
9　彼得・海斯勒著，《甲骨文》，頁321。
10　彼得・海斯勒著，《甲骨文》，頁321。
11　彼得・海斯勒著，《甲骨文》，頁321～323。

　　為了自己國家的面子也好，尊嚴也好，對於一件兩國衝突的事件，雙方各執一詞，甚至中國的媒體為了引導民眾對這件事的看法，結果是以編造的方式來記載。作為人民了解國家大事的管道，連媒體都堅持是「對方的錯誤」時，人民自然會隨著這樣的方向來思考，是甚麼樣的力量在媒體背後運作？能有如此權力的到底是誰？答案當然是表面上表現相當和善的政府。

　　911事件發生後，中國政府當然要對受害者表達深深的關切及慰問，相對於前幾次的衝突，這次中國政府並未公開表達任何一絲幸災樂禍的情緒。但作者卻在一家影視店的VCD中，找到媒體對人民所傳達的訊息：

　　　　我在樂青找到的VCD中，有一片大多是從鳳凰衛視的新聞畫面剪接而成的。政府媒體也許避免批評美國，可是鳳凰衛視的語氣則完全不同。事件後的幾個小時，該台播出一位只被介紹為政治評論家、叫曹景行的人的評論。他說：「為甚麼別的國家不像美國那樣被怨恨？讓我們想想看。」他對劫機的評論是：「為甚麼人質那麼容易被劫？在幾秒鐘之內，偉大的美國就不見了。」[12]

　　中國對新聞自由的定義和台灣的不一樣，就常理來講，對岸的政治評論家並不像台灣一樣可以肆無忌憚的發表自己的意見。如果與共產黨本身的意見有很大的衝突的話，這段新聞不會被播出，這位評論家也應該不能再享有他的言論自由。但是上述的懷疑沒有發生，作者在文中的語氣也透露出他對這件事情相當大的懷疑，這位「只被介紹為政治評論家」的曹景行先生，其實或許就是中國政府方面示意的發言人，他的發言相當有技巧，很容易地引起人民幸災樂禍的情緒，他在人民的心裡深植一個觀念：美國遭受攻擊，完全是自作自受。

　　或許文中作者的學生——威利的看法最能代表媒體對人民的影響：

　　　　我記得威利說過，中國政府無法表達他真正的感覺，那是政治，而這是生意：媒體給人們他們所要的東西。新聞集團用同樣的畫面在美國和中國賣愛國主義，兩個地方的人民都買下來了。[13]

12　彼得・海斯勒著，《甲骨文》，頁347。
13　彼得・海斯勒著，《甲骨文》，頁347。

他的結論很簡單，媒體控制人民，就像是商人壟斷市場一樣。媒體的一舉一動，都影響著人民對外界的想法和思考方式，而這個影響，是巨大的，大到會挑起兩個不同民族之間的衝突，造成矛盾不斷的產生。

（三）人民對美方的厭惡和不滿

在政府和媒體的共同運作下，人們的反應其實正如他們預期且希望，對美國的看法是非常負面的。與一般民眾相處時，作者發現到處都充滿這樣的情緒，例如在貝爾格勒事件發生後，作者在南京的街上見到了學生遊行，在書中他描述了他與學生們的互動：

> ……我溜進人潮裡，希望觀察一陣子之後能找個人訪問。有些年輕人注視了我一下，但很快又跟著喊起了口號……「打倒NATO！」……我問左邊一名看起來頗友善；金邊眼鏡下流著汗的學生。我們要去哪裡。他探著頭向前看看後，轉向我：「你是哪裡人？」……「你的政府必須停止在南斯拉夫的戰爭，為甚麼美國非得當世界的警察不可？」那學生說。我為之結舌，抱歉地聳聳肩；我沒想到會在南京談到南斯拉夫的問題。[14]

作者起初無法想像為甚麼大家會對他如此冷淡，也無法想像未來他的日子可能隨著中美關係的好壞會有相對應的起伏。在中美戰機相撞之後，作者替《波士頓環球報》寫了幾篇文章，這次作者與民眾的相處多了些技巧，也順利採訪到人們對美國真正的看法：

> 我一個人去了雅寶路的舊餃子館，跟人們聊天。我的文章有一部分是這麼寫的：「我們應該攻擊美國，」聽到那份聲明後不久，二十四歲的餃子館老闆高明說。但在被問到他為甚麼會那樣說時，高明變得不明確。不到一分鐘，他變得更模稜兩可：「這是政府之間的問題，」他聳聳肩：「美國人沒問題，就跟中國人一樣。但美國政府很傲慢——他們為甚麼這樣久才道歉？」[15]

作者在接下來的敘述中很明確地表達了他對中國人民的想法：

---

14 彼得・海斯勒著，《甲骨文》，頁14。
15 彼得・海斯勒著，《甲骨文》，頁324。

一如高明，很多中國百姓從常是充滿矛盾的政府經營的媒體、網站和口耳相傳的訊息裡，去找尋蛛絲馬跡，他們常常對整個事件所持有的問題和答案一樣多。他們最初的意見可能是氣憤、又明確──尤其是面對外國大媒體的記者時，但經過比較長的討論後，他們所顯露的是挫折與無力感。飛機爭執事件結束、重讀這兩篇報導後，我決定不再幫報紙寫新聞性的報導。[16]

正如作者所說，人民對美國的態度是氣憤的，甚至在冷靜地討論之後，顯露出的依然是負面的情緒，諸如挫折或無力感等等。這些情緒是怎麼來的？從大眾媒體那邊接收到的。作者或許就是在釐清這兩件事實之後，身為媒體人的他了解到，一篇媒體傳達的訊息，對人民的情緒及思想會有多深刻的影響，因此，他選擇不寫這方面的文章，越寫，問題越多越大。

三、中國對美國的依賴和親近

中國對美國的態度並非從以前就如此的負面，兩邊長達幾十年的交流中，有許多方面中國其實是相當地依賴及親近美國的，不管是過去在經濟上的，或是現代兩大強權種種利益的合作等等，中國人民其實應該不會對美國像上述討論般的負面情緒。在下面的段落中，將分別以時間先後順序，記錄分析中國人民對美國正面的一面。

（一）過去中國對美國的態度和看法

時間回溯到清朝末年，二十世紀初期，當時西方是快速進步的時代，而中國在義和團事件之後，也被迫推行現代化，當時派遣許許多多的清使團到美國學習，就作者的說法，「那段行程頗為成功」[17]。而到了民國建立，二次大戰，中國跟美國始終保持友好，在許多重要會議中美國甚至主動邀請中國參加，在戰時並肩作戰，兩者的關係是相當緊密且友好的。

戰後，中國人民一直都很喜歡一個電台節目── 美國之音，作者在書中提到：

但是在海外，「美國之音」一周大約有九千萬名聽眾。在中國，「美國之

16　彼得・海斯勒著，《甲骨文》，頁324~325。
17　彼得・海斯勒著，《甲骨文》，頁150。

音」一向很受歡迎——一九八九年的天安門民主示威之前,該電台據稱約有六千萬名每周固定收聽的聽眾。十年之後,大都市中多數的中國人已有網路和有線電視,但像是玉環這類小地方,「美國之音」依然是重要的訊息來源。它以普通話、廣東話和藏語廣播。[18]

一個美國政府在戰時創立的電台,縱使在美國境內不准播出,對於許許多多的中國人來說,每天收聽似乎已成了一種習慣。他們並不會因為它是「美國之音」,與美國有關係就拒絕收聽。許多學生透過它學習美語,同樣也不會因為這是美國的語言而反彈。在過去的日子裡,中國人民對美國,是完全沒有敵意,甚至是相當樂意去親近及認識它的。這跟近代中國人民的怨恨及幸災樂禍,是完全不一樣,甚至是矛盾的。

(二)申請奧運的一切準備

2001年,中國申請舉辦奧運會的資格。那個時候的中國,對於整個西方文化是相當有禮貌且客氣的,舉例來說,作者提到當奧委會調查團造訪中國時,道路兩旁的旗幟寫著「New Beijing, Great Olympics」(新北京,偉大的奧運會),中文翻譯成「新北京,新奧運」,作者描述了這翻譯上的差異,他寫道:

> 當我跟另外一位中國體育官員談到這點時,他的解釋比較坦白,不過他要求不要寫出他的姓名。「如果他們把它英譯成『新奧運』,似乎表示著中國想改變奧運會」他說:「國際奧委會不喜歡的。他們會認為,這個共產主義國家想要接管奧運會。」[19]

與美中戰機相撞及貝爾格勒事件時不同,中國政府這時很明顯地客氣許多、理性許多,完全沒有想要接管一切。

至於在人民的方面,作者在訪問完奧運會會場後,到計程車楊司機的家裡吃了頓晚餐,作者簡單地描述了這一段溫馨的晚餐之旅:

> 楊司機給我看他孩子們的照片,他很驕傲地提到她女兒英語講得很好。我

---

18 彼得‧海斯勒著,《甲骨文》,頁54。
19 彼得‧海斯勒著,《甲骨文》,頁279。

> 問他有關計程車司機的英語課程,他給我看申奧教材。我迅速地翻閱著,他
> 打開收音機。傳來一個講英語的聲音:你好。[20]

　　如果每個中國人民對美國都抱持著相當大的敵意,那楊司機便不會很驕傲地對
作者提到她女兒英語講得很好;如果全國上下都如此反對美國文化進入中國的話,
那政府也就不用給每一個計程車司機申奧教材了。雖然政府方面可能是為了要給奧
委會一個相當良好的印象,做足了表面功夫,但這樣子的想法通常不會出現在一般
民眾的腦裡。對他們來說,申奧的成功與否,對他們的生活其實不會有太大的影
響,或許在面子尊嚴等方面可能有小小的損傷,但對於基本生活卻是毫無大礙的。
他們對於美國文化的讚賞和認同,完全不是一個痛恨美國至極的民族所表現出來的
樣子,中國人民對美國,並不是完全地具有敵意,那麼,如此矛盾的情結,又是怎
麼發展出來的呢?

四、矛盾情緒的起因

　　由前文可以發現,不論是中國政府還是那十幾億的人民,對美國可以說是又愛
又恨,一方面在各種的衝突中,人民很明顯地表達出對美國的不滿及厭惡;但另一
方面來講,在他們最深層的潛意識裡,對美國卻既親近又依賴。這麼矛盾的一個情
緒,如此奇特的一個現象,背後的原因其來有自,從書中作者的看法,大概可以歸
結為以下幾種:

(一)歷史背景影響下的傳統觀念

　　「中國歷史五千年」這是每個中國人都知道且引以為豪的事,但在許多的西
方學者,甚至是部份的中國知識分子看來,這源遠流長的歷史反而是一個沉重的包
袱,在書中的篇章裡,作者提到:

> 但是在中國,知識份子回頭看,除了更多的中國歷史外,甚麼也看不到。帝
> 王和朝代,帝王和朝代——無盡的時間循環。就在世紀變更之際,文化突然
> 讓人覺得窒息,激進份子提議廢除幾乎所有跟傳統有關的東西。一九零零年

20　彼得・海斯勒著,《甲骨文》,頁295。

代初期，一群飽讀古書的知識份子自稱為「疑古派」。對這些懷疑主義者，
夏商的歷史缺乏證據。他們把歷史看為一個網——一張用保守的傳統所編
成，困住中國走向現代化的網。[21]

作者認為保守的傳統思想，讓中國只能看到近期災難的短視，西方人相當了解
整個大時代的潮流脈絡，而中國卻只能在一次又一次的痛苦中記取教訓，直到面對
幾乎要亡國的困境時才會有大幅度的變革。保守的個性造成停滯不前，停滯導致封
閉的天朝思想，中國自認為是天下第一大國，但在外在環境的影響下，其他國家的
文化不斷地湧入，卻跟原本的認知有所差異，矛盾和衝突於焉產生。歷史證明了這
一切，不論是革新派或是保皇派的競爭，還是義和團對外國人的激烈反彈，新的文
化不斷的與舊有的觀念衝突，自然重視傳統的中國人會選擇抗拒，反美排外的情緒
就這麼產生了。

（二）面子問題

接著就是中國人時常掛在嘴邊的兩個字——「面子」，中國人似乎作任何事都
要顧慮到自己與家人的顏面和尊嚴，一旦有人做事完全不管其他人的想法是怎樣，
就會被稱為「無恥」或是一些諸如此類的批評和謾罵，在作者與中國人相處的過程
裡，書中描述了一些相當精彩的段落，透過這些地方其實我們可以很深刻的體會，
到底「面子」兩個字對中國人來講是多麼的重要：

首先是在貝爾格勒事件發生以後，作者到雅寶路的一家餃子館用餐時，中國人
向他提出質疑：

> 我找了張空桌坐下來，點了水餃和啤酒。女服務生拿酒和碟子來時對我笑了
> 笑。沒多久，就有一個漢人開口問我：「你是哪裡來的？」……那人問我為
> 甚麼美國非得把自己當作是世界警察一樣……「如果美國真的那麼進步，怎
> 麼可能說轟炸是個意外的錯誤？」他說：「說他們用的是舊地圖——真是荒
> 謬。」……我注視著我的盤子不語，希望他很快就會覺得無趣而閉嘴。那人

---

21 彼得・海斯勒著，《甲骨文》，頁153。

> 正要再說些甚麼時，我認識的那個維吾爾人開口了。他說：「有這麼進步的
> 科學，美國人怎麼會就只炸死三個中國人？」……漢人問維吾爾族人，他
> 的話是甚麼意思……他說：「他們想要的話，應該不只炸死三個中國人才
> 對。」「廢話！講甚麼廢話！」一個漢人生氣地大聲說著……[22]

以上的描述不難發現，原本的漢人抓住了一個點，正打算對作者表達強烈的
憤怒和不滿時，馬上就被一個維吾爾人找到了矛盾的地方，當自己的立論站不住腳
時，漢人很明顯的發怒了。自己的立論沒了，面子掛不住了，尊嚴遭受傷害，發怒
或許是漢人唯一能做的事。當一個人傷害了中國人的面子時，中國人的反應自然而
然就是厭惡，然後盡其所能地將之排除在中國人的生活圈之外。

不久後作者在丹東時，一個小偷光顧了他的房間，在短暫的衝突過後，作者打
退了小偷，隨即也接受了旅館夜班經理和老闆的慰問，但是接著和旅館老闆李鵬的
對話，卻可以發現一些有趣的事：

> ……警察問的問題也差不多，我開始覺得不耐煩。當我們反覆倒帶這個事
> 件，我發現它呈現出幾個層次的不安全感：首先，也最主要的是，這些人對
> 外國人在他們的城市裡被偷感到很丟臉；勉強接受這個事實後，他們發現更
> 丟臉的是，那個外國人竟然還抓住了小偷……結論是那個小偷一定有甚麼地
> 方不對勁。警察提出各種解釋的理由。他要不是個醉漢、跛腳的，就是個窮
> 的不得了的外地人……[23]

常理來講，當自己的都市發生竊案後，縱使自己會感覺到丟臉，可是也不會像
作者文中所描述的：警察和旅館老闆提出各種的理由解釋那名小偷之所以會被作者
制伏，一定有些甚麼地方殘缺不全。問題的焦點似乎已經不是在竊案這件事，而是
為甚麼小偷會被制伏，這對中國人的面子和尊嚴來講，無疑又是另一次相當嚴重的
傷害。作者在此刻終於體會，也真正了解到底「面子」這兩個字對中國人來說，到
底是多麼的重要。

「面子」問題並不只是出現在外國人與中國人之間的衝突上，當國際奧委會到
北京視察的時候，作者訪問了許多政府官員及體育播報員等人，在運動方面，作者

22　彼得‧海斯勒著，《甲骨文》，頁22～23。
23　彼得‧海斯勒著，《甲骨文》，頁72。

發現,為了自己的尊嚴,中國人會找出各種的藉口,不管是有理論上的依據,還是純粹的強詞奪理,各式各樣的理由都會出現,例如作者提到:

> 許多中國人也意識到,他們的國家體育選手有些問題,但是他們很難指出問題到底在哪裡。受到挫敗的激怒時,他們有時會把注意力集中在哲學或心理的藉口上,我碰到了許多對一種網上理論感興趣的中國人:這個理論就是中國人在乒乓、羽毛球和排球上表現得很好,因為這些運動不需要和對手有直接的身體接觸。

> 「中國人不擅長直接的競爭」中國奧會副主席何慧嫻告訴我:「我們比較擅長中間有網的運動。」她形容中國人很小巧——靈巧、協調但不強壯。不過,她補充說,心理因素也很重要。她說:「儒家學說使人們更加保守,看看美國——孩子們被教導得獨立和有創造性。在中國,紀律至上,創造性並不多見;但是,如果你沒有創造力,你就無法適應和改變,你只能跟隨一成不變的舊模式,你就不會得到更好的發展。體育跟其他事情的道理是一樣的。」[24]

作者發現,在大大小小的運動比賽中,許許多多的中國選手在比賽時是非常緊張的,在關鍵時刻,中國選手的表現往往都是教練所不願意看到的樣子,失誤和挫敗經常接踵而來。針對這個問題,作者就沒有像處理前兩次衝突時那麼的迷惑和不解,相對地,他寫道:

> 在某種程度上,這個國家的全盤轉變——從自己的運動傳統轉到西方的運動傳統——轉得不倫不類。他們學到了競爭的意識和民族主義,這些西方體育中最蠢也最明顯的特色,但是,他們遺漏了其他所有的奧妙之處,在我看來,那些才是真正有價值的東西。[25]

以一個西方人的立場,他們對體育的認知與我們的確有相當大的差異,他們從小到大就被教導:「有風度的輸,勝過不惜一切代價的贏」,[26]如何在比賽中提升自我是他們的堅持和理想,運動是生活的一部份,自然就不需要斤斤計較於勝負

---

24 彼得‧海斯勒著,《甲骨文》,頁285。
25 彼得‧海斯勒著,《甲骨文》,頁284。
26 彼得‧海斯勒著,《甲骨文》,頁284。

上頭。然而，對中國人來講，事情當然不是那麼簡單、那麼隨和，比賽就是一定要贏，一上場就是要全力拼。西方人盡力是為了要充分表現自我，但中國人全力衝刺就是為了勝利，一旦沒有達到這最終的目標，甚麼都沒有意義。在最後的關鍵時刻，攸關勝敗，牽涉面子，為了捍衛尊嚴，壓力自然產生，所以中國運動員鮮少快樂地比賽著，因為他們知道失敗後的結果，並非想像中的如此簡單。

雖然作者反對這樣子的想法，縱使西方文化強調自我提升遠大於勝負之爭，但這就是中國人的民族特性，甚至可以說是所有華語民族的共同特徵。為甚麼要追求勝利？為甚麼體育選手要給自己這麼大的壓力？理由當然依舊是「面子」兩字，為了它們，中國人真的可以甚麼都不要。

從以上的三段記載，從作者在裡面的迷茫、探索、到最後所有的發現，不難瞭解為甚麼中國人民會有這麼矛盾的情緒。每個人都有自己相當重視的東西，每個民族之間又不盡相同，西方人或許沒有像中國人一樣那麼重視名譽，但他們在某些地方的堅持，或許比起中國人的「面子」還要更甚。不能說因為背景環境的不同，就全盤否定中國人重視「面子」是錯誤的，但它對於中國人在排外、抗美等方面，卻是影響甚遠。貝爾格勒大使館被轟炸，中美兩國戰機相撞而墜毀，除了國與國之間的爭鬥外，這其中的情緒也包含了一個很簡單的起因，中國人自覺尊嚴遭受威脅，如果沒有站起來強烈地反抗的話，或許自己的面子就會遭受損害，而這正好是中國人所最不能忍受的。理由無他，因為民族特性就是如此，僅次於生命來講，最重要的東西就是面子，不去捍衛，就不像一個中國人。

（三）世界強權的爭霸

中國和美國可以說是現在世界上最強大的兩個國家，美國憑藉的是傲視群雄的先進科技、軍事力量和絕佳的地理環境位置等等；中國則是驚人的經濟潛力、眾多的人口和深不可測的軍事實力。兩個國家中間只隔了一片大海，他們的種種交流，都是影響整個世界走向的一個重要指標。No.1的位置兩個國家都想要搶，美國擔心的是長久以來一直保持的霸權地位會被動搖，而中國則是在歷經上一個世紀的種種挫敗後再度站起，為了討回以前所受的種種屈辱，是否能擠下美國變成為一個相當重要的關鍵，兩個國家在各種方面不斷的較勁，能取得上風也好。

作者在美國總統布希訪問中國清華大學時，他對於中美關係作出了思考：

中美關係往上升，中國本身也是。過去，中國人總是從外面的世界去尋找所需的東西：認同、貿易夥伴、WTO會員身分，以及奧運主辦權。通常美國是有影響力的那方，但是現在情況不同了。美國對中國也有所需：中華人民共和國是全世界唯一跟北韓有良好關係的國家；九一一之後，中國在中亞的存在不能被忽視。如果美國要把伊拉克的問題搬進聯合國，中國支不支持很重要。

而且中國的經濟越趨強大，不容輕視。有時，實在很難相信只不過兩年前波拉特還在雅寶路兌換著比官方銀行高過百分之九的外幣。那時人們推測中國貨幣會貶值，現在大家認為它會升值。房地產市場蓬勃發展，貿易順差每年增加。因為雙邊貿易那麼不平衡，很快地，美國將要求中國貨幣增值。[27]

這段文字從政治及經濟方面出發，作者提到，在整體實力躍進之後，中國對世界的影響力連美國都不能再忽視，美國勢必要將中國放在一個相等的地位去對待，不管是政治還是越來越可怕的經濟影響力，中國也不再能擁有開發中國家的特殊優待，所有的一切都必須照正常程序來，第一步就必須從經濟方面著手。

中國大陸現在已經不能夠再以舊有的標準去看待，台灣以前被稱為「亞洲四小龍」，經濟的快速發展有目共睹，自然也加深了兩岸之間的各種歧異。然而，這已經是過去七、八零年代的事情了，現在中國的飛升不是一般所能夠想像。以一個簡單的數據來說明，現在台北最貴的房價和地價，在上海連一小塊的爛泥巴地都買不起，同樣是最重要的商業都市，卻有著如此不同的情況。最重要的原因還是中國驚人的經濟發展，進而帶動整個國家的實力躍進。如此快速進步的國家，當他的影響力也同步地悄然飛升時，許多國家仍渾然不覺，包含台灣在內。當這些國家再繼續以憐憫的眼光看待中國時，不僅會引起中國的憤怒，也同時給自己帶來了相對的危險。美國雖然已經用強敵的眼光來注視著中國，但是身為世界第一的榮譽不允許遭受任何的威脅，或許這就是兩方在許多衝突上都互不讓步的原因，任何一方一旦趨於弱勢，霸權的地位就會遭受震撼。

作者在與好友波拉特共遊華盛頓特區時，他對兩大強權之間的關係做了一番深省與回顧：

---

27 彼得・海斯勒著，《甲骨文》，頁436。

……美國和中國有一些相同的特質；他們都是重時效而不拘形式的。他們都有一種輕鬆的幽默感，兩個國家的人民都趨於樂觀，有時候甚至會太過頭了。他們都很勤奮工作──商業上的成功是很自然的。他們非常愛國，但愛國主義是奠定在信仰而非經驗上。

……中國和美國在地理上都是與外在隔絕，因為兩國的文化是如此的強大，所以，兩國的人都很難想像到別人的觀點是如何。

但兩個國家又各自極緊實地團結在一起。他們有巨大範圍的領土、少數民族和語言，不管是多嚴密的軍事或政治力量都無法把它維持得這麼久。取而代之的，是一些特定的思想把人們凝聚在一起。當漢人談到文化和歷史，它讓我聯想到美國人談到民主和自由。這些是兩國人民基本的價值觀，並且有信仰的素質在裡面。如果你真的去調查──去看看甘肅的一個考古遺址，或者佛羅里達的某個選舉，你會看到躺在表面下的不安定因素。但兩國的領導強勢都很能言善道：他們把不安定安撫下來，營造關於自己的動聽故事。

這也是為甚麼兩個國家這麼無法面對失敗的原因之一，只要事情一有差錯，人們被這些混亂嚇得手忙腳亂──一些小船載著鴉片、幾個帶小刀的人都會變成很奇怪的衝擊。對於一個習慣控制和組織周遭世界的文化，那種事件的傷害是很深的。無可避免而且很自然地，在遇到嚴重的危機時，美國人會犧牲民主和自由，而中國人則轉身跟自己的歷史和文化對抗。[28]

　　作者在中國居住了很長的一段時間，從他的上一本著作──「消失中的江城」就看得出來，他嘗試著融入民間，期望著能不以外國人的眼光來看待這個國家，在上面的文字裡，他發現了中國人其實和美國人本質上是一樣的：都有自己相當重視的東西，都希望能夠拼盡自己的能力去維護它，然而，縱使作者能夠了解為甚麼，基本上他對於中國人這樣子的反應還是蠻不以為然的。從他提到鴉片戰爭這件事情的口氣就能隱約感受到，這幾年的時間雖然讓他了解了中國，可是針對中國對文化和歷史的看重，似乎他仍不能完完全全的去體諒。雖然從九一一事件讓他感受到自己的祖國已經有了巨大的變化，他仍因這樣子的變化跟他在中國所感受到的類似，心裡總是有股悲嘆。並不是說作者真的不了解中國，但就因為他實在太了解了，成

28　彼得・海斯勒著，《甲骨文》，頁486。

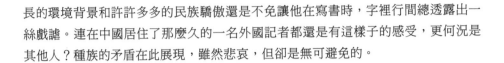

長的環境背景和許許多多的民族驕傲還是不免讓他在寫書時，字裡行間總透露出一絲戲謔。連在中國居住了那麼久的一名外國記者都還是有這樣子的感受，更何況是其他人？種族的矛盾在此展現，雖然悲哀，但卻是無可避免的。

五、既是危機，也是轉機

中國人和美國人重視的東西不同，正如作者所說，美國人熱愛他們的民主和自由，中國人則是源遠流長的歷史和博大精深的文化。不同的環境背景，連同一個民族的人都會起衝突跟自相殘殺了，更何況是不同文化的人？中國古代各諸侯國都可以爭個你死我活了，更不用說是現在世界上的兩大強國了。在不牽涉到利益的時候兩者可以如膠似漆，有所威脅的時候卻非置對方於死地不可，這種事情也是自古皆然，現在看中美關係當然也不用那麼奇怪。

中國人最重視的是「面子」，其實不管任何一個方面，中國人在不自覺的情況下，每件事情都可以解釋成為尊嚴奮戰。為甚麼許多方面中國人很依賴外在的援助？因為只有在他們的幫助下，中國才能快速地重新站起，之前已經丟了一個世紀的臉，只要再撐過一段時間，只要再寄人籬下一下子就好，君子報仇十年不晚，就算臥薪嘗膽也要東山再起，一切的顏面等到成為世界強權後再討回來就好，擁有強大的實力，再也不會有人看輕自己。只要成功，之前的一切都可以忘記，中國人算是結果論者，只要獲勝，面子保住，其他一切都不重要了。

也許這就是強詞奪理的原因，或許這就是許許多多藉口出現的因素，中國人的民族特性就是這樣，作者雖然理解但仍經常戲謔地嘲諷它，因為不同的環境背景所造成的矛盾，雖然無法避免，但在互相包容下還是能保持相安無事。這個世界最欠缺的或許就是包容的情操，矛盾和衝突一而再再而三的重現，只是因為所重視的東西不同。這個問題或許永永遠遠都沒有辦法解決，但至少在自制和理解下，兩方的人民還是能夠攜手共度。矛盾，既是危機，也是轉機。

在台灣天空下的新移民——
論外籍配偶的真／假弱勢

吳欣蓓　吳宜真　羅亦婷　鐘孟蓉（人社系）

一、前言

　　近幾年來，我們不難發現台灣的社會已經越來越多元，而「新移民」這個詞更是充斥在我們生活週遭，舉凡新聞媒體、報章雜誌都可以看見這個字眼，但是很少人對它真正的意涵有所了解。因此，我們想透過文獻的幫助來深入探討：究竟甚麼是新移民？是甚麼原因讓她們來到台灣，又在台灣面臨哪些困境？而這些困境是真的弱勢，還是經過台灣社會形塑下所產生的？最後則就目前所知的改善方法做一個簡單的介紹。

二、甚麼是新移民？

　　新移民指的是剛移民到另一個國家的人民。[1]包括我們現在所謂的外籍勞工、外籍配偶或是一些從西方國家來台居住的人們。他們可能來自各個不同的地方，例如美國、歐洲、泰國、越南以及中國大陸等，而我們將集中討論外籍配偶這個族群。外籍配偶泛指與台灣人有婚姻關係的非本國籍人士，但近年來已經被窄化成「東南亞或中華人民共和國籍」或是只指稱「女性配偶」。[2]例如有一則中央廣播電台的新聞提到：「十多名從越南、柬埔寨以及中國嫁來台灣的新移民，五日下午拜會馬英九⋯⋯」，[3]以及另一則新聞「新移民嘉年華／玩異國風」所提到的新移民則是指從雲南、泰國或柬埔寨嫁來的女性。[4]

1　引用維基百科對新移民的一段注解。參見：http://zh.wikipedia.org/zh-tw/%E6%96%B0%E7%A7%BB%E6%B0%91
2　引用維基百科對外籍配偶的一段定義。參見：http://zh.wikipedia.org/zh-tw/%E5%A4%96%E7%B1%8D%E9%85%8D%E5%81%B6
3　〈爭取新移民選票馬英九推動廢除入籍財力證明〉，〔中央廣播電台〕，2007年12月5日，轉引自〔沒錢沒身分行動聯盟〕，http://nomoneynoid.pixnet.net/blog/post/8653024
4　〈新移民嘉年華／玩異國風〉，〔時報電子報〕，2007年11月14日。

從上述報章雜誌以及各處發表的文章中，我們可以知道，外籍配偶在台灣的定義裡包括了兩種：東南亞嫁來台灣的女性以及中國大陸嫁來台灣的女性。而我們這個研究的主要對象則是：東南亞嫁來台灣之外籍配偶。我們想要深入瞭解，在這些與我們文化及語言上有較大差異的人們，嫁來台灣之後所面臨的困境以及真假弱勢。因此，以下的文章中我們將對這個新族群有更進一步的討論。

三、來台灣的緣由

為了更了解有關外籍配偶的真假弱勢，在這之前我們要先探討為甚麼會產生此因素的遠因。因此，我們將分成台灣人及外籍新娘本身兩方面來探討。

（一）台灣人對婚姻觀念的改變

根據「台灣省家庭計畫研究所」統計，男女新生兒比例在台灣戰後三十年一直維持105：100這自然數據，但從一九八七年起了改變，到了一九九○年男女比變為110：100，男嬰數目已成長，比正常的還要多5％。[5]加上從出生人口統計可知，從民國七十六到九十五年為止，新生兒中的男嬰比女嬰多出254,126人，平均每年男嬰比女嬰多出12,708人。[6]而這些反映了台灣男性在追求本地女性時的困難；因為現在的台灣女性不僅人數上較男性少，再加上她們開始鴻圖大展，紛紛具有女權、自主意識或高學歷、高薪資，可以脫離傳統上必須依靠男性的因素並進而掌控自己的婚姻，對於擇偶的條件也相對地提高了。那麼這情況對於台灣較弱勢的男性是非常不利的，因為大部份正常的小康家庭是不會希望把自己的女兒託付給那些低教育水準、低經濟能力、有身心障礙、從事第一級或第二級產業的勞動者家庭。[7]而那些弱勢男性也會因自卑心而對娶本國女性這件事感到怯步，例如：

> 工業偏見發展政策結果使一般農民越來越依靠非農收入，但留鄉青年的弱勢不僅表現在經濟上，更表現在身分表徵上，普遍帶著「沒有前途的人」

---

5 〈天人之戰——男女比例失衡的真相〉，《台灣光華雜誌 Taiwan Panorama》，1996年2月，頁6。原文可參見下列網址：http://www.sinorama.com.tw/show_issue.php?search=1&id=199628502006C.TXT&cur_page=1&table=0&keyword=台灣省家庭計畫研究所&type=0&height=1&scope=0&order=1&lstPage=1&num=10

6 〈台閩地區歷年嬰兒出生數（按性別及胎次分）〉，〔戶役政為民服務公用資料庫〕（2007），http://www.ris.gov.tw/ch4/static/st20-7.xls

7 王宏仁，〈社會階層化下的婚姻移民與國內勞動市場：以越南新娘為例〉，《台灣社會研究季刊》，第41期，2001年，頁99-127。

的汙名，因為鄉民普遍認為他們是在都市混不出名堂才回到鄉下，使他們產生一種「不會有女性願意嫁給他們」的心理，還有甚至連留在農村的未婚女性也不願下嫁，畢竟農民生活的清苦她們是最清楚不過的。[8]

從以上例子明顯可以看出，對於台灣的弱勢男性來說，因為要尋找各方面條件都比他好的本國女性來當他的另一伴是幾乎不可能的，畢竟本身條件就差太多了。所以只好退而求其次地選擇東南亞的女性來當妻子。

（二）外籍新娘家鄉的經濟弱勢

東南亞目前在經濟上處於整體世界中較弱勢的一環，需要面對外債龐大、對美日經濟依賴過深、電子產業所占比例過高，技術缺乏自主性、政治與社會因素影響和中國大陸的影響等方面的問題。[9]以上又可從數據中證明：

一九九八年底，印尼和新加坡政府舉債分別高達GDP 74％與77％，泰國政府的外債也佔GDP的30％，高出我國的15％甚多，而馬來西亞政府部門的外債亦由一九九七年的38.6％上升至一九九八年的42.2％；及美國銀行對印尼的融資在三月底時增加12％，對馬來西亞的融資自去年九月起也轉為增加，融資大增26％；還有東南亞等國如泰、馬高技術密集產品出口之比重在一九九六年分別達36％與15％；加上印、馬兩國素來有種族衝突的問題，排華事件時有所聞，使社會添加更多不安，連帶影響了經濟；另外中國大陸與東南亞各國在多方面均呈競爭的局面，兩地都以廉價與豐沛的勞力作為主要競爭優勢，並以此作為國際高科技產業分工的重要基地，在出口方面，兩地的產品項目、市場的重疊性高，且彼此都在爭取外資的流入。[10]

有鑑於此，在東南亞的女性為了尋找更多的工作機會，以使自己或家人擺脫貧困，往往會藉由「異國婚姻」這條路來維持自己娘家的生計，而剛好台灣較弱勢的男性正愁找不到一輩子的伴侶。所以從前殖民式經濟對東南亞經濟造成的

---

8 夏曉鵑，〈女性身體的貿易：台灣/印尼新娘貿易的階級與族群關係分析〉，《東南亞區域研究通訊》，第2期，1997年，頁74。
9 〈東南亞經濟前景探討〉，《今日經濟季刊》，第376期，1999年9月，http://www.moea.gov.tw/~ecobook/ecotoday/et376/2-d.htm
10 〈東南亞經濟前景探討〉，《今日經濟季刊》，第376期，1999年9月，http://www.moea.gov.tw/~ecobook/ecotoday/et376/2-d.htm

影響已經是根深柢固了，造成其東南亞女性不得不遠離家鄉、獨自向外求生存。

四、真弱勢為何產生？

　　談到外籍配偶的弱勢情形，除了家鄉原本的經濟弱勢之外，此處將探究他們在台灣所面臨的困境，又由於這些困境是他們實際在生活中遇到的，因此我們稱之為真弱勢。我們將真弱勢分成三個部分，買賣心態、刻板印象、融入社會遇到的問題。

（一）買賣心態

　　關於社會以及外籍配偶丈夫及其家人對於外籍新娘的買賣心態，有學者指出：

> 人權無分國界、國籍，在台為數眾多的外籍新娘被視為商品般仲介交易，不只在公領域被剝奪國籍權、工作權、財產權、子女監護權，甚至在私領域中承受家庭暴力。[11]

　　而另一位學者也有觀察到相似的現象：

> 部份台灣男子及家人將外籍配偶視為「買來的新娘」，認為她們是為「錢」嫁來台灣，加上未能有嫁妝帶至夫家，因而看不起她們。對其要求自然與立基於感情需求而結婚的媳婦不同，對待方式也會有所不同。外籍配偶對於家人的對待，也會因沒有自信或自卑，不敢表達自己的看法與需要。當其在生活上有不能適應的情形時，無法開放心胸與家人表白，在與家人溝通不良的情形下，造成精神壓力，或因資源及知識缺乏，當有家庭暴力或有受虐的情形時亦無法尋得協助。[12]

11　李宜芳，〈跨國婚姻比例下降面談機制〉，〔台灣外籍聯姻婚介輔導協會〕，
　　http://www.iou999.org/news-20090421-2.htm
12　林瑞勳，〈台灣的外籍女性配偶的生活適應問題〉，〔台灣月刊‧生活觀點〕，1996年4月，
　　http://www.tpg.gov.tw/web-life/taiwan/9504/9504-13.htm

　　由以上例子可知，不論是社會上或是台灣夫家對於外籍配偶的買賣心態，著實造成了外籍配偶們在台灣生活上的困難，如果面對身邊的家人及社會的不支持，又因為對於這裡的各種機構無從認識而造成求助無門，那便會造成他們的弱勢了。

　　總結夫家買賣心態所造成的家庭暴力問題[13]以及外籍配偶求助無門的困境，下面這個例子可以充分說明：

> 懷孕生子後，腿有殘疾的先生情衰愛弛，偶爾還動手打他。夫家以各種方法逼她離婚，可是她婚後一直守著孩子、守著小攤子，除了市場及幾個同是嫁到台灣的越南朋友，她甚麼也不知道。孤立無緣的阿香被迫簽下離婚同意書，被趕出家門時，身上只有兩套衣物。[14]

（二）刻板印象

　　以下舉兩個一般民眾對外籍配偶的看法：

> 會娶外籍新娘的都是一些在台灣娶不到老婆的中下階層的勞工人士或農、漁村勞力階級的男士，他們的教育水準似乎都好像不太高，和外籍配偶的年齡又有很大的差距，他們在教養小孩的觀念少，讓人很擔心，會不會降低我們的國民素質？會不會影響、降低到台灣的競爭力？台灣真讓人憂心……

> 刻板印象使我以為她們都是為了錢嫁來台灣；而台灣人則是為了傳宗接代才大老遠去娶她們。[15]

　　社會大眾的刻板印象，往往造成外籍配偶融入社會時的重重阻礙，因為這些刻板印象使得部分台灣人出現歧視的心態，認為他們教育水準不高會降低台灣競爭力、認為他們都是為了錢而來到台灣，所以與台灣及其丈夫並沒有感情，因此不能

13　外籍配偶遭家暴比例明顯偏高，95年外籍配偶占市民總數1.1%，但遭家暴數量就占總家暴件數的5.84%，同樣在五年間成長五倍。參照〈外偶真弱勢　家暴案五年增7.6倍〉，《聯合報》，2007年11月09日，轉引自http:// blog.udn.com/ellenashow/1361213
14　〈當異國「薩麗」遇上台灣「哈利」台灣外籍新娘苦惱多〉，〔東方新聞網，台港澳新聞〕，2003年1月7日，http://news.eastday.com/epublish/gb/paper148/20030107/class014800005/hwz861266.htm
15　〔社科院讀書小組雙組織大合體．第四次專題討論資料．案例四〕，2009年3月，http://www.wretch.cc/blog/ntusc16/7461866

夠將這些外籍配偶當成一般人看待,在心中自然建構成一道藩籬,隔絕他們與外籍配偶親近的機會,造成外籍配偶融入的困難。

由以下這個例子可以得知外籍配偶被排斥的情形:

> 澎湖縣的外籍新娘認為:「這裡的人都一直歧視她們,或看不起她們,總是把她們當成外人看待,讓她們覺得很不舒服、沒有歸屬感」[16]

因此,我們可以得知,刻板印象的確是外籍配偶在台灣成為弱勢的一個主因。

(三)融入社會遇到的問題

由於在異地生活,往往都會有語言上的困難,導致與人溝通不便;而各國法律又不盡相同,想要擁有獨立的經濟能力,卻礙於法令的規範而造成經濟上的弱勢;即使有了當地語言能力,又會因為對當地風俗民情不了解而與周遭人們產生衝突。

從處在異地的角度出發,我們將外籍配偶融入台灣社會的困難分成三個部分;溝通問題、工作問題、文化差異。

1.溝通問題

> 由於無法運用言語溝通,使得外籍配偶之人際關係大為降低,無法融入生活圈。有些外籍配偶在未到臺灣之前,可能接受過語言課程訓練,但多僅止於簡單的日常生活會話訓練,當她們真正來到這裡,陌生的環境、不一樣的說話腔調、多種的地方語言更是讓她們面對新環境時啞口無言,她們需要充足的詞彙來表達與溝通。而要瞭解當地文化、民情、風俗習慣等,識字更是一項不可或缺的能力。[17]

語言的能力普遍是外籍配偶適應良好與否的關鍵,在相關研究中亦顯示當

16　朱玉玲,《澎湖縣外籍新娘生活經驗之探討》,國立嘉義大學家庭教育研究所碩士論文,2002年,頁145。
17　李瑞金、張美智,〈從文化觀點探討東南亞外籍配偶在臺灣之生活適應〉,《社區發展季刊》,第105期,2004年3月,頁102-103。

外籍配偶語言能力增強時，其生活適應較佳。[18]

由此可知，識字以及語言問題造成外籍配偶融入台灣社會很大的困難，語言就像一座橋樑，沒有了這座橋樑，外籍配偶要在台灣生活就變成很辛苦的一件事了。

2.工作問題

外籍配偶嫁來台灣領得工作證或身分證前，至少3年無法工作也無法領取補助，若嫁給低收入戶，只能自謀賺錢求生存。市府若不能協助新住民渡過空窗期，等於變相鼓勵非法打工，甚至賣淫。[19]

外籍新娘現雖可依相關規定在獲得居留許可後，向主管機關申請工作許可，但對於尚未取得居留權的外籍新娘，在遭受暴力而逃離家後，為了謀生不得不有非法打工的情形，但往往擔心被發現而面臨被遣返的命運。[20]

阿娥（化名）來自越南，和丈夫認識八個月後嫁來台灣。因經濟壓力，阿娥想找工作貼補家用，依法規定，外籍配偶只要獲得居留權便可工作並享有勞保。阿娥已取得居留權，看病時也可享有健保補助，但找工作的過程卻因外籍配偶的身分受到質疑。[21]

工作問題有一種情況是因為台灣丈夫本身就屬於經濟弱勢，因為法令問題而使得外籍配偶必須出外非法工作甚至牽涉到賣淫的問題；而另一種情況是在夫家遭受暴力之後，因為無法達到原本期望來台灣的目的——提供原鄉經濟支援，因此不得不留在台灣非法打工，又必須害怕隨時會被遣返而進退兩難的困境。再加上如果雇主對外籍配偶的歧視而懷疑他們的能力，且不加以雇用，那外籍配偶找到工作的機會就十分小了。

不論是哪一種情況，對於這些原本懷抱美好想像來到台灣的外籍配偶們都是一

18 顧燕翎、尤詒君，〈建立支持系統及倡導多元文化──臺北市政府社會局外籍與大陸配偶輔導政策〉，《社區發展季刊》，第105期，2004年3月，頁24。
19 〔聯合新聞網〕http://udn.com/NEWS/LIFE/LIF1/4089625.shtml
20 姜琴音，〈國際婚姻（外籍新娘）中之家庭暴力暨性侵害問題〉，轉引自〔婦女權益發展基金會，會議資料〕，http://www.wrp.org.tw/Conf/index3a6.htm
21 〈外籍配偶找工作 困難重重〉，〔生命力新聞〕，2006年06月30日，http://www.newstory.info/2006/06/__13.html

種困境,逃脫了原鄉經濟不佳的環境來到這裡,卻又發現他們要擁有獨立經濟能力很困難,造成他們在台灣生活上的弱勢。

3.文化差異

> 外籍與大陸配偶是在地與國際間重要的異文化搬運者,但是在台灣「非我族類」的心態下,在文化與生活的適應採取同化的方式,一時之間往往容易使外籍配偶無所是從。她們離鄉背井來到異鄉,對環境陌生,加上剛建立新家庭,除了要面對人生階段的轉變,還有不同的文化習慣,又缺乏原生家庭親友系統,許多文化、生活適應的問題隨之產生。[22]

對於外籍配偶本身文化與台灣就有差異的情況之下,台灣人的本族主義就更形強烈,希望透過一切機制將這些外籍配偶「同化」,在尚未同化成功之前,這些外籍配偶便受到排斥,造成與人群相處的困境。再加上他們對我們的風俗民情不瞭解,在生活上便會與周遭人群有所隔閡,容易受到旁人的異樣眼光或是排擠,造成融入社會的困難。

五、假弱勢──文化優越感

上一段,我們知道了外籍配偶的真正弱勢在甚麼地方,而在這個小節中,我們將論述一般我們注意不到的「假弱勢」這個部份。之所以會造成假弱勢的原因,要從臺灣人的文化優越感談起。在這些新移民剛進來台灣的時候,我們是以「外籍新娘」來稱呼她們的,我們認為平常的稱呼,聽在她們心裡則是一種不尊重的行為。對遠離故鄉的她們來說,她們希望得到夫家的尊重以及整個台灣社會的平等對待,而不是給她們貼上一個標籤:妳們就是跟我們不一樣。[23]「外籍新娘」這個詞彙可以分成「外籍」和「新娘」兩部分來看,之所以稱為「外籍」就有明顯的排他性:妳跟我們是不同類的人;而「新娘」這個稱呼更是把她們視為永遠的外來人。這些名稱是一些有書寫權力的人士對婚姻移民現象所建構出來的,例如研究學者、記者

---

22 江亮演、陳燕禎、黃稚淳,〈大陸與外籍配偶生活調適之探討〉,《社區發展季刊》第105期,2004年3月,頁66~89。
23 〈請不要一直叫我大陸新娘〉,轉引自〔網氏女性電子報146期〕,http://forum.yam.org.tw/bongchhi/old/light/light144-1.htm

或是廣告工作者等。經由媒體的報導和渲染新婚移民的負面形象，讓這些稱謂變的充滿偏見以及刻板印象。[24]

以下舉兩個例子來更進一步說明台灣人的優越心態。一位外籍新娘的自述：「人家叫我們外籍新娘，感覺好像我們還當新娘一樣，雖然有些人，嫁到台灣已經二十幾年了，但是還叫『外籍新娘』，不過，我還是比較喜歡人家叫我的名字……」[25]我們會稱呼對方姓名是代表一種基本的尊重，而在上面那段話中看到的是台灣人的優越感，以及不肯接受她們融入社會的心態。另一個例子是一位外籍新娘的親身經歷：

> 偶然的機會，老闆娘介紹一位相識不深的朋友，在同一個地方上班。試用期間薪水同我一樣。她是道地的台灣歐巴桑，沒做幾天班就不做了。我關心地問她：「怎麼了？」她說：「老闆娘太小氣了，工作那麼多，給我的薪水又和妳們外勞一樣！」她這一句「外勞」傷我不淺，自此不再與她聯絡。[26]

以這個個案來說，在工作的領域上，我們普遍認為：我們應該有更多的薪資，因為我們是本地人、因為我們工作能力比她們好。從這些案例可以看出，台灣人對外籍配偶的歧視與輕蔑，尤其是那些從我們認為經濟上比我們落後國家嫁來的女性。

在〈湄公河畔背後的傲慢〉一文中提到：台灣不當的婚姻仲介現象致使本地弱勢族群迎娶了大量東南亞婦女。[27]她們所屬的家庭在台灣社會上就是比較弱勢的一方，這現象或許可以說明，為甚麼東南亞婦女會被社會劃分為弱勢的一群。婚姻仲介這個制度本身是一種文化優越感的體現，也是讓外籍配偶變成社會弱勢的主要機制。就因為我們認為自己比她們好，所以許多人會有「買」一個妻子的念頭，而用金錢買來的東西被當成附屬品是自古以來的傳統想法，既然是附屬品，那麼在社會上的弱勢就顯而易見。在文中提到的另一個觀點也值得我們拿出來討論：先描述外

24　蕭新煌，〈台灣與東南亞——南向政策與越南新娘〉（台北：中央研究院區亞太區域研究專題中心，2006），頁200～201。

25　〈不要小看我們〉，網氏女性電子報146期，http://forum.yam.org.tw/bongchhi/old/light/light144-4.htm

26　〈褪色的自尊〉，網氏女性電子報146期，http://forum.yam.org.tw/bongchhi/old/light/light144-2.htm

27　〈湄公河畔背後的傲慢——一位越籍女性配偶的看法〉，轉引自〔越南社會文化學習網〕，2005年08月22日，http://blog.roodo.com/ hongzen63/archives/397931.html

籍配偶為一個弱勢,再而悲情化為一群等待救援的苦難者。[28]在今天的台灣街頭可以看見許多的攤販、小吃店都有她們的身影。她們跟我們一樣會工作、會賺錢,而不是一味地等待別人的救助、期望別人的同情。在台灣社會的再現下,外籍配偶成了我們眼中的弱勢族群。

台灣人的文化優越感以及媒體的渲染,成了形塑外籍配偶為假弱勢的主要因素,這裡面包含了對自己國家的認同以及對外來民族的排斥。藉由媒體的放大效果,台灣人民在不自覺的情況下,吸收了一些關於外籍配偶的負面資訊而產生既定的印象。在外籍配偶人數越來越多的今天,我們必須正視這些問題,並且接受她們成為台灣人民的一份子。在提倡多元化的台灣天空下,我們應該要給予她們對等的尊重以及合理的生存空間,讓她們不再以假弱勢的形象生活在社會的底層。

六、現有的支援單位與改善方法

由於台灣的外籍配偶人數逐漸增多,衍生出來的問題再也不容小覷了。就目前來看,處理相關問題的機構可分為政府與民間,政府機構像是駐台使館、立法院、內政部等等,民間團體則有台北市賽珍珠基金會、伊甸基金會、南洋姐妹會等等。希望能藉由這些管道,讓外籍配偶獲得基本的權利保障,而台灣社會也不會因衍生出來的問題而有紛亂的現象了。以下就以政府機構與民間團體是如何去改善外籍配偶的生活為探討。

(一)政府機構

政府機構專門在處理外籍配偶問題的有關單位非常多,以下是影響外籍配偶生活最大或是外籍配偶遇到問題時最常去求助的政府機構。

1.外交部—— 駐台使館

負責護照、簽證、一些文件證明等等,外籍配偶有任何困難都可以尋求其幫助。[29]

---

28 〈湄公河畔背後的傲慢—— 一位越籍女性配偶的看法〉,〔越南社會文化學習網〕,http://blog.roodo.com/hongzen63/archives/397931.html。

29 外交部首頁http://www.mofa.gov.tw/webapp/mp.asp?mp=1

2.立法院

一則新聞寫到:「立法院日前通過『入出國及移民法』修正案,對外籍配偶在台居留多一分保障。」[30]另一則新聞:「立法院院會昨天三讀通過『入出國及移民法修正案』,除放寬停留、居留及永久居留條件,強化面談及查察機制,其中多項增修內容更落實人權與人道關懷。」[31]從以上兩則新聞可以看到立法院也陸續通過一些保護外籍配偶的法律,讓他們獲得更多的權利保障。

3.內政部

內政部有許多改善外籍配偶生活的相關單位,例如:入出國及移民署負責處理外籍配偶入境面談問題以及外籍配偶適應生活的輔導等等;社會司負責處理一些家暴的問題;戶政司處理一些戶籍的問題。外籍配偶的各種問題,內政部都有相關單位專門在負責。[32]

(二)民間團體

1.台北市賽珍珠基金會

這團體專門幫助居住在台北地區的外籍配偶,他們常常會舉辦一些活動讓外籍配偶參與,例如:外籍配偶生活適應學習成長班、外籍配偶翻譯人才培訓班等,這些活動對外籍配偶幫助都相當大,可以幫助它們適應在台灣的生活也可以幫助他們學習新技能、找新工作。[33]

2.南洋姐妹會

這個團體讓外籍配偶有個共同互相支持的地方。一開始只是外籍配偶識字

30　〈嫁作台灣婦/失婚憂無國籍/移民法修正/離婚後外籍配偶竟淪為無國籍/人權團體籲正視〉,轉引自〔大紀元〕,2007年12月03日,http://news.epochtimes.com.tw/7/12/3/71915.htm

31　〈自由電子報‧家暴判離 外籍配偶仍可滯台〉,轉引自〔越南話題論壇‧公告〕,2007年12月01日,http://tw-vn.com/vbb//printthread.php?t=16614

32　內政部首頁　http://www.moi.gov.tw/home/home.asp

33　台北市賽珍珠基金會網址　http://www.psbf.org.tw/about_us.htm

班，後來因為外籍配偶適應問題慢慢浮現，因此轉而變成幫助外籍配偶適應生活，現在除了生活上的適應外，在人際溝通、親職教育方面也都有許多相關的課程來協助他們。[34]

參考書目

書籍：

1. 王宏仁，〈社會階層化下的婚姻移民與國內勞動市場：以越南新娘為例〉，《台灣社會研究季刊》，第41期，2001年。

2. 夏曉鵑，〈女性身體的貿易：台灣／印尼新娘貿易的階級與族群關係分析〉，《東南亞區域研究通訊》，第2期，1997年

3. 蕭新煌，《台灣與東南亞：南向政策與越南新娘》，台北：中央研究院——亞太區域研究專題中心，2004年。

網址：

1. 〈天人之戰——男女比例失衡的真相〉，《台灣光華雜誌Taiwan Panorama》，1996年2月，頁6。原文可參見下列網址：

http://www.sinorama.com.tw/show_issue.php?search=1&id=199628502006C.TXT&cur_page=1&table=0&keyword=台灣省家庭計畫研究所&type=0&height=1&scope=0&order=1&lstPage=1&num=10

2. 〈台閩地區歷年嬰兒出生數（按性別及胎次分）〉，戶役政為民服務公用資料庫（2007）

http://www.ris.gov.tw/ch4/static/st20-7.xls

3. 〈東南亞經濟前景探討〉，《今日經濟季刊》，第376期，1999年9月。

電子全文：http://www.moea.gov.tw/~ecobook/ecotoday/et376/2-d.htm

---

34 南洋姐妹會網址 http://61.222.52.198/user/sisters/

4. 〈請不要一直叫我大陸新娘〉，網氏女性電子報146期，

    http://forum.yam.org.tw/bongchhi/old/light/light144-1.htm

5. 〈不要小看我們〉，網氏女性電子報146期，

    http://forum.yam.org.tw/bongchhi/old/light/light144-4.htm

6. 〈褪色的自尊〉，網氏女性電子報146期，

    http://forum.yam.org.tw/bongchhi/old/light/light144-2.htm

7. 〈湄公河畔背後的傲慢——一位越籍女性配偶的看法〉，越南社會文化學
    習網，2005年08月22日，http://blog.roodo.com/hongzen63/archives/397931.
    html

8. 外交部首頁 http://www.mofa.gov.tw/webapp/mp.asp?mp=1

9. 內政部首頁 http://www.moi.gov.tw/home/home.asp

10. 台北市賽珍珠基金會網址 http://www.psbf.org.tw/about_us.htm

11. 南洋姐妹會網址 http://61.222.52.198/user/sisters/

章節附註

第一章

〔1〕 琦君，〈髻〉，《紅紗燈》（台北：三民出版社，2002年）。

〔2〕 林海音，〈爸爸的花兒落了〉，林海音《城南舊事》（台北：爾雅出版社，1960年）。

〔3〕 藍祖蔚〈觸覺震撼的《愛神》〉，http://app.atmovies.com.tw/eweekly/eweekly.cfm?action=edata&vol=012&eid=1012004

〔4〕 李明璁，〈因我是不潔的異己〉，《中國時報・論壇》，2003年3月6日。

第三章

〔5〕 歐博翔（生科系）〈神經可塑性（Neural Plasticity）〉，93學年度上學期「大學中文寫作」習作。

〔6〕 張婷媛 (中文系)〈路上撿到 一隻貓〉，97學年度上學期「基礎寫作一」習作。

〔7〕 S.S〈亂度(Entropy)〉，92學年度上學期「大學中文寫作」習作。

〔8〕 李慧潔（生科系）〈突變〉，92學年度上學期「大學中文寫作」習作。

〔9〕 黃瀚萱（資工系）〈拓撲排序法〉，92學年度上學期「大學中文寫作」習作。

〔10〕摘自吳欣蓓、羅亦婷、鐘孟蓉、吳宜真（人社系）〈在臺灣天空下的新移民——論外籍配偶的真／假弱勢〉，96學年度上學期「大學中文」習作，但略有更動。原作文字見於附錄四學生習作。

〔11〕 摘自王子謙（分子醫學研究所）《在出生前後時期鼠大腦皮質內 calcium-permeable AMPA/kainate受器表現之研究》摘要，清華大學 碩士論文，2005 年。

〔12〕 摘自馬騰嶽（人類所）《分裂的民族與破碎的臉：「泰雅族」民族認 同的建構與分裂》摘要，清華大學碩士論文，2003年。

〔13〕 何宜（中文系）〈如何幫助在校園暴力事件中被遺忘的受害者〉，98 學年度上學期「基礎寫作一」習作。

〔14〕 顧凌嘉（資工系）〈化冷漠為關懷——啟動心靈環保與深化人文社會 之關懷〉，96學年度上學期「大學中文」習作。

〔15〕 吳欣蓓、羅亦婷、鐘孟蓉、吳宜真（人社系）〈在臺灣天空下的新移 民——論外籍配偶的真／假弱勢〉，96學年度上學期「大學中文」習 作。

〔16〕 摘自李明璁〈因我是不潔的異己〉，中國時報論壇2003年3月6日。全 文見於附錄三。

〔17〕 汪海瀚（工工系）〈論SBL與台灣籃球〉，96學年度上學期「大學中 文」習作。

第四章

〔18〕 彼得・海斯勒（Peter Hessler）著、盧秋瑩譯，《甲骨文——流離時 空裡的新生中國》（台北：久周文化，2007年）。

〔19〕 楊岱峰（工學院）〈《甲骨文》裡看美、中矛盾〉，96學年度下學期 「大學中文」習作。

〔20〕 羅柏・寇米耶著，周惠玲譯，《巧克力戰爭》（台北：遠流出版社， 2008年）。

〔21〕 廖展鴻（化學系）〈觀看亞奇與歐比相互依存的法則——我讀《巧克 力戰爭》〉，97學年度下學期「大學中文」習作。

〔22〕 顧玉玲，《我們——移動與勞動的生命記事》（台北：印刻出版社， 2008年）。

〔23〕 何宜泰（計財系）〈對鏡——「他們」即是「我們」〉，97學年度下 學期「大學中文」習作。

〔24〕 報告大綱改寫自吳欣蓓、羅亦婷、鐘孟蓉、吳宜真（人社系）〈在臺灣天空下的新移民——論外籍配偶的真／假弱勢〉，96學年度上學期「大學中文」習作。

〔25〕 洪桑柔、牛挹梅（中文系）〈自徐張婚變探討離婚法律對弱勢者的保障〉，98學年度上學期「基礎寫作一」習作。

第五章

〔26〕 范姜韶華（動機系）〈草原狼〉，96學年度上學期「大學中文」習作。

〔27〕 劉殷誠（工工系）〈線上遊戲〉，96學年度上學期「大學中文」習作。

〔28〕 張哲綜（理學院）〈地理大發現的影響〉，96學年度上學期「大學中文」習作。

〔29〕 顧凌嘉（資工系）〈化冷漠為關懷——啟動心靈環保與深化人文社會之關懷〉，96學年度上學期「大學中文」習作。

第六章

〔30〕 楊岱峰（工學院）〈《甲骨文》裡看美、中矛盾〉，96學年度下學期「大學中文」習作。

〔31〕 趙彥駿、邱迺耀、莊舒晴、彭婷筠、王孝軒（中文系）〈誰是殺人兇手？——背後操弄的行刑者〉，97學年度上學期「基礎寫作一」習作。

〔32〕 蘇芃聿（中文系）〈是母親、是教授、是人生導師——《親愛的安德烈》文本分析〉，97學年度上學期「基礎寫作一」習作。

〔33〕 林益民（材料系）〈Kitsch字義之位移——我讀《親愛的安德烈》〉，97學年度上學期「大學中文」習作。

〔34〕 洪桑柔、牛挹梅（中文系）〈自徐張婚變探討離婚法律對弱勢者的保障〉，98學年度上學期「基礎寫作一」習作。

第七章

〔35〕 摘自學生報告：鄒寧、李柏毅、鍾承睿（科管院）〈流浪動物處置方式之比較——以台灣與英國為例〉，96學年度上學期「大學中文」習作。為利於解說，文字都作了必要的更動。

〔36〕 摘自施禹廷（動機系）〈台灣流浪犬問題及管制探討〉，96學年度上學期「大學中文」習作。為利於解說，文字都作了必要的更動。

〔37〕 鄒寧、李柏毅、鍾承睿（科管院）〈流浪動物處置方式之比較——以台灣與英國為例〉，96學年度上學期「大學中文」習作。

〔38〕 摘自鄭雅娣，〈政府應立法禁止生殖罹患罕見遺傳性疾病胎兒〉，原文收錄於《大學中文寫作》（新竹：清華大學出版社，2007年），頁177～179。

〔39〕 吳欣蓓、羅亦婷、鐘孟蓉、吳宜真（人社系）〈在臺灣天空下的新移民——論外籍配偶的真／假弱勢〉，96學年度上學期「大學中文」習作。

第八章

〔40〕 不論是哪一種「改寫」，在實際運用時，我們應該繼續「縮減、整併」，或是得「擴增、闡明」，端視書寫者實際撰寫報告之需要而定，本章節的改寫僅為示例，藉以說明改寫原則，非為定式。此外，我們在實際操作時，通常會以一些「引介性」的句子帶轉出我們所徵引、改寫的資料，例如：「琦君筆下」、「史鐵生認為」、「藍祖蔚指出」等等。這些「引介性質」的句式，只要稍加留意，令前後文語意清晰、連貫即可。在本章「改例」中，我們皆將這些句子置入括號中，以與原文作一區隔。

〔41〕 琦君，〈髻〉，《紅紗燈》（台北：三民出版社，2002年）。

〔42〕 朱天心，〈貓爸爸〉，《獵人們》(台北：印刻出版社，2007年)。

〔43〕 史鐵生，〈我與地壇〉，《命若琴弦：史鐵生小說精選集》（台北：木馬文化，2004年）。

〔44〕 藍祖蔚，〈觸覺震撼的《愛神》〉，http://app.atmovies.com.tw/eweekly/eweekly.cfm?action=edata&vol=012&eid=1012004

〔45〕 陳玉敏，〈飲食文化與世紀病毒〉，《中國時報‧時論廣場》，2003
年5月17日。

〔46〕 龍應台，〈兩種道德〉，選自龍應台、安德烈合著，《親愛的安德
烈：兩代共讀的36封家書》（台北：天下雜誌，2007年）。

〔47〕 米蘭‧昆德拉著，嚴慧瑩譯，《緩慢》（台北：時報文化，1996
年），封頁簡介。

〔48〕 景凱旋，〈譯後記〉，收入米蘭‧昆德拉著，景凱旋、景黎明譯，
《生活在他方》（台北：時報文化，1992年），頁351、352。

〔49〕 引自吳珮慈著，《在電影思考的時代》（台北：書林，2008年），頁
52、53。

〔50〕 引自劉婉俐著，《影樂‧樂影》（台北：揚智文化，2000年），頁
11。

第九章

〔51〕 陳韻琳，〈記憶、愛與自由——藍色情挑的音樂蘊意〉，http://www.
fhl.net/gp/2k0312.htm

〔52〕 王毓筬，〈藍色情挑 感想之一〉，http://life.fhl.net/Movies/prophet/
Kies/blue/feeling01.htm

〔53〕 藍祖蔚，〈觸覺震撼的《愛神》〉，http://app.atmovies.com.tw/
eweekly/eweekly.cfm?action=edata&vol=012&eid=1012004

〔54〕 並參維吉妮亞‧吳爾芙（Virginia Woolf）著、陳惠華譯，《自己的
房間》第四章〈備受拘限的女作家〉（台北：志文出版社，2006
年），頁113-140。廖炳惠，〈陰性句子說故事〉，《聯合報‧副
刊》，2003年1月19日。

附錄一之一　報告架構再確認

〔55〕 陳羿旻（科管院）〈「硬幣」的多重象徵意義〉，97學年度上學期
「大學中文」習作。

〔56〕 改寫自林慧秋（中文系）〈動盪的年代，寂寞的一群人〉，96學年度

下學期「基礎寫作一」習作。

〔57〕 章詒和，《往事並不如煙》（台北：時報出版社，2004年）。

〔58〕 楊岱峰（工學院）〈《甲骨文》裡看美、中矛盾〉，96學年度下學期「大學中文」習作。

〔59〕 吳欣蓓、羅亦婷、鐘孟蓉、吳宜真（人社系）〈在臺灣天空下的新移民──論外籍配偶的真／假弱勢〉，96學年度上學期「大學中文」習作。

附錄一之二　資料分類與網路資料

〔60〕 討論「網路資源」的相關著作不少，此段改寫自朱浤源主編，《撰寫博碩士論文實戰手冊》（台北：正中書局，1999年），頁304-311。《撰寫博碩士論文實戰手冊》一書有十分詳盡的討論與分析，還包含了網路資料搜集的教學，有助於理解網路資源的特性。

〔61〕 朱浤源主編，《撰寫博碩士論文實戰手冊》（台北：正中書局，1999年），頁311-312。

附錄一之三　報告格式與文獻註記

〔62〕 改寫自陳泓嘉（科管院）〈基督教的缺席？〉，97學年度下學期「大學中文」習作。

〔63〕 改寫自何宜泰（計財系）〈對鏡──「他們」即是「我們」〉，97學年度下學期「大學中文」習作。

〔64〕 若遇見其他更複雜的古籍標註情況，如偽作、或版本複雜情況者，請參考林慶彰，《學術論文寫作指引──文科適用》（台北：三民書局，1996年）。

國家圖書館出版品預行編目資料

《大學中文教程：學院報告寫作》
劉承慧、王萬儀　主編

新竹市清華大學出版社，民99(2010).08
面；17＊23 公分
參考書目：288 面
ISBN 978-986-85667-2-9-　　　　　（平裝）

1.論文寫作法

811.4　　　　　　　　　　　99009533

《大學中文教程：學院報告寫作》

作　者：清大寫作中心・劉承慧、王萬儀　主編
發行人：陳力俊
出版者：國立清華大學出版社
社　長：陳信文
地　址：新竹市光復路二段 101 號
電　話：03-5714337
傳　真：03-5744691
網　址：http://thup.site.nthu.edu.tw
電子信箱：thup@my.nthu.edu.tw
行政編輯：陳文芳
美術編輯：林君萍
出版日期：2010 年 8 月初版
　　　　　2019 年 12 月五刷
定　　價：平裝本新台幣 280 元

ISBN 978-986-85667-2-9

GPN 1009901789